BIBLIOTECA DE AUTOR

ALFREDO BRYCE ECHENIQUE

TANTAS VECES PEDRO

Alfredo Bryce Echenique

PLAZA & JANES EDITORES, S. A.

Portada: Pintura de Henri Rousseau,
Los jugadores de Rugby (1908)

Tercera edición en esta colección: Noviembre, 1993

© 1977, Alfredo Bryce Echenique
Editado por Plaza & Janés Editores, S. A.
Enric Granados, 86-88. 08008 Barcelona

Printed in Spain — Impreso en España

ISBN: 84-01-42277-9 (Col. El Ave Fénix)
ISBN: 84-01-42873-4 (Vol. 177/4)
Depósito Legal: B. 33.848 - 1993

Impreso en Litografía Rosés, S. A.
Progrés, 54-60 — Gavà (Barcelona)

En esta obra, Bryce Echenique trata sobre una de las grandes constantes del mundo de la literatura, la pasión amorosa, profundizando en el tema a base de magníficas descripciones de los personajes y un imperturbable sentido del humor.

Pedro Balbuena, el protagonista, es un escritor peruano que sobrevive gracias a los cheques de su acaudalada madre y pasa por toda una serie de aventuras sentimentales sin olvidar jamás a Sophie, mujer que fuera el gran amor de su vida. Balbuena intenta hallar en amantes sucesivas la pasión que despertaba en él Sophie, fracasando en cada ocasión. Con el paso de los años, Pedro se convierte en bebedor empedernido que va repitiendo una y otra vez la historia de sus amores frustrados, añadiendo o variando detalles, mezclando hechos de su vida real con acontecimientos pertenecientes a una novela que trata de escribir.

A mi madre

Ils m'on appelé l'Obscur, et mon propos
était de mer.

SAINT-JOHN PERSE

Hay que amar don Estrafalario. La risa y las lágrimas son
los caminos de Dios. Ésa es mi estética y la de usted.

RAMÓN DEL VALLE INCLÁN

... que nunca volví a quererte como te quise, en nadie.

PEDRO BALBUENA

No podía encontrar más que la muerte en la fuente que
le había dado la vida.

PENTADIUS (S. IU)

Capítulo primero

YANKEE, COME HOME

Quien lo hubiese visto desembarcar esa mañana, en el aeropuerto Charles de Gaulle, jamás habría dicho que estaba más solo que los muertos del poema de Bécquer, en sus peores momentos. Ni él mismo lo sabía aún, y eso que el tipo del control se estaba demorando un poquito con su pasaporte y él ya estaba pensando nuevamente que de qué le servía andar tan elegante si por el mundo entero los tipos de control seguían demorándose un poquito con su pasaporte. Detestaba el maldito documento. Le parecía, cada vez más, que todo lo escrito en esas páginas verdes de nacionalidad peruana había dejado por completo de corresponder a la realidad. La palabra soltero, por ejemplo, no era más que la dolorosa comprobación de que Sophie se había casado con otro. La cifra de su edad, cuarenta años sin dar golpe, era aquel instante en que él le dijo, Sophie, el día que nos casemos me afeito barba y bigote y te quedo hecho un adolescente. Lo de profesión escritor era ya casi una vergüenza pública. Mil años hacía que le habían expedido ese pasaporte, mil años desde aquella oficina donde él declaraba sí, señor, profesión escritor, y ahí en el aeropuerto esa mañana continuaba tan inédito, y tan sin algo inédito siquiera, como la tarde en que decidió escribir una novela en la cual, entre

11

otras cosas, por ejemplo, Sophie lograba ganarle unas elecciones de bondad a la Virgen María en el cielo. Detestaba el documento de mierda, y ya le estaban temblando demasiado las manos, ya estaba a punto de gritarle al tipo del control que se metiera su pasaporte en el culo, si tanto le gustaba. Pero lo interrumpieron una voz y un *blue jean*. Le interrumpieron todo menos la pena.

—Pedro...

—¿*Yes*?

—En este instante siento que estoy perdidamente enamorada de ti.

—No te arrepentirás.

—Pedro...

—¿*Yes*?

—En este instante siento que fue una gran idea venirme contigo a París.

—Lógico, fue idea mía.

En este instante el tipo de control le devolvió su pasaporte, evitando de esa manera que ella le dijera con los ojos que ya no se sentía perdidamente enamorada de él, y que él pensara, una vez más, lo único que me jode de esta gringa es que no tiene el más mínimo sentido del humor. Probablemente acabo de hacerle mierda su ego, y de incurrir en delito de machismo además, pero la verdad es que la idea de venirnos juntos a París fue mía, y sigo pensando que fue una excelente idea.

—Virginia, tú compartiste la idea de venir. Estoy muy feliz de que hayas compartido la idea de venirte conmigo.

—Necesito un café.

—Te quiero, Virginia.

—Necesito cantidades de café.

—Virginia, te quiero.

—Pedro, por favor sé honesto y no digas cosas que no sientes. Con el tiempo tal vez llegues a quererme, pero primero tendrás que aprender a respetarme.

—Pero te quiero. Siento que te quiero. ¿Qué quieres que haga?

—Mira, Pedro, en este momento necesito café. Café muy caliente. Me están temblando las manos de frío.

—Te quiero, y a mí también me están temblando las manos.

—En los Estados Unidos me dijiste que naciste con las manos temblándote. Que era un privilegio otorgado a tu familia por la antigüedad que es clase.

—Lo sé; estaba borracho.

—Te tengo miedo y quiero café.

—¿Por qué...? Dime por qué tú puedes haberme querido desde el primer instante en que me viste, y yo ni siquiera puedo haberte empezado a querer dos o tres días después.

—Pedro, yo nunca he dicho que te quiero. Tenemos que ser muy honestos el uno con el otro. Hace un momento dije que en ese instante me estaba sintiendo perdidamente enamorada de ti. Eso es muy distinto.

—Me cago.

—¿Qué?

—Mira, ahí vienen las maletas.

—Ya podemos ir a tomar un café.

—Virginia, los dos nos estamos muriendo de miedo de ir a casa. Los dos quisiéramos quedarnos a *vivir* en este aeropuerto, porque por ahí cerca debe andar todavía el avión que nos sigue acercando a los días que acabamos de pasar juntos en Berkeley.

—Pero necesito café. Necesito varias tazas de café. Tengo frío.

—Con un taxi llegaremos pronto al departamento. A esta hora casi no hay tráfico, y te prometo que te tendré abrazada durante todo el trayecto. Así, bien fuerte. Y cuando menos lo pienses estarás navegando en café. Un café hecho a base de una mezcla de cafés superiores. Mira, ahí tenemos nuestro taxi.

Pedro comentó el tiempo frío y lluvioso para enterarse de la antipatía mayor o menor del taxista, que resultó tan simpático que no tuvo más remedio que usar toda la descortesía de que era capaz para consagrarse por entero al largo y estrecho abrazo que le había prometido a Virginia. Había más tráfico del que había calculado, y poco a poco iba sintiendo que el temblor de las manos se le subía a los brazos, produciéndole una irremediable pérdida de fuerzas a su demostración de ternura y optimismo. Necesitaba un trago. En vez del desayuno con juguito de naranjas del avión debí haberme soplado una media botella, pensó. Por lo menos temblaría sin darme cuenta y Virginia no se estaría muriendo tanto de miedo. La besó, pero ese beso sólo produjo mayor incertidumbre. Y cuando la volvió a besar, imitando besos que le había dado allá en California, sintió que aquellos días no se repetirían jamás en la vida. Se le nublaron los ojos. Virginia lo estaba observando.

—Dime dónde vivías con ella.

—No era por este barrio.

—¿Estás llorando por ella?

—No. Normalmente me suicidaba por ella.

—No me gusta la gente que trata de suicidarse. Me parece que...

—¿Te gusto en este instante?

—Mucho. Tienes una piel muy suave. Pero tus manos son demasiado perfectas. Deberías hacer algo para que parecieran más reales. Son demasiado intelectuales. No sé... Deberías trabajar con las manos.

—Inmediatamente. Por lo pronto voy a pagar el taxi, porque ya llegamos, te voy a subir tu maleta, porque son como ciento cincuenta pisos sin ascensor, y te voy a preparar un río de «Nescafé». Todo con estas manos.

—Pero en el aeropuerto hablaste de un café hecho a base de cafés superiores.

—Mejor todavía; a base de una *mezcla* de cafés superiores. Eso es exactamente lo que dice en la etiqueta del frasco de «Nescafé». ¿Te gusto en este instante?

—Sí, pero no puedo dejar de tenerte miedo.

—Tienes que desarrollar tu sentido del humor, Virginia. Y creo que la mejor manera de empezar es ayudándome a cargar las maletas porque son como ciento cincuenta pisos sin ascensor, y estás perdidamente enamorada de mis manos. No se me vayan a maltratar.

No me gusta París, fue lo primero que dijo Virginia al entrar al modestísimo dos piezas, que había sido una pieza a la que le metieron su tabique, dejando para siempre en la penumbra el lado cocina-baño-armarios. Tras rápida mentada de madre en jerga bien peruana, para que no le entendiera aun en el caso de escucharla, Pedro le dijo que el agua para el café ya no tardaba en hervir, y se atrevió a agregar que tuviera en cuenta que todavía no había visto nada de París. De nada le sirvió. Desde la otra pieza, la que sí tenía ventana, Virginia, como quien habla sola, afirmó que todas sus amigas norteamericanas que habían visitado París, habían terminado por detestarla.

—El cambio de Tampax a la Ciudad Luz debe ser duro.

—¡Lompoc! Mil veces te he dicho que mi pueblo se llama Lompoc. Por qué insistes en ser tan malo conmigo y llamarle Tampax.

—Te juro que me olvido. Debe ser porque me encanta eso de Tampax.

—En este instante me encantaría estar en Lompoc.

—Lo cual no te impidió largarte de tu casa para ir a Berkeley.

El café estaba listo, y Pedro pasó a la otra habitación pensando que con menos frío y con menos temblores mutuos, la cosa iba a comenzar a funcionar tal como él lo había deseado desde la mañana en que despertó sintiéndose pésimo por la borrachera de anoche, y descubrió que a su lado se estaba muriendo de miedo una muchacha a la que definitivamente no recordaba haberse traído a su cuarto. Pero no era la misma, porque ahora Virginia le tenía también miedo a París, y porque algo que él aún no lograba comprender empezaba a darle a su sólida belleza un defecto la mar de provinciano. Era como si de golpe se hubiese ensuciado el *blue jean* que tantas veces le quitó tierno y ansioso de hacerle sentir que había encontrado en la robusta acogida de sus muslos una paz que les permitiría amarse y entenderse a pesar de todo, porque se parecía mucho al olvido.

Pero Virginia también tenía su a-pesar-de-todo, y aunque allá, en Berkeley, habían hablado de tantas cosas y ella había aceptado partir, convencida por su ternura sin límites, algo ahora empezaba a hacerle sentir que hay decisiones que se toman únicamente para exaltar la duda. Pedro, en cambio, se había dedicado por entero a adorarla, para lo cual no le quedó más remedio que atrincherarse entre un rincón y una silla, de tal manera que ya podían comenzar a herirse sin verse, porque desde que comprendieron que lo único en común que tenían era que les iba bastante mal en la vida y que eran capaces de pasarse tres días en la cama y sin comer, decidieron herirse lo menos posible, y no mirarse a los ojos ayuda bastante en estos casos.

Más silencio y más frío, sin embargo, y también ya debía haberse enfriado el agua para más café. Pedro extrajo su pañuelo blanco del bolsillo, lo alzó en señal de paz por lo menos de tregua, y propuso hervir un poco más de agua para un poco más de café, todo sin resultado alguno. Virginia llevaba tomadas tres decisiones desde que se instaló en su nueva vida: odiar París, sentarse en el borde de la cama como si fuera suyo y de nadie más en este mundo, y beber café en cantidades industriales. Un nuevo impulso la hizo romper a llorar, un poco como lloran esos niños que arrancaron hace más de una hora y que siguen ahí sin que nadie les haga caso. Pedro le entregó el pañuelo y empezó a rogarle que lo mirara, que lo escuchara, que le contara qué le pasaba. Nada. Lo único que logró fue que Virginia agachara aún más la cabeza y le devolviera su pañuelo listo para la lavandería, a la vez que de su bolso extraía un importante fajo de «kleenex», casi como prueba de que ese llanto venía de muy lejos y de que tenía aún para mucho rato.

—Salgamos a pasear.
—Está lloviendo.
—No puedo verte llorar, Virginia. Salgamos a pasear.
—Está lloviendo.
—Salgamos a pasear con impermeable.
—Pedro, quiero volver a casa.
—Ésta es tu casa por ahora, y te va a gustar, Virginia.
—Odio esta ciudad.
—No la conoces. Ni siquiera conoces la calle en que vivimos. Fíjate, al frente está la imprenta que fue de Balzac. Y aquí, en esta casa, murió Racine. A lo mejor hasta murió en este cuarto. Ahora que bajemos te voy a enseñar la placa que hay en la entrada. Aquí murió Racine, Virginia.
—Racine me importa un pepino. A quién le puede importar Racine en estos tiempos. Hay que estar bastante podrido para que a uno le importe Racine.
—Bob Dylan vivió en esta casa. No murió aquí, pero en un viaje incógnito que hizo a París vivió en esta casa.

Virginia alzó la cara y cesó de llorar. Por un instante, sus ojos parecieron haber vislumbrado la iglesia de su pueblo, pero luego todo interés desapareció de su mirada y lo odió. Pedro comprendió que no había nada que hacer por el momento. Pero, a diferencia de lo que pensara antes en el aeropuerto, no era la falta de sentido del humor de Virginia lo que lo molestaba ahora. Pensaba más bien en la forma como las tiernas filigranas del humor segregan a menudo el desencantado color de la tristeza. Y no recordaba un solo humorista con cara de humorista.

—Virginia, no llores. Por favor, ya no llores más. Mira, te voy a decir una cosa. Las mujeres bonitas nunca lloran por un hombre. Las mujeres bonitas como tú hacen llorar a los hombres.

—¡Te detesto cuando sueltas esas cosas elegantes! Siento como si toda esa elegancia tuya fuese una absoluta falta de respeto por mi persona. En Berkeley me juraste que habías roto con tu pasado.

—En este instante quisiera jurar que he roto también con mi futuro...

—¿Qué quieres decir con eso?

—Entre muchísimas cosas más, que en este instante, usted y yo, señorita, vamos a ponernos nuestros impermeables (desde ya, lamento muchísimo que mi impermeable sea más elegante y esté entero, que el suyo sea horroroso y le quede enorme porque fue de un hombre, que esté más lleno de huecos que un gruyère); en fin, que usted y yo vamos a salir *cantando bajo la lluvia* hasta llegar a la agencia de viajes más cercana, de tal manera que la señorita parta rumbo a casita en el primer avión que despegue de esta detestable ciudad.

Virginia aterrizó a sus pies, llorando a gritos, pidiendo perdón a gritos, y rogando que le dieran una nueva oportunidad, ya no a gritos, sino con esa desesperación suave y contenida del que no quiere perderlo todo una vez más en la vida. Razonaba y amaba al mismo tiempo, y al mismo tiempo prometía cumplidamente y acariciaba como Dios manda. Pedro aprovechó para posesionarse del borde de la cama, pero de ninguna manera deseaba que a Virginia le tocara ahora el suelo. Por un instante detestó la idea de que sus lágrimas le estuvieran jodiendo el buen planchado del pantalón, a la altura de las rodillas, pero cuando apartó de ellas, con ambas manos, la carota sucia y bellísima de una muchacha con la que deseaba mucha suerte en el futuro, sintió que todo borde de una cama es compartible, y que ésta era la misma cama en la que semanas atrás había descubierto a Virginia a su lado, infinitamente superior a lo que Dios la trajo al mundo.

Se quedaron tres días en cama y sin comer, y amanecieron una noche con ganas de desayunar. Pero ella mal del estómago y él también medio fregado con una sinusítica gripe moderna. Naturaleza hostil, afuera. Continuaba lloviendo y haciendo frío en plena primavera, y para colmo de males la ciudad seguía siendo París. Pedro sabía perfectamente bien en qué andaba pensando Virginia. Con sus respectivos malestares, no era difícil que la cosa se deteriorara nuevamente, y decidió anticiparse afirmando que un clima así, tan de mierda, era simplemente inconcebible en California. No saben hasta qué punto dio en el clavo. Vio a Virginia sonreír y casi se le escapa un no sabes cuánto te quiero, Virginia, pero se contuvo y decidió que mucho mejor era proponerle un buen tazón de té y salir resfriado en busca de una farmacia donde vendieran algo para la diarrea.

—Pedro, estoy feliz de haber venido. Estoy segura de que todo va a salir muy bien. Vamos a poder vivir siempre juntos, vas a ver. No tengo ganas de salir ahora. Además, todas las farmacias deben estar cerradas. Mira la hora que es.

—Tiene que haber una farmacia de turno, aquí en el barrio.

—No necesito nada. Este asunto se me pasa si estoy tranquila y contenta. Ha sido muy duro para mí en el primer momento, pero te juro que ahora me siento realmente tranquila y muy contenta. Lo que me gustaría es quedarme aquí encerrada contigo. Quiero enseñarte a comer cosas sencillas. En los Estados Unidos me dijiste que mis recetas de cocina te tentaban y que las ostras con vino blanco no eran tan importantes, después de todo. No vayas a la farmacia...

—Pero mi maldita sinusitis... Cada vez estoy peor. Mañana voy a estar pésimo.

—Yo te cuidaré. Y me temo que seré una madre muy posesiva.

—Necesito un vino caliente con toneladas de vitamina C.

—¿Por qué no comemos algo y volvemos a la cama? O si no, tú puedes descansar después de comer algo, mientras yo voy abriendo la maleta y colgando mi ropa.

Soy muy desordenada, ¿cuál es tu actitud frente al desorden?

—Poner un aviso en el periódico: SE NECESITA COCINERA, MAYORDOMO Y AMA DE LLAVES. Y al que llegue primero pedirle que me traiga un médico.

—No necesitas herirme. Sabes muy bien que me he pasado años de camarera en un restaurante mugriento.

—Purita demagogia. Para mí no eres más que la brillante discípula de Angela Davis, quien a su vez fue la brillante discípula de Herbert Marcuse. A pesar de las apariencias, te admiro, Virginia. Eres, como se dice, una mujer de nuestro tiempo.

—¿Y tú, Pedro?

—Durante los últimos años, he sido un personaje. El personaje de una historia maravillosa que nunca recuperaré y que tal vez nunca lograré escribir porque de pronto fui expulsado de ella, de mi propia historia, y me quedé sin todo lo que faltaba... Que era mucho... Tanto que ya nadie podrá escribirla tampoco sin mí. Durante las últimas semanas, he sido un hombre que ha asumido que ya nunca inventará ni creará nada que no sea su vida misma. Y sin embargo quiero escribir, Virginia. Y eso es lo que te dije en Berkeley cuando me pediste permiso para tomarme la mano y me confesaste que te encantaba acariciarle el culo a los hombres... Nunca olvidaré esa caminata al atardecer por Telegraph Avenue... Tú pidiéndome permiso para ponerme la mano en el culo y yo decidiendo que iba a redactar mi vida a la altura de aquel personaje que fui y que quise ser, al mismo tiempo. Pero en adelante contigo, Virginia. El mismo viejo talento pero para una vida nueva y buena... Me gusta... dura... tiene fuerza... a ratos mucha fuerza... me encanta la imagen esa de los dos caminando por Telegraph Avenue como en un mundo moderno o joven o mejor o no sé qué mierda. Y en él, yo, yo con mi terno negro pasado de moda ahí, pero impecable y triunfal porque al lado del tipo con el terno negro y el reloj de oro en el bolsillo del chaleco camina entregada una muchacha, lo más Berkeley que darse pueda, y bella y robusta y de acuerdo a mis cánones pésimamente mal vestida, que mete la mano por entre las aberturas posteriores del saco *very british*, para acariciarle el culo al tipo bastante mayor que los que frecuentan en campus, pero más charlatán y más joven y quemando más vida que todos a partir del séptimo trago. El tipo simplemente cuenta las mejores historias, y Virginia siente celos al ver que mil jóvenes lo rodean, pero Virginia no debería sentir celos porque es la única persona que sabe quién es y que lo ha visto rabiar de pena por el pasado y de impaciencia por el futuro...

—Pedro no sabes cuánto me gusta cuando hablamos en serio, cuando eres razonable, cuando no has bebido y no me estás adorando a gritos en un bar...

—Aún no he terminado, Virginia. Te he hablado sólo de los últimos años y de las últimas semanas. Pero un poquito de toda esa fuerza como que empieza a escapárseme ahora, Virginia. De tal manera que desde hace un rato soy un hombre que descubrió su verdadero amor demasiado tarde, peor que demasiado tarde. Algo así como un conquistador español entregando el alma por la boca con el Dorado en las narices.

—¿Lo dices pensando en ella?

—Lo digo pensando en todo; en ti, en ella, en mis sinusitis, en la lluvia... Acércate. ¿Ves? Estoy temblando y ya casi no me quedan fuerzas para abrazarte. No sabes cuánto me hubiera gustado tenerte abrazada durante las cinco semanas que íbamos a pasar en París. Pero ya es demasiado tarde. Me estoy muriendo de pulmonía. Nunca llegaremos a México. Era allá, bajo el sol y contigo, donde iba a comenzar a escribir de una vez por todas y algo completamente nuevo. Necesito un trago. Mil tragos.

—No me gusta cuando actúas como un hombre débil.

—Pero es que estoy débil. Tengo fiebre. Tócame.

—No tienes ni una línea de fiebre.

—Peor todavía entonces. Me lo ha explicado el médico. Cuando ya no queda ni fiebre es porque el cuerpo ha dejado de luchar contra la infección. La fiebre es lucha. A mí me está devorando una pulmonía y yo aquí, sin poder ni siquiera luchar.

—No es verdad. Tienes un resfriado común y corriente.

—Morirse es también común y corriente.

—Confiesa que te encantaría morirte en la misma casa en que murió Racine. Un toque de elegancia hasta en la muerte. Me gustas tanto, Pedro. Déjame besarte.

—Lindo toque de humor. ¡Bravo!, Virginia. Bésame mucho si quieres pero que conste que estás besando a un farsante. A un tipo que vive haciéndole creer a todo el mundo que es escritor. Sácame de aquí, Virginia. Por favor. No quiero morir en la casa de Racine y sin haber escrito una línea.

—No eres un farsante, Pedro. Yo me volví loca, no bien te vi en Berkeley. Estaba fuera de mí. Hasta mis mejores amigos se sentían ofendidos al ver cómo un desconocido que hablaba y bebía más de la cuenta había logrado ponerme en ese estado. Yo, la inconquistable Virginia, estaba dispuesta a hacer cualquier cosa por irme contigo esa noche. Bien que lo sabías. Pero ni quisiste ni supiste aprovecharte de ello. Continuaste contando historias y cantando hasta que te caíste al suelo de pena, y yo tuve que arrastrarte hasta el hotel y acostarte.

—Ojalá me hubiese muerto esa noche. Hubiese sido un verdadero conquistador con el Dorado en las narices.

—Nunca he visto a nadie más escritor que tú. Te pasas la vida escribiendo.

—Tu fe moverá montañas, Virginia.

—Échate un rato mientras abro mi maleta y cuelgo mis cosas. Después te prepararé un arroz.

—Yo te dictaré un arroz a la peruana desde la cama. Con el perdón de tu gobierno, sólo los chinos y los vietnamitas han logrado un arroz a la altura del peruano.

—A la mierda con mi gobierno. ¿Qué más desea el señor? Su último deseo antes de morir...

—Un sacerdote.

—Me dijiste que eras ateo.

—Sí, pero mi madre es católica y creo que la haría muy feliz saber que la oveja negra murió como el hijo pródigo. Anda, arregla tus cosas.

Observando a Virginia buscar la llave de su maleta. Madre mía que estás en Lima y en mi corazón, compartiéndolo con esta gringa ahora. Pero no es una gringa, mamá. Madre, te presento a Virginia y su ropa con huecos. La quiero, mamá, y estoy impaciente acerca de mi futuro. No le preguntes tanto por sus orígenes familiares. Inmigrantes irlandeses, mamá. Nacida en Tampax. Vamos, mamá, una gotita de humor y todo se arregla. Madre, Virginia y yo vamos a establecernos en México. Ella estará cerca a California y yo más cerca a ti que en París. Una gotita más de fe, mamá. Todavía soy joven y puedo empezar a escribir. Dinero, mamá. Quedan algunos viajes por hacer, pero después nos instalaremos con comida casera *por toda hacienda* y, conociendo a Virginia, me imagino que también sin sirvientes. Una vida muy sencilla, mamá, pero Virginia aún tiene que estudiar un poco más. Para decirte la verdad, madre, es bastante izquierdista y no cree mayormente en la Universidad pero necesita conocer algunos hechos para lanzárselos en la cara al enemigo principal. Y también, estoy siendo muy honesto, mamá, hay bastante de Movimiento de Liberación de la Mujer en todo esto. Intelectualmente estoy totalmente de acuerdo con Virginia, madre. Pueden fallarme las vísceras, pero cómo no estar de acuerdo. En una competencia de planeadores la eligieron reina sin que ella quisiera y luego la obligaron a besar al ganador contra su voluntad. Se quedó encerrada un mes, muerta de asco y con diarrea. El segundo hombre fue un francés de mierda que le dijo bueno, Virginia, puesto que insistes en ser la mujer peor vestida del mundo... Madre, yo pienso que Virginia tiene todo el derecho de andar vestida como le da la gana. Tengo un enorme respeto por su *blue jean* viejo y de tres tallas superiores y por sus sacones que siempre fueron de un hombrón. Madre, no usa sostén y ni qué decirte de los calzoncitos que usa. Puede usted empezar a irse a la mierda, madre. Pero no, mamá, no peleemos. Cuando te dije que aún quedaban algunos viajes por hacer era también con la esperanza de cambiarle de calzoncitos a Virginia. El tiempo y el dinero lo arreglarán todo, madre. Aunque sabes, mamá, soy yo quien quisiera que Virginia me cambiara por completo con el tiempo. Te prometo no olvidarte, mamá. Y te juro que, aunque necesito tu dinero, no es por tu maldito dinero que no te olvidaré nunca, mamá. Mi proyecto necesita dinero. Buena inversión, madre. No se preocupe. Tendrá usted un hijo feliz y a lo mejor hasta un Stendhal en la familia... El tercer hombre, porque yo a usted no le oculto nada, tenía el carro más caro del mundo y Virginia el culo más bello del pueblo. Como en Lima, madre, para qué entrar en detalles. El cuarto hombre fue el hombre que Virginia amó con todo su corazón, y que no pudo ser. Por culpa de aquella ruptura llevaba más de un año sin acostarse con nadie, algo que según ella sólo le sucede cuando está superdeprimida. No hay quinto malo, mamá. Ése soy yo. Aunque a veces me pregunto si al pueblo no se le olvidó el superlativo pésimo, al crear ese refrán. Necesito dinero, madre, dinero ya para lo que sea, para no despertarme sintiéndome a la muerte y tan bien vestido en hoteles cada vez más baratos mientras usted se da la gran dilapidación. No protestes, mamá. Lo reconozco. Reconozco que en dilapidar sí que te he ayudado bastante. Necesito dinero, madre. Virginia quiere que trabaje, que use mis manos, y voy a usarlas. Voy a usarlas aunque no sea más que para matarla de cariño. Curioso, mamá: cuando recién llegué a París me faltó dinero para ese famoso amor que tú me conoces, y ahora, mirando la maleta de Virginia, siento que soy demasiado rico para el amor. Madre, definitivamente no hay peor destino que el que no se cumple.

Pedro continúa con los ojos fijos en la maleta, pero siente que es guerra avisada, que no es innoble intentar un futuro con Virginia. Acude a su vieja imaginación, le reclama ideas para de ahora en adelante, piensa: el amor no existe pero es maravilloso, y desde ahí se lanza al futuro amando profundamente a Virginia que por fin, en medio de todo ese desorden, ha encontrado la llave y logra abrir su maleta. Pero en nada se parecía a la que él hubiera deseado para su nueva vida. En nada. Le había tomado cuatro semanas, durante las cuales habían convivido en hoteles de Berkeley, Monterrey, San Diego, San Francisco, de nuevo Berkeley, exactamente cuatro semanas le había tomado darse cuenta de que en cualquier momento, todo o casi todo podía deberse a cosas como que la maleta de Virginia nada tenía que ver con la que él necesitaba para poder continuar redactando su vida con el mismo talento con que la había vivido tiempo atrás. Le fue duro aceptar que un destino no cumplido puede enviar inesperadas señales desde otros mundos, estúpidas señales como las que él empezó a captar no bien Virginia terminó de abrir la maleta menos indicada, simple y llanamente la menos indicada, y fue extrayendo una por una toda clase de prendas de vestir en estado francamente lamentable. Ahí lo único que no salió arrugadísimo fue la botella de whisky que él destapó *ipso facto*, porque necesitaba un estímulo para no caer por entero en la deplorable comparación que lo hizo verse llegando con Sophie a Venecia, entrando con ella a un hotel de Venecia, pero hasta el hotel lo hirió con la crueldad de lo inolvidable, peor aún, de lo inolvidablemente deseado, conocía ese hotel, conocía el daño que le había hecho, en todo caso... ¿Por qué no escribía, entonces? ¿Por qué no se levantaba y escribía? ¿Porque acababa de destapar una botella de un viejo «Nebbiolo d'Alba»? ¿Porque necesitaba un trago, una copa de ese vino, ése y sólo ese estímulo para compartir a fondo cada nueva travesura que Sophie hacía riéndose siempre graciosísima?

—¡Amore mio! —gritó Pedro, saltando de la cama, casi escribiendo ya.

Virginia lo observaba asombrada. Hubiera querido preguntarle dónde podía guardar sus zapatos...

—No me interrumpas, por favor, Virginia. Estoy escribiendo.

Ya estaba ante la máquina, ya estaba imaginando un título, una idea más o menos general para esta escena... *Se citan en...*

SE CITAN EN VENECIA EL DESTINO Y LA PENA

—¡Suelta esa copa y ven a ayudarme! ¡Petrus!

—Yo no quiero estar en este cuarto cuando vean que hemos metido a *Signor Malatesta* de contrabando. Nos van a largar a patadas, Sophie.

—¡Petrus! *¡Please!* ¡Auxilio! ¡Se me ha atracado la cerradura y no lo puedo sacar del bolso! ¡Suelta el vino! ¡Se asfixia, Petrus!

—Cómo quieres que se asfixie si medio bolso está abierto...

—¡Auxilio, Petrus! ¡Está llorando! ¡Él también está alborotado con Venecia! ¡Ayúdame a sacarlo! ¡Por favor!

—Okay.

Signor Malatesta corriendo y saltando por la habitación, Sophie matándose de risa, tierna, adorada, maravillosa.

—¡Míralo qué lindo! ¡Oh perdón, *Malatesta*! *Little kiss for Signor Malatesta*. Gracias, Petrus. Pasarás a la historia. Has liberado a *Malatesta di Rimini*.

—Gran Señor del Renacimiento, nada menos, Sophie.

—*Big kiss* for Petrus.

—De acuerdo, pero si sigue ladrando y gimiendo así, nadie nos libra a los tres de que nos larguen del hotel.

—*Malatesta* nos protegerá.

—Mira, Sophie, en este hotel debe haber un... En fin, llamémosle un sector perros, algo así como un Versailles perruno donde ciento cincuenta veterinarios del mundo entero velan por los perros de los clientes.

—A *Malatesta* no lo toca nadie. Tú me lo prometiste, Petrus. Tú me dijiste que lo dejarías estar con nosotros todo el tiempo.

—Sophie, estamos en Italia. Seguro que hay hasta unas monjitas buenísimas que los cuidan día y noche y les dan su biberón por la mañana.

—Petrus...

—Okay.

—Dos copas de «Nebbiolo», Petrus. Y bésame.

—Toma. Chin chin. ¡Por Venecia! ¡Vino, mujeres, y canto!

—Vino, Sophie, y canto, querrás decir.

—¿Me queda alguna esperanza de perdón?

—Sí. Dime que vas a dejar que *Malatesta* duerma en la cama con nosotros.

—Con una sola condición: que no duerma entre nosotros.

—*Malatesta* es nuestro cómplice. Estás subestimando su inteligencia, Petrus.

—Eso jamás. Bastaría con ponerlo en la Alianza Francesa al lado de un indio, para que no me quepa la menor duda. *Malatesta* lo dejará botado en francés.

—Por supuesto.

—Perdóname, Sophie. No llores.

—No estoy llorando, Petrus. Me estoy riendo.

—Y también estás llorando por lo que acabo de decir. Se te ve graciosísima haciendo las dos cosas al mismo tiempo, pero el esfuerzo te pone muy nerviosa. La verdad, no creo que este aguafiestas se merezca tanto.

—Prohibido decir que eres un aguafiestas.

—Y prohibido llorar aunque sea riéndote al mismo

tiempo. Además, las mujeres bonitas nunca lloran por un hombre. Las mujeres bonitas hacen llorar a los hombres.

—¡Petrus! ¡De dónde has sacado esa frase! ¡Deberías usarla en un libro!

—Acaba de quedar escrita en mi enorme proyecto. Parte primera, probablemente. Lugar de acción, Venecia, muy probablemente.

—Te adoro, Petrus.

—Lo sé. Sé también que soy el rey de los bohemios, gran señor de charlatanes, supremo juez de la noche y de los bares poblados de negros, árabes, latinoamericanos, y otras variedades del peligro en el Barrio Latino.

—No me gusta la última parte. Yo nunca he dicho eso.

—Lo sé, Sophie. Nadie podrá decirme nunca que lo has pensado siquiera. Y ahora vístete tranquila porque no tengo intención alguna de decirte que a la princesa le gustan los paseítos por los bajos fondos. Además, porque quiero que escojas un restaurant para seguirte adorando mientras cenamos.

—Petrus, ayúdame a abrir esta maleta. Creo que es de mi papá. Estaba tan nerviosa antes de partir. Ni siquiera sé si le eché llave. Metí las cosas de cualquier manera. Debe estar todo hecho un desastre de arrugado.

—Ya está abierta, y por lo que veo, es una maleta milagrosa. La ropa se ha vuelto a planchar solita durante el viaje.

—¿Qué traje quieres que me ponga?

—El de terciopelo rojo con la blusa blanca de pirata.

—No. Ése para mañana, para cuando tomemos el vaporetto y nos lancemos al saqueo de las islas. Esta noche seré una gitana. Una gitana que se ha raptado al rey de los bohemios. Mañana seré Lady Francis Drake asaltando el Callao y robándose el oro del Perú. ¿Tú quién serás, Petrus?

—Yo seré el tipo que pone el pecho cada vez que te disparan un cañonazo desde la fortaleza.

—¡Perfecto, Petrus! ¡Fantástico! ¿Y *Malatesta*?

—Un toque renacentista en pleno corazón del virreinato. ¡Salud!

—¡Petrus, mira!

Malatesta parecía una isla parado en medio de su propia meada. Y no le faltaba razón. Probablemente se había aguantado durante todo el viaje. Era uno de esos momentos en los que a Sophie le encantaba que Petrus encontrara soluciones divertidísimas. Si eran divertidas, eran geniales, y cuanto más divertidas más geniales eran. Petrus se sirvió otra copa, mientras Sophie trataba de acariciar a *Malatesta* sin que la salpicara, y le pedía perdón muerta de risa y como a la expectativa de algo que la hiciera reírse más todavía. El rey de los bohemios no podía fallarle. Menos aún esa noche en que ella se lo había raptado vestida de gitana y le había probado que era capaz de cumplir cada una de sus promesas. Lo estaba haciendo. Le había prometido regalarle una Italia de risas y travesuras y ahí estaban, empezando en Venecia, porque ella había tenido la bondad y el coraje de mentirle a medio mundo para partir con él, y ni siquiera había mostrado el temor que sintió cuando se dio cuenta que se había equivocado y que se había traído una maleta que pertenecía probablemente a su padre. Por eso, también él se había tragado el Dios quiera que a tu papá no se le ocurra viajar uno de estos días. Liquidó la botella de «Nebbiolo d'Alba», abrió el balcón, y tras haber comprobado que no quedaba muy alto sobre la calle, decidió que lo mejor era que se dieran a la fuga por ahí. Sophie escuchaba encantada los pormenores del plan. Él bajaría primero. Ella le alcanzaría a *Malatesta*. Luego abriría la puerta de la habitación, y justo antes de descolgarse tocaría el timbre para que viniera un mozo, cuando ellos ya no estaban, y se encontrara con el regalito. Y como Sophie y Petrus tenían exactamente el mismo sentido del humor y lo captaban todo siempre en el mismo instante, rompieron juntos a reírse a carcajadas cuando imaginaron a un mozo tan serio y tan bien vestido, rascándose desconcertado la cabeza ante una meada tan enorme, en la habitación de un hotel tan elegante. Se saltaron prácticamente al cuello y se besaron y rieron hasta que a Sophie le asomaron unos lagrimones que no eran los de esa risa, sino los del día en que esa misma risa ya no la haría reír más así, y que permitieron que *Malatesta* revoloteara lo suficiente alrededor de ellos tan abrazados como para salpicarlos un poquito.

Sophie gozó tanto durante la fuga, y él andaba tan

27

encantado con todo, que los dos tardaron un momento en darse cuenta de que en el feliz atolandramiento se les había olvidado bajar a *Malatesta*. Y más tarde, en el restaurant, no lograban ni siquiera pedir una botella de «Nebbiolo d'Alba», de tanto reírse. En sus miradas, en sus manos, encontrándose incesantemente sobre la mesa, en las cómicas manifestaciones de *Malatesta*, a su derecha, continuaban encontrándole nuevos detalles para morirse de risa a la escena de los dos colgados del balcón, tratando de treparse esta vez, asomándose a la habitación donde el perfecto servidor de los señores los miraba desde la puerta, y ellos mirándolos, y los tres mirando a *Malatesta* que saltaba y saltaba porque quería venirse al restaurant con nosotros... Sí. La señorita sí deseaba que le alcanzaran su perrito.

—Precioso bóxer, señorita. ¿Qué edad tiene?

—Cuatro meses. Perdónelo, por favor. Sólo tiene cuatro meses.

Nosotros no tuvimos ni siquiera cuatro meses. Sólo tres meses, cinco días, y las últimas veinticuatro horas que fueron atroces...

*   *   *

Pedro llevaba largo rato sin escribir una sola palabra, y Virginia llevaba demasiado rato ya escuchándolo decir tres meses, cinco días, y las últimas veinticuatro horas que fueron atroces. Decidió intervenir.

—Lo sé —dijo—, lo has repetido por lo menos ciento cincuenta veces.

—Perdóname, Virginia. Debo haber estado soñando.

—Eres la primera persona que conozco que sueña, escribe, y bebe, al mismo tiempo.

—¿Qué pasa, Virginia?

—¡Cómo que qué pasa! Hace como una hora que terminé de colgar mi ropa y de prepararte el famoso arroz a la peruana que me ibas a dictar. Hasta he comido sentada en tus narices y ni cuenta te has dado.

—Lo siento. Me distraje. Ven, tómate un whisky conmigo. La verdad es que ya no tengo hambre.

—Come algo, Pedro. Te hará bien. ¿Cómo te sientes?

—Dispuesto a aceptar tu propuesta de ser una madre muy posesiva. Caliéntame un poco de arroz mientras destapo una botella de vino. Necesito moverme un poco.

—Aprovecha para inspeccionar el orden que he puesto. No creo que dure mucho, pero me ha significado un considerable esfuerzo. Mira el armario de la ropa. Hasta he logrado cerrarlo sin que sobresalga nada por las rendijas.

—Perfecto, pero, ¿qué hace *Alter Ego* tirado en el suelo, Virginia? ¿Por qué lo has dejado ahí?

—Primero, porque mis zapatos no cabían en el armario si no lo sacaba. Y segundo, porque quisiera hablar contigo acerca de ese perro.

—¿Qué le pasa?

—Creo que deberíamos venderlo.

—Imposible. Es un recuerdo.

—También el reloj que vendiste era recuerdo de no sé qué tatarabuela tuya que se acostó con Napoleón. En Berkeley contaste que Napoleón se lo había regalado después de una noche de amor. No sé si es verdad o cuento tuyo, pero el tipo que te lo compró pagó como si se lo hubiera creído todo.

—Era verdad, y lo vendí para olvidar que había tenido una tatarabuela puta. Además, contenía todo el oro que me quedaba en el mundo.

—Pedro, ¿puedes dejar de beber y hablar en serio, en cambio? Aunque sea una sola vez en la vida. El cheque de tu mamá todavía no ha llegado.

—No sé qué tanto te preocupas. Te he pagado el billete de ida y vuelta desde California, ya tienes el tuyo para México, y aún nos queda dinero para comer y para mi avión a México, si es que decides recibirme allá.

—Pero no hemos pagado el alquiler de este departamento.

—¿Crees que valga la pena pagar por algo tan feo?

—Eso es problema tuyo, Pedro, pero en todo caso creo que ese perro podría darnos algo. Son como cinco kilos de bronce puro y además es precioso. Debe tener algún valor.

—Si necesitas dinero, pídemelo. Olvida al perro.

—Pero cómo lo voy a olvidar. Sólo el problema de transportarlo de un país a otro nos ha costado ya sobrepeso. Pedro, me siento una verdadera puta hablándote de dinero a cada rato. Tienes que entender que todo esto es realmente importante para mí.

—Ven a la cama, Virginia. Y mira afuera. Ha parado de llover y hasta se ve alguna estrella. Mañana tendremos sol. Es muy tarde y necesito dormir. Estoy muerto. Tal vez seas una puta, Virginia, pero una puta tan excelente que cualquier hombre quedaría malacostumbrado para siempre después de haberte conocido.

Virginia en la cama, pensando que es el mejor piropo que le han dicho en su vida. A su lado, Pedro pensando que aunque no ha sido muy elegante que digamos, acaba de dar en el clavo. Duermen, por fin, peleando por acercarse cada uno más al otro. Pasan tres o cuatro horas antes de que los primeros rayos de luz empiecen a filtrarse por unas cortinas que se vienen abajo de viejas. Pedro abre un ojo, ve el día, y recuerda que ha soñado. Estaban nuevamente en el aeropuerto Charles de Gaulle, y como días atrás, acababan de llegar de Berkeley. Pero esta vez el cansancio que él sentía no era el de un hombre que ha atravesado el Atlántico sino una manifestación de la alegría y la pena que puede sentir un hombre que está en un aeropuerto para recibir a Virginia y decirle adiós, al mismo tiempo. Siente que ha bebido demasiado el día anterior, pero piensa que de una manera u otra ese malestar es positivo porque oculta el malestar de la sinusitis. Pasa el tiempo y los dos malestares empiezan a mezclarse hasta ser uno solo y siente que no es justo que a su lado Virginia duerma tan plácidamente. Para no despertarla se levanta muy despacio y guarda a *Malatesta* en una maleta vacía. Después ya no sabe qué hacer y vuelve a la cama decidido a despertar a Virginia porque se siente demasiado solo. Le salta encima alegremente y Virginia mira aterrada porque no soporta que la despierten con esas súbitas manifestaciones de cariño. Quiso decirle Virginia, pase lo que pase, te voy a querer siempre, pero omitió hacerlo cuando vio cólera y miedo reflejados en esa cara que sus manos no se atrevieron a acariciar.

—¡Actividad! ¡Café! —gritó, saltando de la cama. Pero esos gritos sólo contribuyeron a malograrlo todo más esa mañana de sol.

*   *   *

—...Pero por favor ¡díganme! ¡Díganme quién es ese tipo! ¡Por favor!

—Virginia, estás hiriendo mi ego...

—Esta noche sólo me interesa saber quién es ese tipo.

—Hemos compartido una casa durante todo el año, y nunca te has interesado de esa manera por nada de lo que yo hago. Y ahora de pronto entra ese tipo y la inconquistable Virginia empieza a portarse como una niña de diez años.

—No he querido herirte, Mike. Es que simplemente necesito conocer a ese tipo.

—Sólo sé que es un escritor peruano y que anda invitado por unos amigos de John, nuestro anfitrión de esta noche.

—¿Sabes su nombre?

—Pedro Balbuena. Me lo dijeron hace unos días. También me dijeron que es un loco simpático, nada peligroso, y que viaja siempre con exceso de equipaje a causa de un maletín en el que lleva un perro de bronce.

—¿Quieres decir que en ese maletín verde tiene un perro de bronce?

—Ajá. Aunque por la manera en que bebe debe llevar más bien un cajón de whisky.

—No puedo controlarme, Mike. Tengo miedo. Es tan elegante...

—No me digas que ahora te interesas por la ropa de hombre...

—Pero es que es tan elegante y tan descuidado al mismo tiempo. En mi vida he visto un tipo así de elegante y de descuidado. Y se ha pasado la mitad de la fiesta sentado en un rincón, rascándose la cabeza y bebiendo solo. Parece estar tan solo aquí, en Berkeley. Y es tan elegante y tan descuidado... ¡Mike! ¡Tápame!

Qué tal gringa de mierda, *Malatesta*. No bien me le acerco me da la espalda. Por razones estrictamente políticas comprendo que un peruano desprecie tamaño culo, aunque andemos mezclados con la izquierda local esta noche. Pero que una gringa joven desprecie así la barba de Fidel Castro... Francamente no lo entiendo, *Malatesta*. Bueno, tienes razón, debe ser mi corbata de seda. Nunca se sabe con los sajones; a lo mejor pertenece a una sociedad protectora de animales y me está odiando por la tonelada de gusanos que hay enterrados en mi finísima corbata de pura seda. Mas no andábamos tras ella, *Malatesta*, simplemente veníamos al bar a tomarnos otro trago.

—Y ahora dime, *Malatesta*, ¿qué mierda hacemos en Berkeley?

—Tenemos grandes amigos, Pedro. Hemos venido a descansar, a empezar una nueva vida, si eso existe, y si es posible también a olvidar un poquito.

—Es decir, a crear un poquito de distancia y de tiempo, ¿eh, *Malatesta*?

—Exactamente, puesto que todo tiempo pasado fue mejor.

—Mierda. ¿Y qué pasa cuando uno logra crear un poquito de distancia y de tiempo?

—Pasa que uno empieza a hablar con los perros.

—Perro mundo. Perdón...

—Empieza a beber un poco menos si no quieres que el futuro se parezca también a su actual visión de las cosas.

—Y tú deja de parecerte a la voz de su amo porque te pones de lo más pesado. Estás exacto al dibujito fiel.

El dueño de casa acercándose a Pedro. Le cambia el vaso de whisky por una copa de vino, y lo invita a acompañarlo hacia una gran mesa que se va llenando de comida traída por los invitados. Pedro hace un rodeo algo tambaleante para rozar a Virginia y ésta, tras un quite que ni Manolete, pregunta desesperada quién es ese tipo. Pedro logra escuchar. Habla riquísimo, *Malatesta*, como si tuviera un mango en la boca. Los amigos que rodean a Virginia se sienten bastante incómodos al ver que el escritor del maletín empieza a desplazarse por toda la habitación, como buscando encontrarse frente a frente con ese rostro que le rehúye siempre la mirada y al que descubre siempre demasiado tarde, mirándolo. Pedro rechaza un plato de comida, vacía su copa chorreándose un poco, y arroja suavemente con dirección a Virginia el maletín con *Malatesta* asomándose dorado. Uno de los muchachos logra atraparlo, y en la tensión del momento nadie escucha a Pedro decir te jodiste, *Malatesta*, el amo del dibujito era ventrílocuo. Pero después, ni los altoparlantes, ni los Rolling Stones, ni la guitarra de un invitado que empezó a cantar, lograrán evitar que la voz de Pedro se escuche por todas partes, para desesperación de Virginia que ahora lo ve acercársele, dirigirse desafiante a sus amigos.

—Pueden quedarse, muchachos. Ella y yo los queremos como a hermanos.

—¿Quién es usted?

—*La dama del perrito.* ¿Y tú?

—Se llama Virginia. Mi nombre es Mike y ellos son Peter y Bob. ¿Cómo te llamas?

—Pedro Balbuena. Y mi perro, *Alter Ego.* Con lo cual creo que ahora todo queda aclarado, muchachos, y que no hay necesidad de que les pida perdón por algo que podría sucederle a cualquiera al ver por primera vez a Virginia. Mi *Alter Ego* simplemente se precipitó en su afán de ganarme por puesta de mano, lo cual en otras palabras quiere decir que él y yo tenemos igualitito los mismos gustos. Perdóname, Virginia, realmente siento mucho tener que alejarte de tus amigos de toda la vida, pero entre eso de que *la donna è mobile* y de que los *amores de estudiante flores de un día son,* creo francamente que eres tú quien debería pedirles perdón...

Virginia mirando desesperada a sus amigos, que no armen un escándalo, mirándolos suplicante, que la dejen conocerlo siquiera. Mike decide intervenir.

—Está bien, pero, ¿por qué no nos dejas a *Alter Ego*, Pedro?

—¡Atrévete a repetir eso, Jerry Lewis!

—¡Qué te pasa, Pedro! ¿Por qué te pones así? Son ellos los que deberían estar molestos contigo.

—El que se mete con mi perro, va muerto.

—No te preocupes, Virginia, te dejamos con Pedro. Ya nos veremos más tarde.

—Mike sólo estaba bromeando, Pedro. Cree que también llevas whisky en el maletín. ¿Por qué te pusiste así?

—No es nada. Siempre me pongo igual en Año Nuevo. *Alter Ego* podría decirte algo sobre eso. Hay gente así. Gente que se pone mal en Navidad y en Año Nuevo. Gente que simplemente no soporta el Año Nuevo.

—¿Año Nuevo en abril? ¿De qué estás hablando, Pedro?

—Mi querida Virginia, no creo que usted ignore aquel viejo y sabio refrán que dice *Año Nuevo, vida nueva.* Yo estoy aquí para empezar una nueva vida, y si usted así lo desea, hoy es Año Nuevo. Heme aquí, pues. Pedro Balbuena, por más señas peruano y escritor, dispuesto a empezar con la séptima vida del gato.

—No entiendo, Pedro, pero creo que deberías parar de bromear así.

—Ése no soy yo, Virginia, es *Alter Ego* mandándose la parte. Pero de todas maneras veo pavo sobre la mesa, y quisiera celebrar nuestro encuentro con una botella de champán que traje de regalo para la fiesta. Tal vez logremos que sea un buen Año Nuevo, para variar.

—No me gusta el champán, Pedro.

—Beberemos lo que tú quieras.

—Me gusta la cerveza.

—No necesitas jurarlo.

—No me digas ahora que es también *Alter Ego* quien ha dicho eso.

—No; ha sido un hijo de puta el que ha dicho eso.

—No lo entiendo, Pedro.

—No te preocupes. Yo sí me entiendo. Es algo así como si el champán se pareciera más a la felicidad que la cerveza. Pero todo eso va a cambiar, Virginia, y para empezar, yo, y no tú, voy a servir dos vasos de cerveza; luego los dos vamos a salir al jardín serenamente, y te prometo que allá afuera nos volveremos a conocer como lo exigen las circunstancias.

Pedro en la cocina, buscando una bolsa donde meter la mayor cantidad de latas de cerveza, mientras Virginia lo espera tratando de recuperar una serenidad perdida desde que lo vio por primera vez en la noche. ¿Por qué la inquieta así?, ¿por qué?, si es tan diferente a ese sueño infantil y gracioso en el que Antonio das Mortes tocaba su puerta y de sólo verlo igualito que en el cine ella perdía la cabeza y lo abandonaba todo por Antonio das Mortes que se la llevaba para siempre a una región que su profesor había señalado en el mapa del Brasil y en la que no podían haber chicas tontas de Ipanema. Ésta es la región conocida como el Matto Grosso, señalaba el profesor, y esa noche ella en la cinemateca de San Francisco descubriendo con placer y angustia que no sólo México la fascinaba sino también Brasil, y sobre todo, que si algún día Antonio das Mortes le guiñaba el ojo en una calle de Berkeley ni Mike ni Bob ni Peter la volverían a ver más ni ella tampoco volvería el verano próximo a México y que era una verdadera pena que Emiliano Zapata no fuera Antonio das Mortes ya...

—Pedro, ¿necesitas ayuda? Dijiste que sólo ibas a traer dos vasos de cerveza.

—Sí, pero va a ser tan macanudo allá en el jardín que he decidido que podríamos quedarnos el resto de la noche. Y para ello se necesita un mínimo de provisiones.

—Siempre podemos volver a buscar más.

—Una interrupción podría romper el encanto.

—Entonces déjame ayudarte con algo.

—Virginia, te he dicho que yo voy a encargarme de todo, y no quiero fallarte desde mi primera promesa.

Pedro en el suelo rodeado de latas de cerveza y con una mano chancada por el peso de *Malatesta*. Virginia y varios invitados corren a ayudarlo, mientras él pide un trago y desde el suelo le dice a Virginia que nada ha cambiado en su proyecto de salir con ella al jardín, pero que le diga a toda esa gente que lo dejen descansar un ratito así como está porque así se está muy bien y porque ésa es la posición lógica para acariciarle el pie a una muchacha que está parada. La gente comprende y se retira, preocupada por la angustia que se refleja en el rostro de Virginia. Afuera se comenta que el escritor peruano está bastante borracho, y en la cocina, Virginia siente que si se relajara un poco más ése sería un instante feliz porque Pedro le está acariciando el pie tan rico que todo lo que está ocurriendo empieza a parecerle bastante natural y hasta lógico. Siente deseos de hablarle de Antonio das Mortes, pero más que nada siente deseos de besarlo y de decirle que en ese instante se siente perdidamente enamorada de él. Pedro le parece tan lejano y solitario como cuando lo vio por primera vez, sentado en un rincón y rascándose la cabeza. Hasta le parece volver a estar rogándole a Mike y a sus amigos ¡díganme quién es ese tipo, por favor!, y esquivándolo o dándole la espalda cuando se le acerca o la mira con un descaro que al mismo tiempo no es descaro y que a ella le gustaría igual aunque fuera sólo descaro.

Virginia se agacha para ayudar a Pedro a levantarse, le pregunta si puede coger el maletín, y Pedro le dice que lo agarre todo y que a él a ver si lo pone en un suelo más suave que éste, allá afuera, en el jardín donde le ha prometido pasar la noche. Luego se reincorpora solo, lentamente, negándose a la ayuda de Virginia, pidiéndole en cambio que recoja unas cuantas cervezas, diciéndole a Sophie no he suprimido nada, amor mío, sé que estás tan feliz por mí, sé que verme contento te hace feliz, y por favor no dejes que nada de esto hiera tu orgullo, Sophie, recuerda: no he suprimido nada, mi amor, sólo he agregado algo.

—Tienes una cara maravillosa, Virginia. Y no sé qué fruta comes cuando hablas. Y tampoco sé de dónde has sacado tanto pelo rubio tan bonito y tan sano...

—Ssshhiii...

—...Y todo eso va a ser aún más bello allá afuera, Virginia. Lo bello de lo bello brotará intenso allá afuera, en nuestro jardín berkeleano.

—Ssshhiii... Por favor, Pedro.

—¿Quiénes son los estridentes esos que cantan?

—Los Rolling Stones. ¿No te gustan?

—¿Por qué no ponemos un disco de Frank Sinatra? Fuerte, para que se oiga bien hasta afuera.

—Pedro, aquí a nadie le gusta Frank Sinatra.

—Lo siento... Sólo quería decirte el estado de mi edad.

—Pedro...

—No te preocupes. Lo importante es que tuve una educación muy católica, de tal manera que las mejores erecciones de la adolescencia quedaron en reserva para mi primavera californiana. Pasemos al jardín.

—Tengo miedo, Pedro.

—Yo también Virginia.

*　*　*

Era una piel suave. Tan suave que, en los momentos en que sus manos tocaban alguna parte del cuerpo dormido, el enorme esfuerzo que le costaba desvestirlo se convertía en una anticipación de placeres que los días prometían más extensos y profundos. Una vez más, desnuda y arrodillada a su lado, sobre la cama, Virginia recordaba la primera mañana en que se había descubierto en esa misma posición, observando el sueño inquieto de Pedro y las primeras manifestaciones de su despertar, para volver a echarse a su lado, fingiendo haber dormido todo el tiempo, haber despertado sólo algunos instantes antes que él. Recordaba también aquella primera noche, aquella fiesta en que había perdido la cabeza por él, y la angustiosa pena que sentía escuchándolo cantar flamenco ante un público que cada vez entendía menos y que apenas disimulaba su burla, porque el exiliado profesor andaluz para el cual cantaba (aunque era a ella a quien miraba y dedicaba sus coplas), había sucumbido al nostálgico embrujo de unas peteneras cantadas con entrega, primero, y luego, a las casi perfectas improvisaciones que sólo aquellos que entendían castellano lograban apreciar. Rimas inverosímiles, en las que al mismo tiempo se burlaba de las rimas y de todo, se mezclaban dolorosamente con breves historias de lágrimas que parecían estar siendo vividas en el instante mismo en que eran cantadas, como un hombre que evoca y pide consejo al mismo tiempo. Hacia la madrugada, y negándose siempre a soltar la guitarra, Pedro contó la vida del profesor exiliado, en cuatro coplas, le improvisó también al perro de bronce, extrayéndolo del maletín, y finalmente perdió todo control al intentar coplas y rimas en francés para Sophie, momentos antes de caerse de la silla en una sala prácticamente vacía. El profesor la había ayudado a ponerlo en un taxi, y Virginia se había encargado por primera vez de acompañarlo hasta un hotel. Como esta mañana, como tantas otras mañanas, Virginia recordaba haber dormido un rato, haberse despertado con el firme deseo de huir, de no volverlo a ver más, y haber sucumbido luego al placer de esperar que abriera un ojo para empezar a pasear sus manos por ese cuerpo de piel tan suave. Aquella primera vez Pedro había despertado sintiéndose realmente pésimo, y su primera reacción había sido mirar hacia su derecha, como para comprobar que el maletín con el perro estaba a su lado. Después había vuelto a cerrar los ojos, y como quien se dirige a su perro, había empezado a contar uno por uno y en voz alta el número de malestares que su cuerpo estaba soportando. La idea de un total reunió todos los malestares en una sola y enorme angustia adolorida y débil, que hacía indispensable la presencia de alguien que tenía que estar ahí en ese momento tan largo y tan malo. No recordaba a Virginia, cuando volteó lentamente a mirar a su izquierda, y recién al descubrirla desnuda y tan bella y tan asustada, empezó a recordarla angustiosamente. Muchas gracias, le dijo, deduciendo que había sido ella quien lo había arrastrado hasta su habitación. Y mientras descubría papeles en blanco desparramados por todas partes, e iba pensando que tal vez sería mejor que algunos momentos quedaran para siempre perdidos en la oscuridad total de la noche anterior, Virginia se preguntaba si Pedro se acordaría de algo, y al mismo tiempo observaba que sus ojos nada tenían que ver con lo que decían o preguntaban. En su mirada, durante largo rato, sólo hubo súplica, y Virginia hubiera deseado tanto que le dijera qué era, qué era lo que tanto necesitaba y si era de ella o de sí mismo, qué era además del alcohol y de la trágica historia de Sophie que le había contado anoche, qué era lo que le hacía sentirse así. Pero Pedro, aun en sus peores momentos, tenía ese poder de atemorizarla, y aunque ella sabía que sólo lo usaba porque había decidido contradecir con sus palabras cada instante de la súplica de sus ojos, lo usaba. Lo usaba, y tal vez por eso mismo a Virginia le daba más miedo todavía.

Pero había algo que Pedro deseaba saber con precisión, algo que lo preocupaba. Ya no le cabía la menor duda sobre lo de Sophie, los papeles en blanco eran prueba suficiente, había vuelto a hablar de ella, pero lo que necesitaba saber ahora era si había revelado el verdadero origen de *Malatesta*, si de puro borracho había terminado llamándolo *Malatesta* en vez de *Alter Ego*. Por poco que conociera a Virginia, aquello le parecía una grave metida de pata. Y mejor también saberlo todo de una vez, saber qué y cuánto le había contado a Virginia. Empezaría por *Malatesta*.

—Me imagino que no habrás olvidado el nombre de mi perro, Virginia.

—A estas alturas creo que todo Berkeley lo sabe.

—Pero yo lo he olvidado y quiero que tú lo repitas.

—*Alter Ego.*

—Excelente, Virginia. Nota aprobatoria.

—Francamente no lo encuentro gracioso.

—Tienes razón, pero era importante de todas maneras.

—Empiezo a no entender nada, de nuevo.

—¿Cuánto sabes acerca de los papeles en blanco?

—Eso fue muy triste, Pedro. Y duró horas. Apenas si lograba seguir el hilo, pero comprendo que Sophie tiene que haber sido alguien muy importante para ti. Cómo olvidar lo que hizo...

—Empieza desde el principio, por favor. No recuerdo nada.

—Primero empezaste sacando papeles de ese cajón y diciendo que Sophie era uno de los personajes de un libro que estabas escribiendo hace muchísimos años. Al principio yo creí que me estabas leyendo unas páginas, pero cada vez que terminabas una historia me mostrabas la página en blanco. Además, ninguna de las historias tenía relación con la siguiente. Recuerdo una, por ejemplo. El personaje era Sophie y empezaba diciendo *érase una vez un lobito bueno al que maltrataban todas las ovejas.* Seguiste leyendo hasta que me di cuenta de que era un poema que yo había escuchado en un disco. Cuando te lo dije, aceptaste sonriente y me enseñaste una página en la que lo único que había escrito era el nombre del autor del poema. El resto estaba en blanco, y la mandaste volando al aire como todas las demás...

—Debe haber sido todo un *show*, mi querida Virginia. ¿Qué más?

—Bueno, empezaste a llenar todo el cuarto de páginas en blanco y a gritar que no me preocupara por el desorden, que luego las harías desaparecer todas, que eras un mago. Hasta te paraste encima de una silla y me pediste que fuera a despertar a los vecinos para que escucharan tus fórmulas mágicas. Ya no sabía qué hacer contigo. Qué podía hacer, Pedro... Estabas tan mal...

—Podías traer a los vecinos.

—Pedro...

—Continúa, Virginia.

—No sé, Pedro.

—¿Cómo que no sabes? Estaba parado encima de una silla. Acabas de decirlo. ¿Qué más?

—No sé... Te bajaste solo de la silla, pero en cambio te entró una depresión muy fuerte. Dijiste que eras un mago tan malo que lo único que habías hecho desaparecer en tu vida fue a Sophie...

—Sigue.

—Fue muy rápido, Pedro. Empezaste a llorar y a

temblar. No podía calmarte.

—¿Cuánto te he contado de Sophie?

—Todo. Que era una espía doble. Que se enamoró perdidamente de ti en un momento en que tú andabas sin un centavo porque habías perdido dinero jugando. Que para ayudarte te confió una misión muy fácil y bien pagada. Pero al final tú te equivocaste... Enviaste los documentos rusos a la Embajada norteamericana y los norteamericanos a un agente ruso. Sophie se suicidó para salvarte. A ti nadie te conocía aún, y así todo el mundo creyó que había sido ella...

—Basta. Sólo quiero saber qué hice después.

—No sé... De repente empezaste a ser muy tierno conmigo.

—¿Cómo, Virginia? Eso me interesa mucho.

—No sé bien, ya te digo... Yo empecé a sentirme muy mal del estómago y tú empezaste a ocuparte de mí de una manera... En fin, no sé cómo explicarlo, pero era como si verme tan mal te hiciera llorar, como si te hubieras olvidado de todo lo tuyo. Hasta me acompañabas al baño, y me acariciabas y me tranquilizabas... ¿No te acuerdas de nada?

—Me acuerdo de Quevedo que dijo *La vida empieza en lágrimas y caca.*

—Pedro, ¿por qué tienes que decir siempre cosas como ésa?

—Para serte sincero, mi querida Virginia, se trata de un pequeño sistema terapéutico muy personal. ¿Cómo podría explicarte? Por ejemplo, el que la vida empiece en lágrimas y caca suena más o menos horroroso, ¿no es cierto? Ahora bien, sentirse horrorosamente mal y soltarse encima una frasecita como ésa, prueba, que si uno es capaz de soportarla un momentito, uno va sobreponiéndose al asunto, y hasta con un poco de optimismo, que uno va a lograr inclusive salir de la cama y vestirse. Claro que puede haber una recaída, pero ésta ya no está directamente vinculada al malestar, aunque sí puede echarlo todo a perder hasta el punto de ponerse uno a temblar y a gritar como loco. ¿Cómo explicarte? Bueno, digamos que Quevedo soltó su frasecita para hacerle a uno mierda todo optimismo, y que si uno se sobrepone así nomás, es también un poco como si con la edad se nos estuviera endureciendo el corazón. Hay pues que correr el riesgo de que nuestra

40

sensibilidad, ya bastante desgarrada por el whisky ingerido, cumpla con el deber de traicionarnos, con lo cual, en el fondo, ella y nosotros estaríamos siendo profundamente fieles a nosotros mismos. Alegría, entonces. Y así, de esta manera, justo antes de caer en el minuto fatal de la traición, en vez de ahogarnos en la mierda, sólo le pegamos una gran asomada a nuestra sensibilidad, y de ella extraemos, por ejemplo, la saludable satisfacción de no haber pasado del mundo de los sentimientos al de los hombres de negocios. Alegría, entonces. Y si a eso le agregas además aquella otra pequeña satisfacción que consiste en saber que también la memoria nos sigue funcionando bien, al haber recordado tan importante texto de Quevedo en rápida asociación, comprenderás el bienestar que empieza a sobreponerse a todo, y sobre todo, al peligrosísimo instante de hace un ratito. Y qué bienestar más grande que saber que todo eso es posible con Quevedo dentro. Es como si a uno le estuviera funcionando muy pero muy bien la psiquiatría, Virginia. Espérate... Déjame terminar. Ha llegado el momento de saltar de la cama, de que también el físico responda. Una erección matinal y diaria nos llena de esperanzas. Ahí está. Saltó adelante, hacia el espejo, y más aún, hacia la corbata. Porque si en ese instante uno ha seleccionado perfecta la corbata que va con la camisa y la camisa que va con el terno, entonces ya puede mirar el reloj y comprobar que han pasado los diez minutos que nos dimos de plazo para no irnos a la mierda. Claro, hay detalles secundarios que también ayudan, como seis alka-seltzers o siete aspirinas... O como un duchazo, siempre y cuando no se cante óperas ante un palco vacío de la «Scala» de Milán, por ejemplo. En fin, eso ya sería buscarle tres pies al gato. Pero lo importante, mi querida Virginia, lo realmente importante estaba en ponerle la corbata a Quevedo.

De eso hacía más de tres semanas. Habían viajado por California hasta llegar a Lompoc, lugar de nacimiento de Virginia, y que Pedro había vuelto a bautizar con el nombre de Tampax, en uno de esos momentos en que ella bajaba cariñosamente la guardia y que él aprovechaba siempre para darle un tierno manotazo de humor. Ella le acarició el culo y aprovechó para decirle que prefería no presentarle a sus padres, a fin de evitarles mayores preocupaciones de las que ya tenían en la vida. Pedro le dijo que comprendía perfectamente, y que él en cambio sí deseaba presentarle algún día a su madre, a ver si por fin encontraba algo que la preocupara en la vida. Virginia tampoco quiso mostrarle su casa, aunque por la forma tan intensa en que lo acarició al acercarse a la casa más fea de Tampax, Pedro comprendió que ahí había nacido el nuevo amor de su vida. Emocionado y moderno, instaló también una mano en el culo de Virginia. Se estaban llevando tan bien esa tarde, que ella ni siquiera se alteró cuando Pedro se atrevió a decirle que la quería. Logró decírselo hasta tres veces. Virginia, no sabes cuánto te quiero. Tres veces. Y lo que es más, continuaron caminando como si nada, perfecto y riquísimo. Y tardes como esa, con sus respectivas noches, mejores todavía, las hubo muchas hasta que regresaron a Berkeley.

Era el mismo hotel y una habitación exacta a la de la primera vez. Pedro acababa de saltar de la cama y de correr hacia la ducha, dejando a Virginia esperándolo desnuda. Volvería, se arreglaría como siempre barba y bigote y empezaría a vestirse. Virginia estaba pensando que nunca le había vuelto a hablar de Quevedo, aunque a menudo, al terminar de ponerse la corbata, había volteado a mirarla, guiñándole el ojo. Tampoco le había dicho nunca que se sentía pésimo, y en más de una ocasión, cuando ella pensó que tenía que estarse sintiendo pésimo, era él quien se había encargado de pedir el desayuno, llenándola de besos y de frases optimistas mientras se lo iba alcanzando a la cama. Siempre esos contrastes, pensaba Virginia, reviviendo el día anterior, y sobre todo aquel momento en que tanto lo había admirado mientras narraba las más increíbles historias ante un grupo de muchachos que terminaron realmente disputándose la compra de su reloj de bolsillo. Luego la había invitado a comer al mejor restaurante de la ciudad, pero cuando ella trató de felicitarlo por el éxito obtenido, él la había interrumpido diciéndole que cualquier relojero le habría pagado mil veces más por esa antiquísima joya.

—Pero es de señores obsequiar de vez en cuando un poco de oro en la plaza pública.

Virginia lo odió. Y sin embargo ahora le parecía que Pedro podría repetir mil veces su frase sin que ella lograra sentir otra cosa más que esa inmensa ternura con que lo había estado observando largo rato antes de que despertara. Y le parecía también, aunque sin saber del todo por qué, que ése era el momento en que había empezado a comprenderlo y en que podía empezar a amarlo. Pensaba que por fin había logrado comprender a Pedro y su extraña manera de vivir constantemente con todas sus cartas sobre la mesa. Aun su manera de hacerla reír con una frase y de hacerla llorar y hasta odiarlo con otra, le parecía ahora a Virginia una manifestación diferente de esa misma honestidad que era para ella la base de toda relación con otra persona. Pedro quería ser, en todo momento, no sólo el hombre que la había atraído desde el primer instante en que lo vio, sino también aquel otro hombre que podía descubrir en él y que podría no gustarle. Y, por encima de todas las cosas, el hombre que había sido, el que había deseado ser, y el tipo anacrónicamente vestido que descubrió una noche, que la fascinó hasta hacerla olvidar a Antonio das Mortes, y que buscaba mostrarle siempre, destruyendo cada momento de equilibrio y de calma, que también él la había descubierto una noche, y que tampoco estaba seguro de nada.

Pedro había regresado del baño. La había besado.

—¿Estaba pensando huir, Virginia?

—¿Cómo lo sabes?

—Porque tienes lágrimas en los ojos.

—No. No estaba pensando huir. Precisamente hoy no.

—Pero lo has pensado.

—Muchas veces, mientras esperaba que te despertaras.

—Si quieres me acuesto de nuevo.

—Te acabo de decir que justo hoy no he pensado en huir.

—Pero lo vas a pensar más que nunca.

—¿Por qué?

—Porque te voy a pedir que te vengas a París conmigo.

—Pero tengo que ir a México este verano, Pedro.

—Yo me encargaré de todo, si me recibes en México.

—Pedro, ¿por qué no me vuelves a preguntar lo de París cuando llegue el día?

—Parto en el primer avión, Virginia. Es necesario que nos enfrentemos con la ciudad de Sophie.

—Pedro, ven. Quiero hacer el amor.

—No. No sería muy honesto de mi parte.

—¿Por qué?

—Porque si hacemos el amor, lo único que nos quedará por discutir acerca de París es si viajamos en primera o en segunda clase.

Virginia riéndose, abriendo los brazos enormes para recibirlo, diciéndole ricachón podrido, diciéndole en este instante me siento perdidamente enamorada de ti. Pedro acercándose, poniéndose un dedo sobre los labios, explicándole que ese ssshhii es porque no va a decirle que siente que la quiere, preguntándose cómo hago para ser león y pluma al mismo tiempo, para hacer el amor como nunca lo hemos hecho... Pensando te jodiste, *Malatesta*, tu primer viaje en segunda clase, explicándole *no hay primera sin segunda*, Malatesta, *no hay quinto malo*.

*   *   *

Querido Pedro,

        aquí me tienes en el avión. O mejor dicho, aquí tienes lo que queda de mí después de haberte abandonado. Estamos volando sobre el océano. Normandía y la península de Cherbourg van quedando atrás, mientras yo me pregunto qué es peor: ¿ser abandonada, o ser la que abandona y se arrepiente para toda la vida?

—No me dirás, *Malatesta*, que este párrafo ha sido escrito por una mujer que no me ama.

—No he dicho eso. Pero sí que esa gringa está más loca que tú, Pedro. Además, insisto en que este sistema de extraer los párrafos o frases que consideras claves en sus cartas, es totalmente errado.

—¿Y a ti quién te manda decir eso? Al contrario, nada más acertado que extraer las ideas favorables y las desfavorables a nuestra reconciliación. Las lees, las meditas, y si las ideas desfavorables pesan más en la balanza, nos quedamos en París.

—Ja, ja... A mí con cuentos. Un párrafo, y más aún una frase, puede cambiar completamente de significado cuando se les saca de su contexto. Por eso estoy contra tu sistema. Ignora el contexto. Y éste, además, rebasa las cartas, porque es también todo lo que has vivido ya con Virginia, y hasta el miedo que has tenido de ir a encontrarla en México, desde que se largó.

—El miedo no ha sido tan grande como la pena.

—Es tu vida Pedro. Yo no soy más que un pedazo de pasado.

—En cambio yo ya soy un pedazo de futuro.

—Por tu bien, me hubiera gustado que Virginia te oyera decir eso.

—Sí... habría sido macanudo... Pero ya habrán otras frases.

—Mientras tanto te verá llegar con cinco kilos de equipaje llamados *Malatesta*.

—*Alter Ego*. No te olvides.

—Precioso contexto, Pedro. Pero en fin, sigamos leyendo. Por orden cronológico al menos.

...Creo que nunca comprenderás hasta qué punto me afectan tus extravagancias y tus excesos, por no llamarles locuras. Esto se debe, me imagino, a que tu compañía suele resultarle muy grata a la gente que sólo te frecuenta socialmente. Pero mi caso es distinto, pues yo tengo que vivir contigo, de tal manera que tus excesos y locuras se convierten en mis *condiciones* de vida. Tal vez haya sido ésa la contradicción que nunca pude resolver.

—Era una carta muy pesimista, *Malatesta*. Virginia estaba muy decaída. Las hay mucho mejores.

—Ya lo creo. Y con ésas no haces trampa como con ésta.

—¿Qué te pasa?

—Falta la parte que alude al perro.

—Bah... No creo que sea tan importante.

—Contexto, Pedro, contexto.

—Bueno, aquí está.

...Tus conversaciones con *Alter Ego*, tu insistencia en llevarlo contigo de país en país, forman parte de esas extravagancias que tanto me afectan. Y ésa, en particular, me da mucho miedo, pues me parece presentir que se trata de una broma bastante excesiva y que esconde algo poco normal y peligroso. O, cuando menos, algo muy triste.

—En fin, es un poco dura... Pero mira ésta.

...Todo lo que siento por ti es muy serio, y nuevamente vuelvo a tener grandes esperanzas de que las cosas salgan bien en México. Por eso voy a ponerlo todo de mi parte para crear una relación sana contigo. Esto quiere decir que debo mantener mi respeto por mí misma, continuando mi educación de una manera seria e independiente.

—Y mira ésta, qué alegre.

...No puedo decirte hasta qué punto me gustan tus cartas, Pedro. Y a través de ellas también tú me gustas más cada día...

—Sigue, a ver...

...Prefiero mil veces al Pedro que piensa y escribe serenamente, a ese otro que se gasta fortunas en llamadas telefónicas para gritarme que me adora y que se acaba de beber tres botellas de champán en mi nombre. Con eso sólo logras aterrarme.

—Esa gringa muere de infarto, Pedro. Vive de susto en susto. No vas a poderle decir ni que la quieres tranquilamente.

...¿Cuál es el origen de la fortuna de tu familia? ¿Eran latifundistas? A éstos, en particular, los odio. ¿Cómo perdieron esa fortuna? Y si la han perdido, ¿por que tú sigues viviendo como si no hubiese pasado nada?

—Invéntale una revolución y mándale tu estado de cuenta bancaria. Tal vez con eso deje de pensar tanto en el dinero.

—No, *Malatesta*. Cueste lo que cueste seré siempre profundamente honrado con Virginia. Es la única posibilidad que tenemos de salir adelante.

—Perdón, pero dime, ¿no has decidido por casualidad casarte con una mujer que se llame Virginia, trátese de quien se trate? Todo esto parece parte de una novela, Pedro.

—Es parte de mi vida, y punto.

—Como quieras. Pero insisto en que esa gringa no para de tomarse las cosas demasiado en serio. Y ya ves por dónde te está atacando ahora. ¿Y por qué? Acuérdate bien por qué, Pedro. Yo, en todo caso, me acuerdo clarito cuando le soltaste cosas como eso de que no bien un oligarca pierde su fortuna, se le refinan los modales, y que hasta le empieza a envejecer linda la ropa, siempre y cuando no se dé por completo al trago, por supuesto. Virginia te miraba, y te aseguro que de haber tenido lápiz y papel en mano habría empezado a tomar notas como en la Universidad. —¿Quién más? —te preguntó, y tú seguiste—: Surge entonces un nuevo grupo de burgueses que necesita aprender buenos modales, y para ello nada mejor que invitar al ex. Y a un pobre refinado, entre los ricos, hay que justificarlo de alguna forma. Ése es, Virginia, uno de los tantos orígenes de la increíble aristocracia de nuestros países. Pedro, habrías podido agregar «he dicho», y casarte con ella en ese instante. Pero sigue leyendo porque lo que viene es de mamey.

—Lo que viene es también Virginia pensando, y eso tú y yo lo vamos a respetar, *Malatesta*. Y mucho.

—Sigue, sigue.

...Creo que el hecho de que yo naciera pobre constituye en sí una virtud moral, puesto que mi nacimiento no fue para nada un accidente, sino el resultado del buen gusto que tuve de no nacer en un medio privilegiado. Ello hace de mí una aristócrata en esencia, aunque no lo sea en las contingencias de mi vida. Debo añadir, además, que mi egotismo no tiene límites y que pocas veces en mi vida me he topado con alguien que tenga un ego tan vasto y tan vulnerable como el mío. Pero en ti, Pedro, creo haber encontrado a mi doble. Formaremos una pareja muy interesante. Te ruego que me perdones estas generalizaciones sobre tu persona.

—A esa gringa en el fondo le gustan las ostras, Pedro.

—Perdón, se llama Virginia.

—Y tú creo que ya te llamas Pedro el Generalizado, Pedro. Al menos para Virginia. Rico, porque eres capaz de cruzar setenta veces el Atlántico, aunque sea a nado, si ello es necesario para volverla a ver y tratar de hacerla feliz. Pero claro, ese detalle ella ni lo nota. Millonario, porque estás sin un cobre y vendes tu reloj para que ella se sienta millonaria un cuarto de hora... Agrégale encima egotista y vulnerable al máximo... *¿Quo vadis*, Pedro? Virginia está loca.

—Todos andamos un poco locos en esta historia.

—Sí, pero nosotros pelotudos también, además de locos. Pero sigue, porque si mal no recuerdo lo que viene tampoco es muy favorable que digamos.

...Te prohíbo terminantemente bromear sobre asuntos de machismo. La mitad de la población mundial sufre sus efectos. Y no creas que sólo las mujeres. También los hombres tienen graves problemas psicológicos, cuando no económicos, a causa del machismo...

—El dinero, lo primero que piensa es en el dinero.

—Falta el contexto, *Malatesta*.

—¡Quién habla!

...Dices que tienes el corazón a la izquierda (espero sinceramente que no se trate de una broma más y que sea una clara referencia a tus ideas políticas). Debes saber entonces que la izquierda ha comprendido que el sexismo es una poderosa fuerza enemiga, conjuntamente con el racismo y el capitalismo. Dices que no tengo sentido del humor. Puedo aceptarlo en muchos casos, pero cuando se trata de machismo nadie tiene derecho a tomar las cosas en broma. Continuaré hablándote de mis ideas políticas, y te ruego no bromear ni tratar de acariciarme mientras lo hago.

—Quítate el sombrero, *Malatesta*.

—¡Qué bruto eres, por Dios! Virginia se pondría furiosa.

—¿Por qué, resulta muy elegante?

—O muy gracioso. Basta con leer la última frase para darse cuenta.

—Mierda. Tienes razón. Pero mira ésta.

...Me siento poseída por una irresistible necesidad de escribirte. Ésta es la tercera carta en dos días, y ya estoy impaciente por recibir otra tuya. Mis esperanzas se desvanecen muy fácilmente. Por favor escríbeme pronto, antes de que me sienta olvidada... Perdona que sea algo vulgar, pero el otro día sentí un placer loco al lavar los calzones que usé en París. Tú habrías dicho que apestaban a mierda. Lamento decirte que para mí fueron un recuerdo bastante tangible de tu adorada persona...

—Es bastante favorable, ¿pero te gusta, Pedro?

—Mientras Virginia sonría, todo me gusta.

...No puedo expresarte la felicidad que he sentido al recibir tu telegrama con la promesa de otra larga carta. Tu última llamada telefónica me había sacado de mis casillas. Pedro, ¿cuánto te cuesta cada una de esas llamadas? Ahora estoy tranquila, feliz, aunque como te dije la otra noche, he desconectado mi teléfono para evitar que me llames cuando estás tan excitado. Pedro, debo estar más loca que tú, pero te ruego enviarme el número de teléfono de algún amigo donde te pueda llamar, en caso de volverme loca porque no me llamas.

—En este instante siento que te quiero, Virginia.

—Pedro...

—Cállate y escucha.

...Te felicito por haber escuchado a los Rolling Stones durante toda una noche. Esta mañana yo escuché a Frank Sinatra. Me gustó tanto que me puse a aplaudirle a la radio.

—En este instante siente que te adora, Virginia.

...¿Cómo estás? Yo, feliz con tu carta de esta mañana. Había pasado la noche llorando, pero tu carta me ha aliviado por completo. No sabes cuánto me ha hecho reír. Y pensar que ayer estaba tan triste precisamente porque no podía dejar de pensar en ti, y de sentirme preocupada y temerosa ante la idea de que ya no quisieras reunirte conmigo en México. ¡Cuánto desearía que hubiera una manera menos dramática de llegar a conocernos que el estar cruzando incesantemente el Atlántico! Me atormenta siempre la idea de que de ello sólo surgirá algo maravilloso o algo totalmente desastroso. Esto último se debe a tu manera de estarme adorando todo el tiempo, a tu incontenible romanticismo, y a tu deseo de hacerme sentir la mujer más perfecta y maravillosa del mundo. Pienso también que hay algo de culpa de mi parte por no comprender nunca cuándo estás bromeando y cuándo estás hablando en serio, y hasta llego a preguntarme si no se trata de una insuperable diferencia cultural, porque a menudo empieza gustándome, pero al cabo de un rato termina por cansarme y hasta siento que es un insulto para mi persona.

—Vámonos de aquí, Pedro.

—Espera.

...Nuevamente trataré de iniciarte a una vida sencilla y ordenada. Comida casera, buena salud, etc. Pero tengo tanto miedo de que no te guste y de que insistas en beber y en pasar las noches galopando de bar en bar. Tu salud no es buena, y por ello debes evitar por completo el alcohol. El alcohol no sólo causa ciertas deficiencias vitamínicas, sino que le impide también al organismo utilizar en su beneficio los alimentos. Simple y llanamente pierdo la cabeza cada vez que te veo enfermo. No sé. No sé. Te arrastraré al alcoholismo o haré de ti el hombre más sano de la tierra. No habrá término medio.

—¡Qué tal concha! ¡Es ella la que se pasa media vida con diarrea!

—De todas formas es muy positiva, *Malatesta*. Y mira la que sigue.

...Me siento realmente optimista acerca de México. Sólo la idea de dormir contigo me enloquece, y hace que la espera resulte cada vez más insoportable. No tengo por México los mismos sentimientos ambivalentes que tenía con respecto a París. Te confieso que mi hostilidad hacia esa ciudad sólo empezó a desaparecer hacia el final de mi estadía, y ello en gran parte debido a lo maravillosamente bueno que fuiste conmigo mientras estuve enferma. Debió haber sido tan duro ese último día que yo pasé tirada en la cama o corriendo al baño. Fuiste una excelente enfermera, y ahora me arrepiento de haber sido una paciente tan irritable y caprichosa. ¿Por qué no me diste una bofetada y me obligaste a quedarme, Pedro? Fuiste tan bueno. Muy bueno. Pero yo continuaba sintiendo algo de esa hostilidad que en el fondo no es más que uno de mis más antiguos prejuicios. Me aterra la idea de sentirme en una ciudad repleta de mujeres a la moda. Me siento atacada, maltratada, burlada. Siento que algo hiere mi vanidad, y caigo en un estado cercano a la depresión, que hace que termine ocupándome únicamente de mi persona. Todo esto por culpa de ese cretino francés que me dijo un día: «Bueno, Virginia, puesto que pretendes ser la mujer peor vestida del mundo.» Pedro, te juro que cada vez que me proponías comer en un restaurante francés, sentía un incontenible deseo de tragarme un hamburger.

—¿Necesitas un trago, Pedro?

—Dos, por lo menos.

—Vámonos de aquí, Pedro.

—Dijimos que las íbamos a leer todas.

...A pesar de mis ausencias, la Universidad ha sido francamente generosa conmigo, sobre todo al darme dinero para continuar estudiando en México. Han llegado hasta a ignorar los reglamentos para ayudarme, y aunque debo confesar que me creo inteligente y hasta que me gusto bastante, no sé por qué los profesores piensan en mí como en alguien «prometedor» y con futuro. Soy una alumna bastante irregular, llena de dudas, y realmente tengo terror de que llegue el día en que tenga que producir algo realmente importante, o convertirme en profesora. A menudo, por ejemplo, envidio el valor que tuvo una amiga que abandonó sus estudios a los dieciocho años, para irse a trabajar entre organizaciones sindicales. Siempre me preguntaré si yo habría servido para lo mismo, o si lo que estoy haciendo ahora tendrá alguna utilidad fuera de este sistema podrido. Mí teoría acerca de la razón por la cual asisto a la Universidad, es que con ello lograré afilar mi talento natural hasta convertirlo en una verdadera arma de combate. Necesito conocer los hechos en sí y, al mismo tiempo, adquirir facilidad verbal. Entonces podré luchar y discutir ahí donde la discusión y la lucha se hacen necesarias. Pienso que la educación es algo maravilloso pero que, al mismo tiempo, es prácticamente imposible educarse sin prostituirse, y sin que uno prostituya su educación. Y eso se debe a que nuestro sistema no ofrece sector alguno de la realidad en el que uno pueda utilizar su educación sin contribuir a todos los males que aquejan a nuestra sociedad. Por consiguiente, la educación sólo encuentra su verdadera válida expresión en la negación de sus fines, que deben tender siempre al mejoramiento de la Humanidad, y no a un simple cambio cuantitativo para algunos. Sin embargo, en mi esfuerzo por evitar la prostitución, no llego a comprometerme con nada (lo cual puede constituir, en el fondo, un tipo de traición muy sutil, y apenas si menos censurable. Ésta es, sin duda, una de las principales causas de la desaparición de la ola de «izquierdismo» de los años sesenta, en mi país). No haciendo nada, tampoco se gana nada. Y, en todo caso, con ello sólo se logra privar a la sociedad de algunos de los jóvenes talentos que pudieron haber contribuido a las maldades del imperialismo. No hacer nada es una de las actividades más positivas que la conciencia política de los Estados Unidos puede perseguir. Pero es, al mismo tiempo, una actividad que niega nuestra propia Humanidad. La autodestrucción crece cada día más entre mi generación, y el desaliento está igualmente dividido entre aquellos que tratan de evitar la realidad y aquellos que tratan de cambiarla.

—¿Y?

—Respondí a esa carta muy honestamente. Y mira lo que me dijo.

...¿O sea que te preocupa el que yo tenga veintitrés años y sea moderna? Éste, para mí, es el último de los obstáculos que podría surgir entre nosotros. Mucho más me preocupa mi «gringacidad». Además, soy tímida, enfermizamente tímida. Pero gracias por preocuparte por algo de todas maneras.

—Ustedes dos se van a matar a punta de honestidades.

—Te voy a leer una muy favorable.

...Sabes, Pedro, aunque nunca te vuelva a ver, y aunque nunca me vuelvas a escribir, creo que jamás lograré olvidarte. Y no sabes cuánto me alegra haberte conocido. Una breve temporada vívida con verdadera ternura está por encima de todo en la vida, y si bien su valor puede aumentar con un contacto mayor en el futuro, nada hará que ese valor disminuya si no nos volvemos a ver nunca más.

—Favorable, *Malatesta*.

—¿Favorable? ¡Estás loco! No sé por qué no rompiste esa vez, Pedro. En fin, tal vez tu piedad lo sepa... O tu deseo de ser honesto con no sé qué.

—Vámonos de aquí, *Malatesta*.

—No. No sin que antes hayas leído todo lo que te habías prometido leer. Tú mismo lo quisiste así.

—La quiero, *Malatesta*.

—¿Cómo podrías no quererla? Nada está en contra de que la quieras. Yo mismo insisto en que es una gran persona, y sin duda le interesas. Sintió gran atracción por ti desde que te vio, y en prueba de ello cayeron rápidamente sobre lo blando. Han pasado horas y días maravillosos. Pero la carga eléctrica es demasiado grande, Pedro. Tan grande como las diferencias. Ya has vivido con ella lo mejor, un momento inolvidablemente bello y sin duda alguna con mayor intensidad suya de lo que crees. No veo fracaso por ninguna parte, y en cambio una unión larga resultaría absurda. También a nosotros nos falta un tornillo, Pedro, pero ya somos veteranos en el asunto. Somos los que debemos saber cortar. Te queda y dejas un buen recuerdo. Y más hondo que cualquier llanto de ruptura.

—Pero queda también otra muralla infranqueable...

—¡Qué muralla ni ocho cuartos! Por el contrario, una hermosa aventura bien cumplida. ¡Qué mierda te quejas! Te recordará, y que te quiten lo bailado.

—Déjame terminar de leer.

—Está bien, termina de joderte.

...La idea de verte de nuevo se ha convertido en una verdadera obsesión, y vivo aterrada pensando que en cualquier momento va a llegarme una carta en la que me dices que ahora que te sientes más tranquilo, has cambiado de idea, y has decidido no reunirte conmigo en México. Yo misma desconecté mi teléfono, y ahora extraño esas llamadas que me hacías en medio de una fiesta y en estado de gran excitación. Yo misma te rogué que te calmaras, que no bebieras, y hasta creo habértelo impuesto como condición para recibirte en México. Y ahora..., ¿Paranoia o hipersensibilidad?

—Ésa se me había olvidado. Hasta te permitirá tomarte tus tequilas. Es superfavorable. Nos jodimos, Pedro.

...Dentro de pocos días abandonaré California, rumbo a México. Creo que aunque ello significó abandonarte en París, el hecho de haber pasado una temporada con mis amigos de aquí será favorable para nuestro nuevo encuentro. No sabes cuánto extraño los buenos momentos que pasamos en la cama. Anoche, mientras leía *Los de abajo*, de Mariano Azuela, un terrible deseo de hacer el amor contigo se apoderó de mí. Ni un segundo más tarde. Ahí. *I love your* bigotes *and* barba. Veo un futuro cristalino y brillante.

—Nos jodimos más todavía.

—Deja leer, ¿quieres?

...Por favor, ten cuidado con tu salud. El bienestar físico y emocional están íntimamente ligados. Por favor, escríbeme pronto. Inmediatamente. Por favor. ¡Dios mío!, acaba de arrojarme a la cama un irresistible deseo de estar echada desnuda, a tu lado. *I love you.*

—*We love you too*, Virginia.

...Tus cartas me hacen sentirme cada vez mejor. Hasta he vuelto a conectar el teléfono ahora que te noto más calmado. Por un momento temí que fueras demasiado loco... y volverme loca yo también al tratar de acostumbrarme contigo. Ahora me siento segura de que hay entre nosotros bastante en común como para podernos enfrentar juntos a todo lo que no tenemos en común.

—Está muy optimista, *Malatesta*.

—Lo que está es irreconocible. Pero en fin, sigue.

...De Berkeley a San Diego, de ahí a Tampax, y después ¡México! Viviremos juntos. Viajaremos juntos. Hay una hermosa playa cuyo nombre no te quiero decir para que sea sorpresa. Me hablaron de ella en mi primer viaje. A esa playa te llevaré, Pedro querido, y ahí pasaremos horas y horas tendidos al sol. «Si los deseos fueran caballos, los mendigos galoparían...»

—¿Estás seguro de que nadie le ha estado escribiendo las cartas, Pedro?

...En la ciudad de México hay un hotel que fue cuartel general de Pancho Villa. *Tengo* que dormir ahí. Amo la historia de México con un sentimiento similar al fervor religioso. Mi viaje será una verdadera peregrinación.

—Peregrinarás a su lado, Pedro.

—¿Quieres dejar de joder?

...¡MéJico en vez de MéXico! Debería darte vergüenza. Deberías ser un poco más respetuoso con la manera mexicana de deletrear MéXico. Acabo de estar con tres gringas que han estado en París, y las tres la detestaron. Tal vez te pareza idiota que te cuente esto, pero a mí me hace sentirme muy bien. Ya no me siento tan rara como antes, aunque debo advertirte que si en París fui una masa amorfa, en México me convierto en un monstruo. Lo sé por mis anteriores estadías aquí. Pero ven, Pedro. Ven porque no quiero llegar a los noventa años y seguir arrepitiéndome por haberte abandonado. Parto mañana a Cuernavaca, y espero encontrar pronto un lugar barato donde vivir. Mientras tanto puedes escribirme a LISTA DE CORREOS/CUERNAVACA/MORELOS/MÉXICO. Iré a diario a ver si hay carta. Conociéndome, es muy probable que *viva* en el correo.

—Virginia, no sabes cuánto te quiere.

...Acaba de caerme «el chorro» o «venganza de Moctezuma». Estoy realmente enferma. No ceso de vomitar, de temblar, de cagar, de desmayarme, a pesar de las medicinas que me están dando. Todo lo que he aprendido sobre México no me impide que me dé el chorro. Debería darme vergüenza. Pero me encanta México. Sólo sufro al pensar que has encontrado a otra mujer y que has decidido volver a empezar tu vida con ella. Creo que a veces eres una persona extremadamente sensible y bondadosa, pero creo también a menudo que eres una persona que no entiende absolutamente nada de lo que pasa a su alrededor. Y sin embargo, continúo sintiendo una enorme ternura por ti, y me duele pensar que existe la posibilidad de que nunca lleguemos a nada... Hazme saber en qué fecha llegas para ir a recibirte. Te será fácil encontrarme en el aeropuerto: seré la peor vestida. Y si no me ves, pregunta por la gringa histérica que acaban de llevarse a la enfermería.

—Punto final, *Malatesta*. Partimos.

—Ya lo creo que partimos. ¿Pero no te hubiera parecido más cuerdo hacer todo esto en casa, y no ahora en el aeropuerto y con los billetes en la mano?

—Te está fallando el sentido del humor, *Malatesta*.

—Mi nombre es *Alter Ego*.

* * *

—¿Y qué pasa cuando uno logra crear un poquito de distancia y de tiempo?

—Pasa que uno empieza a hablar con los perros.

Pobre *Malatesta*. Era una de sus típicas frases... Ahora estaba metido en una consigna, abandonado en un aeropuerto lejano, aquél donde Virginia no los esperó, Pedro bien que se lo esperaba. Se echó un traguito, un pequeño estímulo.

—¿Y yo, carajo?

—Yo terminé varado en esta playa.

Bebía cervezas para calmar tequilas que se inquietaban calientes por sus venas nerviosas. Recordaba. Una maleta verde conteniendo elegancias inútiles que pensó ir sacando como un mago de un sombrero hasta despertarle el sentido del humor a Virginia, allá en Cuernavaca, allá donde iban a empezar a vivir juntos una vida entera. *Malatesta*... Aunque estuviera aquí esta noche no es con él sino contigo con quien deseo hablar, Sophie, nuestro diálogo ininterrumpido, nuestro diálogo profundo, el que nada nunca interrumpirá, ni siquiera estos torpes intentos míos de volver a amar como te amé, y que suelen terminar cuando una muchacha llamada Virginia te abandona como a un perro enriquecido y vil en una estación de ómnibus de Cuernavaca, tú sabes por qué la quería, Sophie, ven, acércate a mi lado, entra en la hamaca, confúndete con mi cuerpo y piérdete en mi historia, ¿quién mejor que tú la entendería?

Se echó un traguito, un pequeño estímulo. Pobre Pedro, también. Quiso complacer en todo a Virginia que lo esperaba amante en el aeropuerto de la ciudad de México, y quería dejar de beber, escribir también, y pasó elegantísimo frente al tipo del control, y la muchacha peor vestida del mundo, por ninguna parte. ¿Adónde mierda se nos metió Virginia, *Málatesta*? Y la busco en la enfermería por si acaso fuera la gringa histérica que acababan de llevarse a la enfermería. Tampoco está. Simplemente no estaba. No estaba y punto. Y como si fuera poco, *Malatesta-Alter Ego* cometiendo el desatino de mencionarle, con detalle de centavos y en dólares USA además, enterita la suma que llevaba invertida en su empresa tiempodistanciadora, ahora sí que te jodiste, perro de mierda, y tú quítate de mi lado, Sophie. Un pequeño estímulo.

Se metió tres tragos y le dijo a Virginia, Virginia no sabes cuánto te quiero, mientras le explicaba a Sophie que nadie mejor que ella lo entendería. Y es que tenía que hacer, y lo que es más, quería hacer esas cosas prácticas e ineludibles sin las cuales resulta imposible volver a la realidad, aunque a él la realidad como que se la venían dando en tallas de camisa de fuerza desde aquel lejano día en que se quedó mirando de afuera la única historia en que había creído en su vida. Pero en fin, ahora lo que deseaba era complacer en todo a Virginia que lo esperaba, a ver si te callas *Malatesta*, que lo esperaba amante en Cuernavaca, porque algo le tiene que haber pasado y no ha podido venir a recibirnos; y en el peor de los casos, y puesto que tú eres el principal pesimista de esta historia, *Alter Mierda*, ahí se me va quedando usted metido en esta consignita, porque así lo requiere la realidad que es la nuestra, y porque si las cosas están tan color hormiga como te las estás imaginando en este instante, nada mejor para volver a ganarle el corazón a Virginia que entrar a Cuernavaca gritando ¡lo vendí! ¡lo vendí! ¡lo vendí!, mentira, Sophie, ahí se queda en la consigna y esto queda entre nosotros.

Sophie gritando furiosa ¡devuélvemelo! ¡devuélvemelo!, coquetísimas señales desde otros mundos. En su casillero, humillado, negándose en nombre de Sophie a aceptar y transformándose venecianamente en *Signor Malatesta di Rimini, Malatesta-Alter Ego* y hace un ratito nomás *Alter Mierda*, inclusive, bañado en lágrimas por Pedro Balbuena y porque también él escuchaba desde su encierro la voz de Sophie gritando ¡devuélvemelo! ¡devuélvemelo!, mientras pensaba en lo fregados que pueden ser los seres que destruyeron los calendarios del olvido y en el daño que suelen hacernos con sus maravillosos recuerdos inolvidables. Y en la otra esquina, o mejor todavía, rincón, porque ahí estaba como quien se arrincona contra un mostrador para no caerse, Pedro Balbuena pagando tres tragos más, sintiéndose totalmente enfrentado al enemigo malo, asalto tras asalto, asaltado por la duda y el pasado y el futuro, y sin más presente que la ideíta pequeña y visual del mozo ese secando vasos con un trapo que se convierte en esponja, arrójala, pensando más vale mal acompañado, soy un solo con trampa, un solo de trompeta, un solo con sus amigos los fantasmas, sólo faltaba que no vinieras, Virginia, acobardándose al recordar, todo lo obligaba en ese aeropuerto, lo lindo que cantaba Jorge Negrete *era el último brindis de un bohemio con una reina*, por supuesto que la reina eres tú, Sophie, acobardadísimo al pensar que esa ranchera podía terminar como la de Juan Charrasqueado, *un hombre muerto que lo llevan a enterrar*, y arreglándoselas con otro trago, un pequeño estímulo, para meterse de lleno en una tercera ranchera, *México lindo y querido, si muero lejos de ti...*

Y como las ballenas, retornó a morir a sus playas peruanas, abandonando su hotel en el preciso instante en que caía despatarrado en la primera cama que encontró en el primer hotel que le señaló su libreta de direcciones. Un par de somníferos y una cita en Lima con una Sophie que sí podía vivir con él, la alegría de su madre y el abrazo del amigo, callaron hasta el sueño la taquicardia del miedo y el miedo a la taquicardia de la primera vez en su vida que se sentía mal a dos mil metros de altura. Se adormeció con el recuerdo más bien triste del Pedro Balbuena juvenil que jugaba fútbol a cuatro mil metros de altura, allá en el Perú, pero poco a poco su recuerdo ya no era triste porque se lo estaba contando a Sophie en otro recuerdo de cuando salían juntos, de cuando se iban a ir algún día a Venecia, y se durmió en el instante en que su avión aterrizaba en la Lima que él mismo acababa de crearse con Sophie y su madre y el abrazo del amigo.

Se echó un traguito antes de despertarse y otro recién despierto, mientras se miraba en su espejo mexicano. Y no más traguitos, se dijo, agradeciendo los favores recibidos a sus seres más queridos. La escena había sido digna de una novela, no a cualquiera se le ocurre, y se sentía bien además, aunque claro, algo nostálgico por el vuelo nocturno hasta Lima, como si aún le quedara noche de anoche metida en la piel de gallina, como si aún no lograra salir del todo de su laberíntica estrategia, y como si hubiera valido realmente la pena estarse cagando de miedo y sintiéndose pésimo en el primer hotel que encontró...

Su maleta de finísimo cuero verde con las iniciales en oro de su tío Pablo Balbuena, finísimo viejo verde que había encarnado, al pie de la letra, aquel texto en que Horacio hablaba de *gozar en la lascivia y morir en el acto*. En Lima... Otra vez la noche de Lima... Pero se la arrancó del cuerpo con un buen desayuno. Par de huevos rancheros, muy a la mexicana, toneladas de jugo de fruta y todo el café que pudo soportar. Y un «Valium» para que le hiciera efecto mientras se pegaba un duchazo y así poderse vestir nuevamente diciendo qué bien me ha caído este duchazo. Cuernavaca y Virginia ahora. Pedro revisó su terno de hilo blanco, y soltó la carcajada recordando el día en que entró totalmente borracho donde Ives Saint Laurent y pidió que lo vistieran igualito a uno de esos pelotudos de las revistas de moda que combinan placer y negocio en el Caribe u otras islas bajo el sol, y la verdad es que son unos ases en esas tiendas porque lo pusieron igualito al pelotudo de la página cuarenta y tres. Firmó un cheque en el que se le fue la mitad de su presupuesto mexicano, tras haber adquirido mil prendas más de vestir del mismo tipo, y de regreso a su departamento las arrojó como pudo en la maleta verde, pensando que durante el viaje volverían a plancharse solitas, tal como ocurría en el caso de. Lo demás fue tirarse a la cama, extrañar a Virginia mientras releía una de sus cartas favoritas, y llegar al aeropuerto de México.

—¡Virginia! ¡Virginia! ¡La peor vestida y la más querida!

La escena fue más o menos digna de una novela. Virginia había venido a buscarlo en su *jeep* desde el pueblecito en que nació Emiliano Zapata y le había bañado en lágrimas de felicidad la solapa de la taquicardia y se habían besado y besado, diríase que hasta casi contra las buenas costumbres. Le volaba la corbata de seda en el *jeep* mientras conducía buscando el camino de regreso y Virginia le había robado el sombrero para ponérselo ella. ¡Qué bella su carota bajo mi sombrero de jipijapa! Virginia fumando a su lado. Virginia robándole la corbata de seda y atándosela al cuello como pañuelo. Virginia robándole el saco de hilo blanco porque su sacón de vieja gamuza le daba demasiado calor. Pedro caminando con el torso desnudo. Virginia y Pedro haciendo compras en el mercado. Virginia bebiendo cerveza y él a su lado tomando su jugo de frutas y algo nervioso porque costaba trabajo dejar de fumar. Virginia y él en la cama. Virginia esperando bebé y él esperando terminar su novela el próximo invierno. Virginia y Pedro rematando prendas de vestir «Ives Saint Laurent» en el pueblecito donde nació Emiliano Zapata. Pedro lavando los calzones de Virginia porque hay que combinar el trabajo intelectual con las tareas manuales, y si es con ternura, mejor todavía. Pedro clavando la cuna del niño y Virginia estudiando riquísima. Pedro y Virginia en la cama. Pedro en su cama de París, preguntándose, ¿dónde mierda nació Emiliano Zapata?

Su terno de hilo blanco. Había dormido vestido y el terno tan arrugado que pensó meterlo un rato en la maleta verde a ver si se planchaba solito, tal como sucedía en el caso de. Pero no lo hizo porque eso le habría tomado más tiempo, y también porque con la ropa arrugada se parecía un poco menos a los pelotudos de las revistas de modas y más bien empezaba a tener una increíble pinta de escritor decimonónico en vacaciones, con lo cual lograba parecerse en algo a Pedro Balbuena, o en todo caso bastante al drama de Pedro Balbuena. Se miró en el espejo y captó cómo haber llevado esa ropa veinticuatro horas había bastado para que le cambiara a verdadero y grave el fino diseño de un instante más de una moda.

Hiroshima, mon amour. Cuernavaca. Cuando dijo en voz alta ésta es la ciudad donde voy a vivir, no lo creyó, y cuando lo volvió a decir en voz más alta todavía, para creerlo, no pudo terminar de decirlo. Y al mismo tiempo iba descubriendo que a Virginia le tenía un miedo que no había conocido hasta entonces, y cuya primera manifestación fue la forma en que de golpe le aterró comprobar que su terno de hilo blanco estaba nuevamente tan impecable como si hubiese salido de una maleta de Sophie. Lo acusaba. Lo acusaba algo tan absurdo como su ropa, y Virginia era un juez que detestaba las bromas, un juez que huía tal vez para no condenarlo, pero Pedro sabía también que el nudo en la garganta con que la buscaba por calles y plazas ya lo había sentido por otras calles y plazas de su vida, y que era precisamente por eso que la buscaba así. No tenían su dirección y ya no recogía sus cartas ahí, cuando entró buscándola al correo, el primer día. No tenían su dirección y aunque la tuvieran no hubiera sido posible dársela, cuando entró buscándola el segundo día, y a la tercera vez no sólo no les daba la gana de darle la dirección de la señorita, sino que además lo botaron a la calle por borracho y por insolente.

Cuernavaca. Camine usted. Acuéstese a no dormir y levántese poniéndole la corbata a Quevedo. En los bares no descansaba, bebía tratando de estimularse para el próximo itinerario buscando a Virginia. Es el mismo itinerario de hace dos horas pero dos horas más tarde, lo cual quiere decir que es otro porque por ahí puede venir Virginia. Una esperanza. Las muchachas norteamericanas que estudian en Cuernavaca. Alguna puede conocer a Virginia. Pedro se distrae contemplándolas, se pierde siguiéndolas, sonríe comparándolas, no sabes cuánto te quiero. Cuernavaca. Aquí las muchachas norteamericanas dicen que están más contentas que en París. Deberían estarlo. Se parecen tanto a ti, Virginia. Aquí los muchachos mexicanos están mucho más contentos que en Estados Unidos. Más contentos con estas norteamericanas sobre todo. Pedro empieza con las muchachas norteamericanas. Ninguna conoce a Virginia. Continúa con los muchachos mexicanos que siguen a las norteamericanas. No hay pierde. No se les escapa una a estos condenados. Pero Virginia no está y luego como si su miedo a todo eso le estuviese diciendo algo. Quitarse íntegra la ropa de la broma, terno, camisa, corbata, sombrero de jipijapa. Vestirse como cualquiera. Ser igual al miedo que uno tiene. Pedro empieza nuevamente con las muchachas norteamericanas. A la primera que interrogó le leyó en los ojos lo que no había sabido o no había querido leerle a ninguna antes. Virginia estaba muy cerca, todo el tiempo había estado muy cerca. Un tipo que lo quería matar le entregó un papel.

ESPÉRAME A LAS 3 PM EN TU HOTEL
Y EN TU HABITACIÓN. VIRGINIA

No había sido una mala idea mandar que le limpiaran el terno. Por lo menos se lo plancharían bien en las horas que faltaban. Se cambiaría de camisa y de corbata. Así me conociste, Virginia, encorbatado. La recibiría hasta con el sombrero puesto, se lo quitaría al verla entrar. Hablaremos de Sophie, Virginia. No sabes cuánto te quiero.

* * *

Virginia tenía veinte minutos de atraso ya, y Pedro lo estaba pasando pésimo, cuando por fin escuchó que llamaban a su puerta. Esos golpes tímidos, apenas perceptibles y temerosamente espaciados, sólo podían ser de ella, de la misma manera en que esa habitación en nervioso desorden no podía ser más que suya. Pedro se había encargado únicamente de que les subieran unas cuantas cervezas. Había pensado recibirla con un abrazo, con un brindis, con otro abrazo y un largo beso y otro brindis, pero al ver entrar a Virginia comprendió que algo había fallado por completo en sus cálculos. Virginia cerró la puerta, se apoyó en ella como si tuviera miedo de acercársele, y como si al mismo tiempo quisiera que él la observara detenidamente y que le gritara ¡qué te ha pasado...!

—Te he buscado más de tres días.

—Lo sé.

—Ha sido horrible, Virginia. Pero te lo mereces. Te lo mereces todo.

—Estás mintiendo, Pedro.

—Bueno, dime entonces por qué te has estado escondiendo.

—No quería verte.

—¿Cómo que no querías verme? ¿Y las cartas?

—Todo ha cambiado, Pedro. Te lo dije en mi última carta. Lo siento si se perdió o si llegó tarde.

—Pero Virginia...

—Te decía que no vinieras; que no vinieras por mí en todo caso.

—Ven. Sentémonos en la cama. Probablemente tienes mucho que decirme.

Sí, Virginia tenía mucho que decirme. Y a medida que hablaba, yo como que iba reconociendo sus frases. Me imagino que es lo que se llama experiencia, pero y a mí de qué me sirve la experiencia si cuando me vuelven a suceder las mismas cosas, todo me vuelve a doler, y hasta más que antes todavía. Me cago, pues, Virginia, porque lo que es, al animal que soy, de qué le vale saber que no todo lo que se ama es el amor, por más inolvidable que nos resulte. Ya me lo habían dicho: con Virginia no debiste pasar de California. Y qué sacan con decírmelo, si a mí me cuesta trabajo despedirme hasta de un tipo que acaban de presentarme.

Y, además, qué sabe la gente. Ni Virginia ni nadie tiene razón. Por más que yo haya terminado varado en esta playa con el alacrán de mierda ese que no me deja ni bajarme de la hamaca. He hecho lo que tenía que hacer. Y así está bien.

—Déjame quedarme unos días en Cuernavaca, Virginia. Tal vez cambies de idea.

—No, Pedro. Quiero que regreses al Distrito Federal hoy mismo.

—¿Cuál era la playa a la que me querías llevar?

—La Ventosa.

—¿Por qué no vamos a La Ventosa?

—Pedro, creo haber hablado bastante claro. No insistas, por favor.

—Okay. ¿Me acompañas a la estación?

—Te he dicho que no quiero que me vean contigo.

Pero encontré una solución para eso. Virginia era la muchacha norteamericana que se paseaba por Cuernavaca como por su casa. La gente que caminaba por la calle la conocía y la respetaba y ella conocía y respetaba al pueblo mexicano. Yo la seguía, maliciosamente, pero Virginia no sabía quién era yo y jamás hubiera tenido nada que ver con un tipo como yo. Yo era un hombre rico. Eso se podía notar fácilmente por la ropa que llevaba puesta y en el desprecio con que miraba a la gente pobre. México era América Latina, Virginia amaba México y yo era un latinoamericano rico. Virginia había elegido. No había sido difícil estando en México, en medio de todo ese subdesarrollo, caminando entre gente tan humilde, tropezando con indios tan pobres. No había sido difícil. Yo era culpable. Cuando lo descubrí, estábamos los dos abrazados y Virginia llorando contra mi pecho.

—Dame otra oportunidad, Virginia.

—No, Pedro. No puedo. Con un hombre como tú no iría a ninguna parte.

—¿Aunque ese hombre haya cruzado el Atlántico por una mujer como tú?

—Hay momentos en que te quiero tanto...

—He vendido el perro. Ni siquiera te has dado cuenta. Lo he vendido, Virginia.

—Tienes que irte, Pedro. A la gente con que vivo no le gustarías.

—No llores, Virginia.

—Tienes que irte.

—¿Por qué tengo que irme? ¿Por qué, Virginia? ¿Qué es lo que no quieres que vea?

—¡Nada! ¡Nada! Pero a la gente aquí no le gustarías.

—¿A qué gente? ¿A la que te ha arañado así? ¡Déjame verte la espalda! ¿Quién es el tipo con que me enviaste el papelito?

—Vivo con su familia. Alquilan cuartos. Es sólo un amigo.

—¿Cuántos amigos como ése tienes?

Eso era algo que Virginia no podía saber. Podía tener la certeza de que yo era culpable, pero por más que hubiera tratado de averiguarlo, jamás habría podido descubrir cuánta gente pensaba lo mismo de ella. Todo se iba aclarando. La culpabilidad a cuestas era una dimensión de su famosa gringacidad que acababa de descubrir en Virginia. Era el muro contra el que tarde o temprano tenía que estrellarme. Virginia era la vecina del Norte. Y en una tierra de muralistas, para colmo de males. En París se habría dado cuenta de que mentía cuando le dije que había vendido a *Malatesta*, pero en México ella solita había relegado todo eso a un plano secundario. Insistí, porque quería que me recordara insistiendo, y porque como decía, siempre me cuesta trabajo despedirme. E insistí también porque al llorar su cuerpo latía contra el mío, y eso, su cuerpo latiendo contra el mío, sólo eso hubiera justificado encontrar a Virginia de nuevo y con una amenaza mexicana en el futuro. Estaba pensando que ése era el tipo de experiencia que a mí me da la experiencia y estaba queriendo a Virginia y al mismo tiempo también mi sentido del humor estaba captando algo bastante divertido: Virginia no cesaba de abandonarme, y yo no cesaba de consolarla.

Pero igual no caminamos juntos hasta la estación de ómnibus. Debía seguirla, de acuerdo a nuestros planes, lo cual me permitió comprobar que dos tipos le dieron un manazo en el culo y que una mujer la miró como a un bicho raro, al cruzarse con ella. Y un poco más allá, un tipo exacto a mí y en automóvil la empezó a enamorar disminuyendo la marcha, mientras yo iba deseándole suerte, viejo. Virginia ni lo vio, seguro. Caminaba derechita, bellísima, y sin duda deseando que nadie pensara que tenía algo que ver conmigo. Me había imaginado cosas parecidas, pero nunca las había visto. Por lo menos no así, tan obvias. Cuernavaca no tenía por qué ser una ciudad especial en el mundo. Era Virginia, entonces, quien era especial. La besé en el aire. Ya estábamos ahí. El próximo ómnibus partía dentro de quince minutos. Compré mi boleto y me senté en un pequeño bar, a un lado de la entrada. Me estaba mirando o sea que pedí dos cervezas y puse una a mi izquierda, sobre el mostrador. También he comprado dos boletos, le dije, al ver que se había sentado a mi lado. No era verdad, pero quería que me recordara insistiendo. Inclinó la cabeza y su cara desapareció entre la palma de sus manos. Sólo podía ver su bellísimo cabello. Escuché su voz, muy bajito, quería que le dejara una fotografía de recuerdo y yo no tenía ninguna.

—¿Para qué quieres una fotografía de un tipo como yo?

—Quiero una fotografía tuya, eso es todo.

—Mira, Virginia: un tipo como yo sólo tiene una cosa que darle a una muchacha como tú: *money*.

—¡Stop!

—Stop.

—¿Dónde vas a estar, en México?

—Si necesitas...

Virginia se paró y se fue. Terminé mi cerveza y mi frase: Si necesitas algo estaré en el «Hotel del Prado». Seré el tipo que lleva siglos buscándote en el mural de Diego Rivera que está a la entrada. Más tarde, en el camino, pensé que era el tipo de humor que a Virginia nunca le había gustado, y que últimamente yo iba repartiendo a borbotones entre la gente. ¿La había ofendido, al tratar de regalarle dinero? Me hubiera gustado saber que no, pero ya era imposible. Su mala conciencia y su miedo, ¿cuál de los dos era más grande? Imposible saberlo también ya. Y después, casi entrando a la ciudad de México, empecé a regalarle mi sombrero de jipijapa. No sé por qué, pero siempre sospeché que le gustaba.

—Fue de una tía mía que se acostaba con un indio. Te lo regalo para olvidar que tuve una tía puta, aunque hoy en día, ser mestizo en América Latina...

Me confundí con tanta explicación y Virginia no se rió. Yo, mucho menos.

* * *

Y ahí estaba Pedro Balbuena, varado en La Ventosa, la playa donde Virginia le había prometido llevarlo, y cuyo nombre le había ocultado hasta el final para que fuera sorpresa, varado en esta playa, para usar una expresión que sin duda alguna le quedaba muy bien a su historia. Continuaba metido en su hamaca, y era mejor que continuara conversando con Sophie porque así lograba olvidar al maldito alacrán que tenía ahí abajo, aunque él temía que se le acabara su provisión de cervezas, o que le entrara una incontenible necesidad de ir a mearlas antes de que lo venciera el sueño. La gente dormía a su lado, en catres o en otras hamacas, ya nadie caminaba por ahí y el alacrán verde y enorme ahí abajo. Se lo estaba contando todo a Sophie. Iba ya por la parte del encuentro con Virginia en la ciudad de México, el segundo encuentro, la noche aquella en que se estaba preparando para bajar al comedor del «Hotel del Prado», cuando sonó el teléfono de su habitación. *Virginia by night*, se dijo, y bajó corriendo.

Dos meses habían transcurrido desde la separación en Cuernavaca. Pero eso no tiene nada que ver, Sophie. Cuando los sentimientos quedan la historia nunca se acaba, cualquiera que sea el desenlace la historia nunca se acaba, y quién mejor que tú para saberlo, uno continúa muerto de curiosidad por saber qué pasa. Por eso te lo ando contando todo siempre, curiosita hasta la muerte, Sophie, hasta las partes más ininteligibles te las cuento siempre, y es que a menudo ellas lo explican todo, aunque esto no sé bien cómo explicártelo. Pero digamos que se parece al asunto ese de los sueños, cuando uno se despierta y como que se te quedan adentro fuerzas que hacen que te andes tropezando con todo durante todo el día y viéndolo todo de nuevo y todo diferente de nuevo, aunque el sueño ya se haya acabado y aunque lo hayamos olvidado incluso. Tú me entiendes, estoy seguro. Pues eso es lo que me está sucediendo constantemente. Mis historias, Sophie, mis propias historias como que continúan siempre dándome nuevos impulsos y hasta empiezan de nuevo y terminan de nuevo, todo depende de a quién se las cuentas, o de quién te pide que se las cuentes, o del estado en que estás cuando te las vuelves a contar tú mismo. O de si has terminado varado en una playa como ésta...

En fin, una noche Virginia apareció en mi hotel. Podría añadir que no la esperaba, claro, pero ¿cómo?, si no bien la vi me di cuenta de que la había estado esperando siempre. Igual contigo, cuando me mando estos recorridos inútiles para que sepas que viajo mucho, esperando, buscando siempre, y para contarte las mil y una anécdotas de Pedro Balbuena, aunque a veces creo que uno sólo visita algunos lugares para poder decir, al final, yo aquí no vuelvo nunca más en mi vida.

Pero éste es un buen viaje, a pesar del alacrán de mierda. De antemano te digo que está muerto. De otra forma no se estaría pasando toda la noche estacionado bajo mi hamaca. En fin, esto te lo explico porque tú bien conoces mi fobia por estos monstruos y, sobre todo, porque no quiero que pienses que éste no es un buen viaje, basándote en la versión que le conté a Virginia. Lo hice por ella, ella necesitaba una versión así. Las estaba pasando negras en Cuernavaca, diarrea la mitad del tiempo y su gringacidad a cuestas todo el tiempo. O sea que le conté de esa manera mi viaje hasta aquí, en parte porque con lo aplastada que estaba necesitaba agredir a alguien, y así no le resultaría difícil decirme que yo era un reverendo hijo de puta, y en parte porque sigo sintiendo exactamente lo mismo por ella, Sophie. Por eso nunca soportaré la idea de haber vivido con ella sin haberla hecho reír cuando fue necesario. Ya ves, otra historia que no ha terminado, otro libro imposible porque no se acaba en la vida, porque puedo abrirlo y cerrarlo cuando quiero, y porque no se termina ni siquiera cuando lo vuelvo a cerrar. Ahì queda, al menos mientras yo viva. O sea que no me digas que todo lo que te estoy contando es también una versión para ti. Virginia apareció en mi hotel increíblemente desmejorada, increíblemente golpeada por la vida, y más bella que nunca, todo al mismo tiempo.

—¿Pasamos al comedor? Este hotel fue construido con la sangre-sudor-y-lágrimas del pueblo mejicano con jota, para que yo me sintiera como en mi casa.

—No he venido a pelear, Pedro.

—El cheque de mi madre llegó ayer, o sea que podemos tomar langosta con champán francés y con esos artistas nacionales llamados mariachis.

—Te he dicho que no he venido a pelear, Pedro. Si sigues así tendré que irme.

—¿Por qué? Éstas ya no son tus condiciones de vida.

—¿Qué quieres decir con eso?

—«Creo que comprenderás hasta qué punto me afectan tus extravagancias y tus excesos, por no llamarles locuras. Esto se debe, me imagino, a que tu compañía suele resultarle muy grata a la gente que sólo te frecuenta socialmente. Pero mi caso es distinto, pues yo tengo que vivir contigo, de tal manera que tus excesos y locuras se convierten en mis *condiciones de vida*.» Habías subrayado condiciones, si mal no recuerdo...

—¿Recuerdas todas mis cartas?

—Sólo trataba de explicarte, con tus propios argumentos, que podemos compartir una excelente comida esta noche.

—Sí.

—Estás sonriendo, Virginia.

—Me siento bien.

—¿Cómo está Cuernavaca?

—Sigue ahí.

—¿Te vas a quedar?

—Sí. Por lo menos un tiempo más.

—¿Te gusta más que París?

—Sí.

—Estás sonriendo, Virginia. Creo que es un buen momento para pedir la comida.

—¿Qué vas a pedir?

—Todo menos huevos rancheros.

—Yo los comeré.

—Nos estamos riendo, Virginia.

—Sí, pero te están temblando las manos.

—«Un...

—...privilegio otorgado a tu familia por la antigüedad que es clase.»

—Estupideces. Pero guardémoslo de todas maneras como nuestro chiste particular.

—Eres una de las personas más encantadoras que he conocido, Pedro.

—Es sólo un problema de condiciones de vida, subrayando la palabra condiciones. ¡Mozo!

—¿Por qué no le has dicho *por favor* al llamarlo, Pedro?

—Porque gana más que la mayor parte de los escritores que yo conozco y porque revende carísimo las entradas para el box.

—Pedro...

—Mira, Virginia, tú siempre te has sentido mal delante de los mozos. Eso ya no tiene arreglo. Pero creo que ésta es una situación excepcional. Es el mozo el que se siente pésimo delante de ti, esta vez.

—¿Por qué? ¿Te molesta mi ropa?

—Adivinaste, Virginia. ¡La peor vestida y la más querida! Adivinaste.

—Se trata de un problema cultural. Ese mozo vive...

—No lo tomes tan en serio, guapa. Comamos tranquilos. Sólo estaba buscando una oportunidad para soltar esa frase. ¡La peor vestida y...!

—¿Cuál de las dos partes es verdad?

—Estás sonriendo muy tímidamente, Virginia. Adivina cuál.

Fue una comilona excelente. Pero Virginia no sabía beber, no sabía beber champán en todo caso, y el corazón como que empezaba a ablandársele, ya no lograba hacerla reír como antes. Notaba en cambio que se estaba poniendo cada vez más triste, y como con toda su honestidad me había dicho que sólo había venido para saber cómo andaba yo, y nada más, el asunto no se movía y hasta parecía concluido. Y sin embargo todo lo que había vivido con ella continuaba ahí, como desnudo, e invitándome a darle la única solución que podía darle esa noche. Mala suerte que Virginia hubiese escogido precisamente esa noche para venir, y que hubiésemos cenado así, y sobre todo que ella soportara tan mal el champán. Y puesto que ya era tarde para interesarla por algo nuevo en mi persona, un Pedro Balbuena abandonado por Virginia creo que le habría gustado, no tuve más remedio que recurrir al único Pedro que le había sido fácil descubrir. Ella había hablado de un problema cultural...

Y un viaje hasta La Ventosa me dio la gran oportunidad. Era una buena historia, y contada por tamaño charlatán, estoy seguro de que la iba a espantar para siempre. Nunca más Virginia en el «Hotel del Prado», no para buscarme a mí, en todo caso. Por supuesto que recordaba la playa a la que había querido llevarme de sorpresa. ¡Ah, qué bien lo hubiéramos pasado ahí los dos! Y te juro, Sophie, yo mismo me fui entusiasmando tanto con lo que me fue pasando en el viaje, que no tuve más remedio que recorrer medio México para venir a ver cómo era el asunto. Si Virginia lo supiera... Pero no me arrepiento.

—¡Cómo pudiste hacer todas esas estupideces!

—Solías llamarles extravagancias y locuras. ¿Por qué ahora las llamas estupideces? Ni siquiera son tus condiciones de vida ya.

Lo de Puebla se lo tragó más o menos bien, y hasta creo que sirvió para calmarle un poco los efectos del champán. Pero la parte de Oaxaca empezó ya a devolverle fuerzas para regresar a Cuernavaca. Estaba escrito que regresaba a Cuernavaca. Virginia lo había escrito. Yo era sólo el imbécil que la ayudaba con los desenlaces, lo cual, como puedes comprobar una vez más, Sophie, no quiere decir nada. De cualquier manera, para ella las estupideces empezaron en Oaxaca. Se le notaba en la cara, me miraba cada vez más furiosa mientras yo le iba contando de mi llegada a esa ciudad, en uno de los famosos Lunes del Cerro.

—¿Sabes lo que es el Lunes del Cerro, Virginia?

Le cayó como patada al hígado no saberlo, para una muchacha como Virginia se trataba de una imperdonable laguna en su cultura mexicano-tercermundista, le costaba trabajo controlarse, más todavía por ser yo quien la encontraba en flagrante delito. Pero conociendo a Virginia, no me cabía la menor duda de que iba a poner su honestidad por encima de todo eso, y de que no tardaba en preguntarme con peregrinante humildad en qué consistía esa fiesta. Le dije lo que pude, que la fiesta se celebraba dos lunes seguidos al año, que venía gente de todo el Estado de Oaxaca, que era una de esas chupaderas religiosas con su Virgen en el cerro, sus marimbas y altoparlantes por toda la ciudad, pero empezó a pedirme tantos detalles sociohistóricos, que no tuve más remedio que confesarle que había sido la primera borrachera con mezcal de mi vida. Y ahí se armó la pelea, ya no sólo escribo México con jota y pido maní en vez de cacahuetes con mi whisky, sino que además me paseo borracho entre las costumbres populares, ¡hábrase visto cosa igual!

—Pero no, Virginia, déjame contarte. Yo llegué a las tres de la mañana y con las mejores intenciones del mundo. A quién se le iba a ocurrir que era lunes, y del Cerro, además. Ni un solo hotel. En París me habían dado una lista de hoteles, ciudad por ciudad, y hasta me había acercado a pedir direcciones a una agencia de charters, Virginia. Sólo por ti hice eso, quería darte vida de estudiante con mochila. Claro que tenía direcciones de buenos hoteles en el caso de que, pero en Oaxaca tenía uno, que según me dijo el de la agencia, se lo había recomendado un general francés que viajaba siempre con poquísimo dinero, e infaliblemente regresaba contando que había ahorrado muchísimo. Ni una sola cama. Purita puta, eso sí, ahí ni los enmochilados entraban. ¿No me crees? Bueno, era un general en retiro, reconozco. Pero total que ya los habíamos recorrido todos, desde el más caro hasta el del general, y el taxista me dijo que no tenía más remedio que irme a dormir a Puerto Escondido.

—¿Y eso dónde queda, amigo?

—Son sólo tres horitas, señor. Trescientos kilómetros, y hay un ómnibus que parte a las cinco de la mañana.

—Me cobró cincuenta pesos del alma por dejarme

en lo que tuvo la concha de llamar terminal terrestre.
Hijo de puta, sin duda se aprovechó de la oscuridad
para dejarme ahí. Ahí lo único que se veía, entre la neblina, era un ómnibus amarillo y unos bultos medio
marrones a su alrededor. Inspiraba desconfianza el
asunto, y yo dale con mirar los bultos esos que andaban desparramados por la tierra. ¿Qué crees que eran?
Pasajeros, Virginia, compañeros de viaje bien envuel-
tos en sus mantas, dormiditos todos y esperando la
hora de la partida para levantarse. Pero los desperté,
Virginia. O mejor dicho los despertó mi finísima maleta de cuero verde con iniciales de oro. Fue como el toque de diana, Virginia, empezaron a desperezarse uno
por uno con alevosía y gran maldad.

—¿Qué otra opinión podrías haber tenido de esa
pobre gente?

—Te juro que yo lo veía así, Virginia. Desde mis
ojos entequilados ese corral con los tipos esos desperezándose entre la neblina parecía un gimnasio del absurdo. ¿Y adivina qué, además?

—¿Qué?

—Puerto Escondido estaba a trece horas de camino.

—¿Eso quién te lo dijo?

—Mi compadre Alfredo.

—¿Quién?

—Mi compadre Alfredo, el del bar.

—O sea que te fuiste a un bar, te emborrachaste, y
perdiste el ómnibus.

—¿Y qué querías que haga, que tomara el ómnibus
y me metiera trece horas más de viaje después de haber
pasado la noche en blanco? Además, no fue esa noche
que me emborraché. Con tu perdón, mi maleta no me lo
permitía.

—Confiesa una cosa, Pedro, ¿tú tienes vergüenza de
ser peruano, no?

—¡Qué! ¡Pregúntale a mi compadre Alfredo! Me llevó
a su casa cuando vio que estaba cansado y que no había conseguido hotel. Y me llevó porque él era mexicano con jota y yo peruano, para mayor información.

—Usted está loco, amigo Pedro. ¿Irse hasta Puerto
Escondido ahora? Se le muelen los huesos. Si quiere
usted ir al mar, yo le voy a recomendar una buena
playa, pero no le digo cuál ahora porque a lo mejor
se me va usted. Se llega mucho más rápido eso sí.

Y ahora déjeme que le invite una copita y luego vámonos pa' su casa, que ya va a amanecer y aquí hay mucho borracho que le está echando ojo a su maleta.

—Pero ahí hay un tipo que dice que a las ocho sale un avión para Puerto Escondido.

—¿Avión en Lunes del Cerro...? ¿Cómo estarán los pilotos. Ahí para subir seguro que le dan a uno su rollito de papel higiénico. Quédese, amigo Pedro, le quiero mostrar mi ciudad.

—O sea que nos tomamos tres copas más de un brandy increíble y empezamos a caminar hacia su casa. Mi compadre Alfredo... Era el más borracho de todos, pero el más gracioso. Por eso dejé que me metiera letra cuando entré al bar. Y si vieras cómo insistía en cargarme la maleta al salir...

—¿Trató de robártela?

—No, mi querida Virginia. Se cayó al suelo. Jamás pensó que pesaba tanto.

—¿Cómo era su casa?

—Era el tipo de casa que te hubiera gustado. Mientras duró la borrachera, fue su humilde hogar. Después era mi casa, y cada vez que entrábamos me decía acaba usted de tomar posesión de su casa, amigo Pedro. Y cuando me fui se convirtió en *la casa es chica pero el corazón es grande*.

—Debería usted cambiar el cartelito ese, amigo Alfredo. Ponga más bien *el corazón es grande pero cuídense del mole poblano en el desayuno.* Es delicioso, no se lo niego, pero me ha hecho mierda el estómago. Y no se olvide tampoco de que no todas las gringas vienen a México para culear.

—¿Pensaba eso? ¿Y qué te dijo?

—Debió haberle usted dado duro para que se quedara a su lado, amigo Pedro. Debió darle usted duro a esa gringa. Tenga, llévese esta pluma de pavo de recuerdo.

—¿Le habías hablado de mí?

—Sí, una noche después de escuchar las marimbas en la Plaza de Armas.

—En México se le llama Zócalo.

—Lo sé, Virginia, lo sé.

Me metí la pluma de pavo al culo. Estaba perdiendo a Virginia, y como si fuera poco, sólo por darle mayores ánimos para llevar a cabo sus proyectos acababa de inventarme un compadre imaginario. Purita compensación, me imagino, porque sólo tengo un compadre en este mundo, y lejos, en el Perú. Será por eso que a éste lo he colocado tan cerca a mí durante esta segunda visita a Virginia.

—¿Adivina qué hize con la pluma de pavo, Virginia?

—Estoy cansada, Pedro, tengo que irme.

—Me fui derechito al hotel del general francés, el retirado.

—Pudiste haber cogido una enfermedad.

—Todas mis enfermedades son psicosomáticas, Virginia. Además, se van del todo si tú no te vas.

—Tengo que irme, Pedro.

No me gustó mi última frase. Ya en Cuernavaca había hecho todo lo posible porque Virginia me recordara insistiendo, y no era el momento para empezar de nuevo. Se trataba ahora sólo de que completara su imagen negativa de mi persona. Era una tarea bastante dura, y lo que es más, tristísima, pero era la tarea que me había impuesto. O sea que tomé el ómnibus y me trasladé hasta Tehuantepec. En una mano llevaba mi finísima maleta de cuero verde, y en la otra la pluma de pavo con la que tanto se hubiera divertido, y a muy bajo precio, el general francés. De la estación me trasladé a una iglesia.

—Padre, quisiera confesarme.

—Póngase en la fila, por favor.

—Sí, padre. Pero tengo el problema de la maleta. Sigo viaje a Salina Cruz y a La Ventosa, y no me queda más remedio que guardarla conmigo. Sé que ésta es la casa de Dios, padre, pero aun así tengo miedo. Hay gente tan necesitada. Mire, padre, ¿podría meterla a su confesionario?, sólo mientras hago mi examen de conciencia, padre. Con usted estará segura. Dios se lo pague, padre.

—Me dijiste que eras ateo, Pedro.

—Pero es que había estado con putas, Virginia. Era la primera vez en mi vida y francamente necesitaba confesarlo.

—Pedro, tengo que irme. Estás bebiendo demasiado.

—Espera, Virginia. Cuando digo putas, quiero decir putas, putas que cobran. No lo tomes a mal. Cuando te dije en París que eras una puta excelente, estaba hablando en otra dimensión, era como una visión panorámica de la vida. ¿No te acuerdas?

—Sí, creo que sí.

—Lo tomaste como el mejor piropo que te habían dicho en tu vida, me lo confesaste días más tarde, ¿te acuerdas? «Una puta tan excelente que cualquier hombre quedaría malacostumbrado para siempre después de haberte conocido.»

Ya estaba insistiendo de nuevo, me prometí que no lo volvería a hacer. Bien, mi examen de conciencia estaba listo y yo era el próximo penitente.

—Soy un general francés en retiro, padre.

—Habla usted muy bien castellano.

—Es que me gasto mi pensión de retiro en México y en el Perú. Sale más barato. Putas, padre.

—¿Cómo dice?

—Putas, padre. Las paso putas sin putas.

—Despacio, despacio... A ver espere...

—¿Usted sabe lo que significa haber sido general del aire y tener que volar sin putas?

—Espérese un momento... No lo puedo oír bien.

—¿Pero qué le pasa, padre?

—¡Espérese!

—¡Por qué salta tanto, padre! ¡Usted está loco! ¡Páseme mi maleta! ¡Yo con usted no me confieso ni de a vainas!

—¿Y qué le pasaba, Pedro?

—¿No se te ocurre? Por la rejilla que tiene la ventanita del confesonario yo le metía y sacaba la pluma de pavo. No podía verme desde dentro, pero yo le acertaba las cosquillas justo en la oreja, se estaba volviendo loco el pobre.

—Pedro...

—¿Qué?

—Nada, nada. ¿Qué tal en La Ventosa?

—¡Ésa es la mejor parte! No te la pierdas, Virginia.

Y realmente lo fue. Bueno, tú me comprendes, Sophie, tenía que motivar a Virginia, darle ánimos. Y ahora que lo pienso, sabiéndola perdida tal vez lo único que me interesaba era dejarle un recuerdo matizable como la vida. Un hijo de puta insistiendo como un adolescente enamorado. Y te diría que aún he visto cosas no sé si peores o si simplemente más tristes. Un adolescente insistiendo como un hijo de puta enamorado, por ejemplo. Mi Sophie...

—Ah, Virginia, estás cansada... ¿Por qué no regresas otro día para que te cuente mis aventuras en La Ventosa?

—No voy a regresar, Pedro, ya te lo he dicho.

—Entonces déjame que pida otro coñac. ¡Mozo!

—Pedro, te repito que estoy cansada.

—Deberías ir a La Ventosa en vez de quedarte todo el tiempo en Cuernavaca. Y no dejes de preguntar por la «Posada de Rustrián». El ómnibus te deja en medio de un camino de tierra, y entrando un poco hacia la playa te encuentras con la posada. El nombre suena a *Cantar de Mio Cid*, pero no bien llegas te topas con los enmochilados y no más cantar de gesta, ¡México lindo!, Virginia. ¡Y qué pescado! No hay vino blanco, pero en cambio hay una cerveza llamada «Tecate», que con su limoncito... pa' chuparse los dedos. Ahí me alojé, Virginia, y en la terraza, al aire libre. Hay pocas habitaciones, y las guardan sobre todo para las parejas y los niños. Diez mil enmochilados se meten por la noche en una habitación, no saben vivir, Virginia. En la «Posada de Rustrián» hay que dormir en hamaca, el hotel entero no es casi más que una enorme terraza. Por la noche retiran las mesas, ponen catres y hamacas, y puedes dormir a la luz de la luna y encimita del mar. Deberías ir, Virginia.

—Ya lo sé, ya lo has dicho. Pero, ¿y tú qué hiciste ahí?

—Yo no hice nada especial, lo que pasó es que me sucedieron cosas increíbles.

—¿Como qué?

—Bueno, para empezar, me entró por la soledad y por lo que ahora llamaría las extrapolaciones históricas. Buscaba sensaciones extrañas, Virginia. Por ejemplo sentir que estás en pleno territorio maya y dedicarte a leer un libro sobre la caída del imperio romano. Con unas cuantas cervezas, y con un poco de ese sol endemoniado que achicharra a los enmochilados, se logran obtener sensaciones increíblemente relativistas, realmente meditas sobre el espacio y tiempo históricos. Y además tenías a los enmochilados, para los matices. Una buena parte venía de tu imperio natal, y el resto eran charteristas de los imperios del Viejo Mundo. Hasta podías terminar convertido en un filósofo de lo absurdo, agregándole unas cuantas cervezas más. Porque lo que es había un solazo...

—¿Había mexicanos?

—Sí, el propietario. Estaba feliz con la prosperidad de su negocio, soñaba con ampliarlo. Andaba ampliando todo el santo día, el tipo.

—Bueno, pero aparte de él.

—Aparte de él, los muchachitos que amarraban las hamacas y servían a los enmochilados. Eran pocos, debo confesarlo, pero si vas encontrarás también pescadores. Hembras y machos.

—Me voy, Pedro.

—Tienes que ir a La Ventosa, Virginia. Encontrarás la gente más simpática, desde que llegas todo el mundo te sonríe. Quieren saber quién eres, adónde vives, qué haces en esa playa, cuánto tiempo te quedas, en qué charter viniste, qué necesitas, qué libro estás leyendo, dónde naciste. Así es como lograron abordarme a mí, al cabo de tres días de amables sonrisas, que yo no veía, y de paseítos junto a mi libro para ver qué diablos estaba leyendo. Yo nada; al contrario, cada día me sentaba en una mesa más alejada, hasta que por fin una tarde los veinticinco o treinta que había se me sentaron en comunidad en la mesa de al lado. El más aventado se volteó y me clavó la sonrisa.

—¿Es usted mexicano?

—No, chileno.

—La mesa entera giró solidaria y dispuesta a prestarme ayuda con acentos muy diferentes, el golpe de Pinochet, los sucesos de mi país, lo sentían tanto.

—Señores, lamento mucho tener que informarles que represento a mi gobierno con orgullo.

—La mesa entera giró y empezó a atragantarse el pescado con acento muy diferentes...

—Hijo de puta.

—Lo mismo pensaron ellos, Virginia, pero debo confesarte que tan asquerosa estrategia me permitió terminar de leer mi libro en paz. No logré empezar el siguiente, sin embargo, y todo por culpa de un francesito que no cesaba de mirarme. Se parecía un poco al *ragazzino* que hizo mierda a Dirk Bogarde en *Muerte en Venecia* y yo empecé a ponerme de lo más psicosomático con todo ese mar adelante.

—Adiós, Pedro.

—Espérate, Virginia. No tiene nada que ver con eso.

Lo que pasa es que el tipo me había visto en Francia. Los enmochilados se sentaban lo más lejos posible de mi mesa, pero el francesito continuaba mirándome. No me quitaba los ojos de encima. Estaba seguro de haberme visto antes, pero no recordaba en qué circunstancias. Por fin dio.

—Usted no es chileno. Usted es peruano.

—¿Qué?

—Usted es un escritor peruano. Yo lo ví una vez en la televisión francesa, ahora lo recuerdo bien. Fue durante un momento de descanso, en la época que yo estaba haciendo mi servicio militar. Era un programa sobre la literatura latinoamericana, y usted habló en nombre de los escritores peruanos. Usted no representa a ningún Pinochet, usted es un escritor en vacaciones, usted está huyendo de la gente, usted está huyendo del mundo.

—El coro enmochilado giró enterito y empezó a disculparse y a admirarme cada vez más. El nacimiento de un mito, Virginia, un escritor huyendo del mundo.

—Mientes, Pedro. Nunca has escrito nada.

—¿Nunca?

—Tú mismo me has dicho que nunca. ¿Cómo puedes haber aparecido en la televisión representando a los escritores peruanos?

—Déjame que te cuente, pues. Mi amigo Julio Ramón Ribeyro (y ahí tienes a un escritor que deberías leer, Virginia), mi amigo Ribeyro estaba con una gripe de puta madre, y le era imposible asistir al programa. Como le gustan mis historias y confía en mí, además, me pidió que asistiera en su nombre.

—Y ahora la gente en Francia cree que Pedro Balbuena es un gran escritor.

—Nada de eso. Las cosas sucedieron de otro modo. Resulta que el encargado del programa me dijo que al público se le había anunciado a Ribeyro, que Ribeyro figuraba ya en el programa, y que Ribeyro o nada. Fui, pues, Ribeyro por una noche.

—Debe haber sido muy agradable sentirse escritor al menos *una* vez en la vida.

—Ya lo creo, por qué no. Y lo mejor de todo es que mientras yo era Ribeyro, Ribeyro se estaba emborrachando en su casa para cortarse la gripe.

—¿Y siguieron creyendo que eras él, en La Ventosa?

—Nunca pude decirles la verdad. Hubiera sido demasiado, simplemente no me hubieran creído. Y además tendré que ocultarle ese episodio a Ribeyro, porque la verdad es que lo dejé pésimo entre los enmochilados.

—No hubiera podido ser de otra manera, tampoco.

—¡Mozo! Otro coñac, por favor. Había una muchacha parecida a ti, Virginia.

—¿Sí? ¿Y se parecía mucho?

—Bueno, por lo menos físicamente. La conocí apenas, y lo cierto es que hubiera sido mejor no haberla conocido nunca. Debo haberla hecho sufrir mucho, pero te juro que no fué culpa mía, Virginia. Yo no hice nada. Yo estaba sentado en la playa gozando míticamente de la vida, cuando vi que se acercaba sola, caminando por la orilla del mar. El viento que me zumbaba entre las palmeras me impedía oír lo que me estaba diciendo. Hablaba en inglés además, y con uno de esos acentos...

—Señor Ribeyro... usted...

—Acércate, ricura, que no te oigo.

—Quiere......... *smoke* ....pito?

—¿¡Marihuaaaaaaaaaaaaannnnnnaaaaaaaaa?

—*Yes!!!!*

—¡Acérquesééééééééééé!!!!

—O sea que fumamos, Virginia. Marihuana colombiana, y de primera. El sol, el mar, todo era de primera. Y la Virginia esa, para qué te cuento. Un poco gordita tal vez, pero yo ya empezaba a ponerme de lo más psicosomático.

—*Shall we dance*, Virginiota? ¿Sobre las olas?

—¿Qué?

—*Water*... al agua...

—Y dale con correr olas y meternos bajo el agua y arrojarnos contra las olas. Funcionábamos telepáticamente, perfectamente, marinamente, palmeramente, cuando de pronto en una sacada de cabeza dejé de oír el sonido del agua y la furia del viento y el batir de las palmeras tropicales. Me había convertido en un sordo feliz... *Volare oh oh... E cantare oh oh oh oh...* Lo de *volare* sobre todo, Virginia, sentía lo que siente el Ave Fénix cuando renace, estaba seguro de que el pájaro ese cuando renace no oye ni pío. Su secreto consiste en evitar los ruidos molestos y nada más. Pero, ¡qué gustazo! Y con esa Virginia al lado además.

—Ribeyro, tengo la llave de una de las habitaciones, si quieres venir.

—Bueno, normalmente para mí es la hora del aperitivo.

—¿Cómo puedes saber la hora si no llevas reloj?

—Muy fácil. Tengo sed.

—¿Te acostaste con ella, Pedro?

—¡Qué va! No sólo no me acosté con esa gringa loca sino que además tuve que salir disparado de La Ventosa, auto stop y todo. Los enmochilados se me reunieron en tribunal del pueblo. Por más que hice no pude hacerles comprender que yo no había hecho nada.

—¡Usted salió de esa habitación desnudo y riéndose a carcajadas mientras la chica lloraba a gritos! ¡Usted la ha insultado!

—¡Váyanse ustedes a la mierda! ¡Yo no le he hecho nada! ¡Si sólo me dejaran tratar de explicarles!

—¡No nos gustan los intelectuales!

—¡A Stalin tampoco le gustaban!

—¡Y eso qué prueba!

—La había herido. Ego y todo, no había nada que hacer. Esa Virginia era peor que tú, Virginia.

—¿Qué le hiciste?

—Paré de volar, eso fue todo. O mejor dicho, en ningún momento había volado. Yo fui el primer sorprendido, y la verdad es que mi primera reacción fue soltar la carcajada al descubrir que todo había sido mental. Otra vez la maldita psicosomatía, pero te juro que no me reía de ella, Virginia. Te lo juro.

—Yo haré la cama mientras tú te duchas, Ribeyro.

—Sí, mi cielo. El amor es mejor sin arenitas que lo arañan a uno. Dúchate tú también cuando termines con la cama.

—Cuidado que sólo hay agua fría...

—¡Ay chucha qué frío! ¡Auhaaaaaaaa!!!!

—Ese grito de Tarzán fue el comienzo de la tragedia. Se me destaparon inmediatamente los oídos, y recordé que siempre que me zambullo me quedo sordo. Ipso facto se me tapan los oídos. Desde que nací. Luego, abriendo bien grande la boca y con un buen grito de Tarzán se me destapan. Y yo que me creía volando porque la playa estaba tan linda sin ruido, qué tal huevón... Y qué quieres que haga... Solté la carcajada.

—¡Qué pasa! ¿Hay algo que no te gusta en mi cuerpo?

—Eres más bonita que... ja ja ja ja ja... desnuda estás mejor que... ja ja ja ja...

—Basta con que digas lo que no te gusta y ¡lárgate!

—Pero...

—¡Lárgate o te rompo este florero en la ca...!

—Virgi...

No creo que vuelva a ver a Virginia, Sophie. Al menos por mucho tiempo. Pero tú sabes que me cuesta trabajo despedirme hasta de la gente que acaban de presentarme. O sea que, de alguna manera, se queda. ¿Y a ti qué te ha parecido mi viaje? No mientas, te ha encantado, te encantan los paraísos tropicales. ¿Que de dónde saqué tanta información? Mapas y guías, Sophie, en México los hay muy buenos. ¿Que te he quitado el sueño con mi historia? Bueno, ya ves lo que es la vida, yo en cambio las uso para tratar de dormirme. ¿Que soy tu escritor preferido? Gracias, Sophie. Y tú sabes que sólo escribo para ti.

Pero conociendo a Sophie, sé lo que espera de mí: *estar* conmigo en La Ventosa. Por eso he hecho este viaje y la he invitado a compartir la incomodidad de una hamaca, realmente hay que tener la ciencia de un indio para saber dormir aquí. Pero a ella la hace reír porque constantemente estoy a punto de caerme al suelo. Y por eso he puesto también al alacrán. Sophie sabe que a mí estos monstruos me aterran y siempre le ha encantado pescarme en plena psicopatología de la vida cotidiana. Pero se lo he puesto tan verde y tan enorme que lo he tenido que matar para mi tranquilidad y la de la propia Sophie, porque no hay nada más contrario a su carácter que el horror, y nada le daría más pena que enterarse algún día de que Pedro Balbuena murió de escritor maldito. ¿Y el licor? Eso no es problema. Sí, ¿pero cómo hace para tener tantas botellas en la hamaca?

Muy fácil. Cuando Pedro Balbuena llamó al muchacho para que le matara al alacrán, porque ya estaba bien de miedo para Sophie, le pidió también que le renovara su provisión, y le dio una propina para que durmiera en la hamaca de al lado, por si necesitaba más durante el resto de la noche. Pero resulta que ahora el muchacho se había dormido y a Pedro le daba no sé qué despertarlo. Y no era precisamente por falta de trago que deseaba despertarlo.

—Alacrán de mierda.

El muchacho lo había matado porque ya estaba bien para Sophie, pero claro, lo había matado pisándolo científicamente, de tal manera que el alacrán se picara, se matara solito, y se quedara enterito, porque a Sophie tampoco le gustaban nada las inmundicias. Y ahí estaba, pues, conservándose en alcohol, y Pedro aterrado arriba, esperando que vinieran a buscarlo sus deudos. Podía haber un hijo mayor más alto que el padre, una viuda inconsolable, después de todo él era el autor intelectual del crimen...

ME JODÍ. OTRO INSOMNIO.
VÁLIUM.
EL VÁLIUM ES MUY DAÑINO —dijo Sophie.
MIERDA PURA —añadió Virginia.
PERO SI NI SIQUIERA TENGO VÁLIUM.
PEDRO ESTOY CANSADA —dijo Virginia.
VIRGINIA NO SABES CUÁNTO TE QUIERO.
TENGO QUE IRME —añadió.
EL ALACRÁN CRAN CRAN
CRAN PUTA.

O sea que trató de inventarse una historia para Sophie en un hotel que le habían descrito, en Veracruz.

DONDE HACEN SU NIDO LAS OLAS DEL MAR
—cantó Agustín Lara

un hotel enorme y viscontianísimo, característica esta última que debió escapársele por completo al propietario, porque resulta que la mole se llama alegre y sanamente «Mocambo» y tenía delante una playa llamada *Blue Moon*. También esa canción la conocía Pedro Balbuena.

YOU SAW ME STANDING ALONE —así sigue

pero un furioso arrebato del sueño le hizo acortar la faena. Le salía más fácil en la ciudad de México, llegando al «Hotel del Prado». El viaje desde Cuernavaca había sido un poco pesado por la lluvia, y el diálogo con Virginia en esa ciudad, cuando por fin la logró ubicar, simplemente agotador. Estaba preocupado por esa muchacha, pero el tiempo no pasa inútilmente y algo se aprende después de todo. En el fondo de sí mismo, y con un egoísmo que no se había conocido antes, sentía que se había librado a tiempo de un peso. Una larga relación con Virginia hubiera desembocado tarde o temprano en una verdadera catástrofe. El sueño lo vencía, pero tenía sed también. Casi dormido se dirigió al bar del hotel y pidió un whisky. No llegó a distinguir bien la cuenta cuando se la pusieron al lado de su vaso, sobre el mostrador.

—Su cuenta, señor Balbuena —dijo el barman.

Pero el señor Balbuena no lo escuchó.

—Este don Pedrito —dijo el barman—, siempre igual.

Era una de esas horribles madrugadas de la humedad de Lima, y como todos los días, desde hacía más de quince años, Pedro Balbuena abandonaba el «New Ed's Bar», al alba. Lo había frecuentado también en su juventud, cuando aún se llamaba «Ed's Bar», y ahí precisamente había tomado sus últimas copas la noche antes de marcharse a Francia. El hombre que cuidaba los automóviles de los clientes sonrió al divisarlo en medio de la vereda, algo encorvado bajo su pesado abrigo, tosiendo y como buscando su carro entre los pocos que quedaban estacionados.

—Aquí está su carro, don Pedrito —le dijo, acercándose.

Pedro Balbuena hizo una pistola con la mano. Diario hacía la misma cosa. Todo venía de un movido y olvidado Año Nuevo en que salió muy borracho y con una «parabellum» en la mano. El hombre que cuidaba los carros lo miraba aterrado, le rogaba.

—Don Pedrito, por favor; es de verdad... No se le vaya a disparar.

—¿Qué haces en el Perú? ¿Por qué mierda no estás en tu tierra?

—Don Pedrito, por favor; no juegue ya...

—No me digas que con ese bigote no eres mexicano... Tú eres mexicano...

—Se le va a disparar, don Pedrito.

—...mexicano con equis... ¿Por qué entonces andas

como un huevón diciéndole *míster* a todo el mundo?

—Sólo a los turistas, don Pedrito... Por favor...

—¿Y cómo chucha sabes quién es turista y quién no?

—Don Pedrito, tenga cuidado, ¡por favor!

—¡Tú eres peruano como todo el mundo! ¡Sólo las gringas honestas saben en qué pueblo nació Emiliano Zapata!

Y empezó a disparar tiros al aire como loco. Quería reunir a la mayor cantidad de vecinos posible para arrancar ahí mismito en peregrinación hacia el pueblo en que nació Zapata.

—¡Emiliano Zapata nació en Tampax, carajo!

Fue un buen escándalo y costó trabajo que lo agarraran entre los que salieron del bar, y que lo metieran a su carro. Pero el hombre que cuidaba los automóviles le tenía cariño y cuidó bien que en los forcejeos no le fueran a dar un mal golpe.

—¡Un problema cultural! —gritaba Pedro Balbuena, ya desarmado, pero apuntando siempre al tipo que cuidaba los carros, y que ahora lo cuidaba a él también. Lo apuntaba con el índice y le gritaba que lo iba a matar toditas las noches, si no aprendía a respetar. Fue así como el hombre que le decía *míster* a todos los que creía extranjeros aprendió su primera frase completa en inglés.

Poco tiempo después ya nadie se acordaba del incidente, pero éste en cambio dio lugar a una especie de vieja costumbre que el cuidador de automóviles guardaba con fidelidad popular. Pedro Balbuena lo apuntaba anhelante, pensativo, después soltaba su grito de siempre.

—¡Por mis santas canas, o lo dices o te mato!

—*Yankee, come home*, don Pedrito.

Luego lo miraba irse sonriente. Ah, don Pedrito... Felizmente manejaba despacito.

Capítulo segundo

DIOS ES TURCO

Desde su regreso de Méjico (ahora podía escribirlo con mayor libertad). Pedro Balbuena no había probado lo que se dice un trago, había cortado por completo con el cigarrillo, y se había cruzado siempre y rapidito a la vereda de enfrente ante la mera aparición de un trajecito ceñido o no, de un pantaloncito ceñido o no, o de un *blue jean* desteñido o no. Todo psicosomático. Y en cuanto a lo de Sophie, no sólo continuaba hablando con ella a cada rato y en cualquier parte, sino que últimamente hablaba con ella a cada rato, en cualquier parte y en voz alta. Pero eso no tenía nada de raro en París, donde por el contrario era tanta la gente que hablaba sola por la calle, que a veces terminaba interrumpiéndose e insultándose todos. Un detalle más: Pedro Balbuena había *visto* a Sophie. En efecto, se le materializó en pleno American Express, mientras recogía el cheque de su madre. Se lo gastaron íntegro en Venecia, *ipso facto*, y Pedro le quedó agradecidísimo al otoño parisino por haberle proyectado tan maravilloso fantasma. Era increíble lo bien que se conservaba Sophie, no le pasaba un solo día. Resumiendo, pues: Pedro llevaba más de dos meses de *se mira pero no se toca*, lo cual era un récord en él, había retornado a Francia a fines del verano, y llevado por los acontecimientos hasta estaba pensando en conseguirse un laburo, y lo que es más, formar un hogar donde alojar a su madre ahora que ambos empezaban a quedarse de a verdad sin un real. Se lo debía, después de todo, pues ella lo había mantenido *toda una vida* y no había escatimado esfuerzo alguno para darle una educación privilegiada.

—Esto último todavía lo estoy sufriendo —se dijo Pedro, dirigiéndose al jardín del Luxemburgo, a gozar de los árboles rojos del otoño parisino.

Caminó entre las *Hojas muertas* de Edith Piaff, le dio toda la razón del mundo a la célebre cantante, y más o menos a mitad de camino abandonó por completo y por absurda toda idea de formar un hogar. Qué aburrido, pensó, guiñándole complicísimamente el ojo a Sophie, y acelerando de inmediato el paso al descubrir que en realidad se lo había guiñado a una adolescente que regresaba del colegio uniformada contra todo lo que no fuera su mundito lindo, policías incluidos. Por errores como éste lo agarran a uno y después a palos le prueban que llevaba bomboncitos en la bragueta, se dijo, pero al ver que no lo seguía nadie en este mundo de mierda, ni siquiera la adolescente uniformada, continuó pensando en lo del hogar. ¿Será que me estoy volviendo viejo? ¿Será que me estoy volviendo medio misoginote...?

QUÉ SERÁ SERÁ —cantó Doris Day...

...Lo consoló la idea de estar vestido como a Virginia le habría gustado que se vistiera, cosa que sin duda alguna hubiera hecho que Virginia ni se fijara en mí la primera vez, pensó. En fin, qué hogar ni dulce hogar ni qué ocho cuartos.

Pero las cosas habían cambiado un poquito cuando salió por el otro lado del famoso otoño en el famoso jardín. Pedro Balbuena llevaba de la mano a una niña de cinco años (Elodie), Elodie llevaba de la mano a un niño de cuatro años (Didier), y Didier, pregúntenle a Rippley, llevaba de la mano a una alta y resistente belleza bretona sin cofia ni nada de eso (Claudine), que acababa de cruzarse en la vida de Pedro Balbuena sin una pizca siquiera de mala voluntad, pues no cabe la menor duda de que ignoraba por completo las enormes dificultades que éste tenía en decirle chau aun a las personas que acababan de presentarle.

—¿Puedes alcanzarme esa chiquita, por favor?

—¡Que si puedo alcanzarte *qué*!

—La chiquita que está allá al fondo. Tráemela. Ya es hora de irnos.

—¿Y si soy un monstruo? ¿Y si me la violo? ¿Y si me la llevo diciendo que tú no eres su madre?

—¿Por qué, eres policía acaso?

—No; detective. Trabajo por mi propia cuenta.

Claudine sonrió con un pedacito de sonrisa gauchista, pero Pedro se abstuvo de imitarle a Humphrey Bogart o a Robert Mitchum, por no pecar de culto. Y en cuanto a James Bond, había sido recuperado por el sistema y era mejor evitarlo para no causar mala impresión. En cambio le escribió una brevísima carta a Sophie.

> *No sabes, Sophie, lo que es ser un joven peruano que sueña con el mito de París, que ha soñado con llegar a París un día, que desembarca de un disco de la Piaff, y descubre en pleno jardín del Luxemburgo el color y el olor del otoño, con todas sus consecuencias. Se trata, sin duda, Sophie, de una madre soltera. París canalla.*

—Me llamo Pedro Balbuena.

—*Oui.*

—¿Cómo que *oui*? He dicho que me llamo Pedro Balbuena.

—Ya lo sé, acabas de decirlo.

—¿Te traigo a la chiquita?

—*Oui.*

—Bueno, pero dime cómo se llama para que me haga caso.

—Se llama Elodie.

—Y dime, ¿por qué no vas a traerla tú?

—Porque estoy buscando a Didier que se me ha perdido.

Se citaron junto a las canchas de tenis, por si acaso se perdieran ellos también, pero aun así Claudine desapareció. Media hora esperándola y nada. ¿La buscaba o no la buscaba? Y lo peor era que ya estaba oscureciendo y que no tardaban en cerrar las rejas. Que se joda, pensó Pedro, lo que es yo le dejo a su Elodie aquí y me largo porque esto empieza a saberme a gato encerrado, no tarda en caerme íntegra la banda de Claudine. Bueno, en todo caso, si me agarran Elodie podrá servirme de rehén. Uyuyuy, ya arrancó.

—Vamos Elodie, no llores. Ni que estuviera pensando en voz alta.

—¿Dónde está mi mamá?

—Está buscando a Didier que *no* se ha perdido o sea que *no* llores.

—Sí, pero mi mamá se pierde a cada rato. Tiene muy mala memoria.

—¿Y sabes tú si tu mamá tiene muchos amigos a *esta* hora en *este* jardín?

—Sí.

—¡Cómo que sí! A ver, explícame eso.

Pero Pedro Balbuena tardaría poco en descubrir que en esa ciudad de pocos amigos, como le llamaba él, Claudine era una de las personas que menos amigos tenía. Lo que pasaba es que vivía como a un costadito del bien y del mal, y cuando alguien le hablaba, le hablaba a cualquiera, y no bien le dejaban de hablar se quedaba otra vez sola y seguía caminando, etc. Era sin duda a este tipo de desenvoltura que Elodie le llamaba tener muchos amigos en este jardín. Pero Claudine casi nunca se refería a esas cosas, y cuando lo hacía, era sólo a medias. Y así con todas las cosas, según pudo comprobar Pedro, aunque no sin algún esfuerzo, porque hasta sus frases se quedaban a menudo a medio camino y daban la impresión de que la pobre no estaba muy segura de nada, o de que cuando estaba segura de algo, se le olvidaba muy pronto.

Pasaba el tiempo, ya no tardaban en cerrar las rejas del jardín, y Claudine dale con no venir. Pedro, furioso, y a Elodie no había manera de hacerla callar. ¿Irse con ella? Las huevas, sería peor todavía. Por fin apareció Claudine, con una impresionante cara de estar llegando un poquito adelantada a la cita, y con Didier de la mano. Y por fin paró de llorar Elodie.

—Hace media hora que deberías estar aquí. Ésta no ha parado de llorar un segundo.

—Mentira, mamá.

—Didier quería chocolates.

—Todos queríamos chocolates, Claudine. Hubiéramos podido ir juntos a comprarlos, ¿no?

—¿Para qué? Había que dar toda una vuelta para

llegar a la pastelería. En el jardín estaban ustedes mucho mejor. Toma, Elodie, tu chocolate.

Después le preguntó a Pedro que cómo se llamaba, Pedro le dijo que *oui*„ y Claudine le entregó su chocolate, todo dentro de una normalidad realmente aplastante. Recontrarrenuncio a la idea de formar un hogar, pensó Pedro, pero al mismo tiempo algo medio virginiano en él le dijo que Claudine necesitaba un no sé qué de él, algo que por el momento Pedro sólo supo llamar una ayuda de base. En fin, algo así como un ven, siéntate sobre mis rodillas, Claudine. Pero no. Las huevas.

—Bueno, nos vimos, Josette. Chau...

—¿Por qué?

—¿Cómo que por qué? Porque sólo salí a comprar un poco de pan, entre otras cosas. Mi esposa y mi familia numerosa me esperan con la comida lista.

—¿No quieres comer con nosotros?

—Mira, Josette...

—¡Mierda! Para de llamarme Josette. Me llamo Claudine.

—Mira, Claudine, para decirte la verdad, no me espera más que un perro de bronce a comer, pero tampoco deseo que me espere nadie más a comer. Siempre acaba mal. Sólo con Sophie no acabaría mal, pero Sophie tiene el buen gusto de no pertenecer a este mundo cruel.

A Claudine se le abrieron enormes los ojos al oír esas cosas tan raras. Púchica que eran lindos en el otoño oscurecido del jardín. Y no solos los ojos, todo era lindo, tan lindo que Pedro Balbuena casi le ruega que por favor tuviera la amabilidad de no existir, pero con ello sólo logró sentirse más otoñal aún, y acto seguido pasó a quitarse un sombrero que no traía, a hacerle una reverencia que sí hizo, y a agradecerle por haber existido un rato en ese crepúsculo en el Luxemburgo, a todo lo cual Claudine respondió probándole asombrada que todavía podía abrir más enormes los ojos y preguntándole, claro que sin terminar bien su frase, que si le faltaba un tornillo o qué.

—Tal vez, Claudine. Y para serte más sincero todavía (qué mierda que me entiendas o no), debo decirte que desde hace varios siglos vengo huyéndole a todo tipo de mujeres. Repito: a todo tipo. Con pantaloncitos, con pantalonzotes, con trajecito, con la ropa que le dejó el número anterior, hasta a las calatitas, porque ahora con eso del *streaking* nunca se sabe en qué circunstancias de la contestación permanente se va a topar uno con el amor de su vida. Y lo mismo con los ojos, para que no te hagas ilusiones. Pueden ser grandes, chiquititos, chinos, chino-occidental-operados, andaluces, de reojo, con y sin anteojos, y de cualquier color. Azules, verdes, grises, pardos, negros, todos los ojos me son iguales. Y todas las miradas.

Pero cuando dijo todas las miradas, casi agrega menos una. Y en efecto, a medida que hablaba Pedro había ido bajando el tono de voz, como si una cierta inseguridad se le hubiese filtrado de pronto en sus determinaciones: Claudine tenía un ojo verde y enorme, y el otro enorme y azul. Eso no era normal. Definitivamente necesitaba una ayuda de base.

—¿Vives con un tipo en el sitio donde vamos a comer?

—No.

—¿Y no vives con un tipo en el sitio donde vives? Perdóname, pero estoy tratando de que todo quede bien claro desde el comienzo.

—Vivo en el sitio donde vamos a comer.

—Y..., dime un montón de cosas sobre tu vida, Claudine.

—No me gusta que me hagan preguntas tan directas.

—¿Y cómo haces cuando te agarra la Policía?

—Nunca me agarra.

—En cambio a mí...

—Pero si tú nunca has hecho nada.

—¿Cómo lo sabes? ¿Tengo tanta cara de estúpido?

—Yo no he dicho eso.

—¿Qué tengo de malo, entonces? Hace dos meses que no me cambio de ropa, y en vista de que me las estás mirando, te advierto que las dos manos son del doctor Scholl.

—No hay nada de malo con tener las manos bonitas. Al contrario, a mí me inspira confianza. Elodie, mira las manos del señor.

—¡Cómo que señor! Pedro. Por qué señor, si lo único que me queda de la burguesía son mis papeles al día.

—Eso puede ser peligroso, si te agarran. La Policía

se pone furiosa cuando uno no ha hecho nada.

Era una manera de pensar Mayo-del-68, y a Pedro le encantó. Lo hacía sentirse joven, fuerte, sano, alto, delgado, atlético, simpático, político, sensible, extranjero, nostálgico e inútil. Vamos, igualito que en el 68. ¿Por qué no intentar con Claudine? Después de todo Virginia no le había enviado ni siquiera una postal y seguía oscureciendo y no podían quedarse en el Luxemburgo eternamente.

—Eres alta y resistente, Claudine, ¿eres del Macizo Central, por casualidad?

—No, pero si quieres podemos ir este *week-end.*

—Dejémoslo para el próximo, más bien. ¿De dónde eres?

—De Bretaña.

Alta, resistente, y bretona. Y con ese no sé qué 68, que de una manera u otra, Elodie y Didier parecían haber heredado para bien de Francia, por lo menos. Y en efecto, no podía ser de otra manera pues Elodie había sido concebida entre dos barricadas, y Didier un año más tarde, en Katmandou, cuando el Supremo Comando de las Coyunturas puso fin a la calle que llevaba a todas las calles, y empezaron a funcionar en el cielo los exotisantes charters del desencanto. De eso y de mucho más se enteró Pedro en los días siguientes, en las semanas siguientes. Y sólo por no haberle podido decir adiós a alguien que acababa de conocer, y por haber estado pensando tanto en su emocionada ayuda de base. Habían sido dos meses de abstinencia, también, claro, más de dos meses... Bah, se dijo, psicorridículo.

—¿Tienes un pucho-me puedo quedar a dormir en tu casa-quieres un trago?

Claudine le dijo sí a todo y le soltó un trozo de *oui* gauchista cuando él le repitió por si acaso que su nombre era Pedro Balbuena.

¡Ah...! Las cosas que hacía... A Claudine le gustaba la ginebra. Y en grandes cantidades. Su método era más o menos el siguiente, según pudo comprobar Pedro desde la primera vez en el primer café que encontraron al salir del Luxemburgo; consumía en cantidades industriales, invitaba con una generosidad que no conocía límites, pedía la cuenta al terminar, y normalmente descubría sin una pizca de asombro que no le alcanzaba para pagar. Y ni aun la persona más mal pensada del mundo hubiera imaginado que se trataba de una incorrección de su parte. Al contrario, tenía una manera casi Emaús de preocuparse por la sed del prójimo, sírvete, sírvete, no tengas miedo, te decía traperamente, y de verdad que jamás habría comprendido por qué no te zampabas una ginebra o lo que sea, si tenías sed. Pero el error de Claudine en esta vida consistía en creer a fondo que el verdugo del bar pertenecía a la misma congregación.

O sea que Pedro optó desde el comienzo por retirarse a tiempo, cuando tampoco él tenía en el bolsillo lo suficiente para pagar lo que Claudine deseaba ese día que la Humanidad bebiese. Unas veces se iba a buscar más dinero al departamento que había alquilado en la rue Descarmes, otras al Banco, y otras, las más, a tomar el tren rumbo a Chanteloup les Vignes, en las afueras de París, una especie de culo del mundo para quien como él gustaba pasarse la vida en el Barrio Latino, y donde Claudine había alquilado un pedacito de un pedazo de lo que había sido una granja. Ahí despolucionaba a sus hijos, ponía el tocadiscos a todo volumen, metía a su casa a cualquiera sin que la viera la portera porque no había, y ahí pasaba el invierno sin calefacción porque eso era malo para la salud. Ahí también la esperaba Pedro, sin preocuparse cómo ni cuándo volvería. Se llevaban perfecto así, y eso era la libertad, aunque la verdad es que cuando hacía mucho frío o cuando necesitaba un baño caliente a gritos, Pedro hacía trampa y se regresaba a su departamento a encender la calefacción, la radio, y la televisión, según la cual la gente tenía frío, problemas, aburrimiento, alguna gripe extranjera, y todo tipo de trastornos digestivos.

O sea que cada día Pedro hacía menos trampa y cada día regresaba más y más a Chanteloup les Vignes, donde Claudine lo estaba sometiendo a una verdadera psicoterapia de la vida cotidiana. Una mañana se equivocaba y se ponía sus calcetines, y esa misma mañana se volvía a equivocar y se ponía su pantalón, por ejemplo. Y después, un ratito más tarde, se iba llevándose todo su dinero sin consultarle, y al día siguiente regresaba con el doble y no escuchaba cuando él trataba de sumar, de dividir, y de restar, para ver cuánto dinero tenían. Había pasado un mes, y Pedro se observaba sorprendido. Estaba sentado al borde de la camota sin sábanas, con varios vasos de ginebra en la mano, y debatiéndose con gusto entre una infinita nostalgia de sus manías y un limbo de ternura, al mismo tiempo que contemplaba pasar a Didier jalando el camioncito-peine-de-carey que le había regalado Beatrice, una maravillosa adolescente que soñaba con ser pintora. ¿Qué habrá sido de Beatrice?, se preguntó, como mil años sin volverla a ver. Después pasó Elodie lavándose los dientes con su escobilla.

Y después llegó Claudine furiosa porque la habían expulsado del trabajo. No que trabajara mucho, y ésa era precisamente la razón por la que la habían expulsado, pero en fin, era un amigo de un amigo el que la había contratado, y aunque no habían firmado contrato alguno, estaba requeteclaro que ella no podía trabajar todos los días, y sobre todo no todos los días a la misma hora.

—¿Y tú qué le dijiste?

—Le dije que era estudiante.

—Pero eso no es verdad, Claudine.

—¿Por qué no? Todo el mundo es más o menos estudiante a mi edad. Hasta tú tienes carnet de estudiante.

—Eso no tiene nada que ver con este caso concreto, Claudine. Además, ese carnet me lo has falsificado tú para que entre más barato al cine y le cueste menos caro a mi mamá.

—¿Se sigue arruinando tu mamá? Dime la verdad, Pedro. Tenemos que ver la forma de ayudarla.

Así era Claudine. Llegó furiosa porque se había quedado sin trabajo, y a los tres minutos ya se había olvidado por completo del asunto y estaba pensando en cambio en la mamá de Pedro, a quien no conocía ni en pelea de perros. Emocionado, Pedro le dijo que no se preocupara, que no era para tanto, y que sólo usaba la palabra arruinarse porque era más poética que otras como, por ejemplo, han bajado mucho sus rentas, o ya no tiene los mismos ingresos que antes, o los tiempos cambian. Arruinarse, aunque fuera a lo largo de veintisiete generaciones, resultaba más entretenido, más elegante. Había algo de coraje en el hecho de arruinarse y, sobre todo, resultaba más emocionante que descubrirse un día ganando menos que el pequeño burgués del farmacéutico. Y además, fijándose bien, en toda ruina hay algo de suspenso, de intriga, un ser o un hecho importante oculto, una espada de Damocles. Nadie se arruina si descubre a tiempo al malhechor. Antes había la historia, Claudine, pero esta etapa burguesa, que aunque por distintas razones, o quién sabe si por las mismas, tú y yo odiamos, esta etapa burguesa se caga en la historia, Claudine, repito, se *caga* en la historia, y lo que es más, ha destruido a la historia, la ha matado como una sanguijuela-monstruo, chupándole la sangre, chupándole sus sueños, sus ilusiones, sus nostalgias, en fin, qué mierda sé yo, y remplazándola por la máquina del tiempo, que es tiempo que pasa, no lo niego, pero purito tiempo material. Antes nadie paraba a la historia, Claudine, en cambio la máquina esta del tiempo funciona a punta de egoísmo, cualquier hijo de sanguijuela la para, por eso hoy ya nadie se arruina, hoy se vive mal y punto, y se vive mal porque no hay suspenso, porque en el fondo todos somos malhechores y sanguijuelas, y lo que nos interesa ya no es la historia, porque ya te dije que historia ya no hay, lo único que nos interesa es la vida del prójimo, y sobre todo la del próximo, la del vecinito de al lado, ésa, chúpate ésa, chúpate esa sangre. La vida ya no es una tómbola como antes, Claudine, por más que haya canciones que lo digan, qué *tómbola tómbola*, la vida es un chupete, Claudine, apenas un poquito de hielo picado con su jarabe colorinche y su palito al medio. Somos los últimos que quedamos, Tequiero, y debemos vivir siempre en recuerdo de Sophie. He dicho. Y tú, Didier, sácate mi llavero de la boca inmediatamente.

Como en el jardín del Luxemburgo, la primera vez, Pedro casi se mete entre los ojos de Tequiero, el verde y el azul. Y no sólo los ojos ahora, la boca, los dientes, el pelo, la estatura, el carácter, todo. Claudine seguía parada frente a él, debatiéndose entre llegar a comprender por lo menos algo de lo que había dicho (y por allá, por el fondo, como que sentía que estaba comprendiendo algo y/o comprendía que estaba sintiendo algo), y maldecir a Pedro porque mucho de chupa y chupa, pero ahí estaba él que casi ni podía pararse de la cama porque seguro se había chupado toda la ginebra de la semana.

—¿Te queda plata, Pedro?

—¿Por qué? ¿Hay que pagarte por hacer el amor ahora que estás sin trabajo?

—No, pero mañana vienen unos amigos a almorzar.

—Tengo plata para todo, y me queda una botella de ginebra. Está aquí bajo la almohada, si accedes a mis ruegos de venir por ella.

—¿Ya comieron Elodie y Didier?

—Hace horas. De postre se comieron mi peine de carey y mi escobilla de dientes. Ahora ven.

Y como la primera vez, aunque con la diferencia de que aquella noche había puteado como loco al ver lo lejos que se vivía Claudine, Pedro se encontró entreverado con ese cuerpo alto y resistente. Sin renunciar a mi nacionalidad, y mucho menos a mi sexo, quisiera convertirme en geisha, le había dicho aquella primera noche, al ver que Claudine quería entregársele mucho más de lo que se le estaba entregando. Pero Claudine tenía miedo, una clase de miedo que era como un cóctel endemoniado de timidez, pudor, susto, susto infantil, y espesas gotas de soledad y desconfianza. Pedro trató de arreglarlo, agregándole ginebra, pero Claudine ni siquiera abría los ojos, simplemente yacía. Trató luego de actuar como en su educación privilegiada, y si bien no fue macho, pues pertenecía a una clase social bastante alta y con pretensiones cosmopolitas, fue mítico *latin lover*, *latin lover* latino además, y a la pobre Claudine la agarró con la fuerza que según él requería el caso, cuando ella lo único que le había hecho en la vida era tener un tipo alto y resistente.

—Estamos al borde del fiasco, Claudine.

—Falta ternu...

Abrió los ojos enormes, pero se le cerraron inmediatamente. Pésimo cóctel, pensó Pedro, sin tardar en comprender que él también había bebido de la misma copa. Qué fácil le resultó entonces agregar ternura, la misma ternura que había sentido horas antes, en el Luxemburgo, y así poco a poco Claudine le pudo ir devolviendo su viceversa, hasta que la primera vez llegó a ser una buena vez y la quinta mejor que la tercera y la décima mejor que la quinta porque él ya siempre empezaba con la ternura del Luxemburgo y porque también Claudine empezó a empezar como él con su ternura, y esta noche ni se diga, ya que un rato después del discurso ese tan raro que se había mandado, Claudine-ella logró decirle que su discurso era triste pero que también había estado gracioso y que no creyera que no lo había comprendido y que por fin esta noche estaba descubriendo también una manera de completarle perfecta una frase larga y entera de ternura.

* * *

¡Qué bestia!, se dijo Pedro, al hacer el inventario mental de todo el licor que había ingerido la noche anterior. Hacía siglos. Hasta pensó que tendría que ponerle la corbata a Quevedo, pero para su asombro no sólo se sentía perfecto, sino que además estaba alegre y lleno de deseos de servir para algo en esa casa. ¿Qué podía hacer? Bueno, por lo pronto, no despertar a Claudine, despertar en cambio a los niños, y luego meterse a la cocina a preparar por primera vez en su vida algo que se pareciera a un desayuno de verdad. Y le resultó tan increíble haber pensado que iba a hacer todas esas cosas y no sentir flojera de hacerlas después de haberlo pensado, que aprovechó la ocasión para saltar de la cama en busca de actividades caseras, no sin antes depositar un beso en el cuello dormido de Claudine, que entreabrió el ojo con susto infantil y continuó durmiendo luego con la misma facilidad con que dormía cuando tenía que levantarse temprano para el trabajo.

Se levantó como pudo, se secó con lo que pudo, y acto seguido despertó a los niños, que lo primero que hicieron fue despertar a su mamá. Total que diez minutos después, era Claudine la que estaba preparando el desayuno, calata con el frío que hacía, y completamente salvaje, sin duda porque anoche se había caído de la cama de puro descuidada que andaba con lo de la ternura. Ella nunca le había bajado la guardia a nadie, con excepción de Claude, el padre de Didier, y ése era el único hombre que ella había amado y amaría en toda su vida, a lo cual Pedro le había respondido, el día que se lo dijo, póquer de ases, y le había sacado la carta de Sophie. Después hicieron el amor con ternura, y Claudine le contó mil cosas con los ojos abiertos enormes y fijos en el techo, sin lágrimas en los episodios en los que antiguamente se derramaban lágrimas, pero al terminar le dijo estoy bien contigo y no quisiera que te fueras y te puedes quedar si quieres.

—Bueno, pero no te aseguro nada. Sabes que siempre tengo que estar disponible en el caso de que Sophie me necesite.

Claudine comprendió, y para no llorar en casa, Pedro se llevó a los niños al colegio, tú descansa, Notre Dame, y al día siguiente también los llevó, al otro día también, y así hasta que a Claudine se le hizo costumbre. Los llevó hasta hoy que no había colegio porque los miércoles no hay colegio en Francia. Los chicos felices con la broma, Pedro feliz con la broma, y Claudine que quería estar feliz con la broma, pero hoy venía Claude a almorzar.

—¿Quieres un traguito?

—*Oui.*

—¿Quieres que te acompañe a hacer las compras?

—*Oui.*

—¿Quieres que me quede cuidando a los chicos?

—*Oui.*

—¿Cuál vestido quieres que te alcance?

—*Oui.*

Y continuaba caminando calata por la casa y poniendo disco tras disco. Pero de pensar que Claude iba a venir con Céline, y que Céline era la mejor amiga de Claudine, antes-durante-y-después de haberse marchado con Claude, a Pedro le entró una necesidad incontenible de poner en práctica todas las dimensiones de su ayuda de base. Necesitaba un pequeño estímulo. Uno no más. Bueno, dos. Ya podía empezar. Y lo hizo diciendo me voy de esta pocilga porque no puedo soportar tanto amor junto.

—Eres libre, Pedro.

—Precisamente no. Nadie es libre. Tú crees que eres libre pero...

—Déjate de teorías idiotas. Sólo he querido decir que te puedes largar inmediatamente, si quieres.

—Bueno. No bien haya terminado de ayudarte con las compras, con el almuerzo, y con los platos, me voy.

Claudine se tapó la cara con un disco para mirarlo mejor con ternura, se sentó riquísima en un rincón, y le preguntó si le gustaba Elvis Presley.

—Y a quién no, Claudine.

Acto seguido Pedro anunció que iba a imitar a Elvis cantando ante diez mil *fans*, y se desnudó para parecérsele más.

—*It's now or never* —cantó, colocando desesperado una pierna muslosa en Capri y la otra en Hawai, estado número cincuenta de la Nación.

Se desnudaron también Elodie y Didier, y el asunto degeneró en quién hacía mejor la danza del vientre y quién la mejor danza del culo y quién la del pedo, hasta que Pedro se acercó al rincón en que estaba Claudine, le cogió la barbilla con una caricia que sus largos dedos trataron de extender por toda esa cara, pero *sus muslos se me escapaban como peces sorprendidos*, y Claudine salió corriendo porque ya era hora de ir a comprar, contigo, Pedro. Pedro estornudó, le rogó a los chicos que por favor esta vez no lo imitaran, porque esto sí que le sabía a sinusitis de verdad, y se mandó un trago antes de salir.

Una de las cosas que más le gustaban a Claudine de su casa, era que el comedor fuese tan grande y que le permitiera tener una gran mesa para invitar a todos sus amigos. Hasta pensaba instalar la ducha que tanta falta hacía en casa desde que llegó Pedro, en el comedor. De agua fría, claro, porque el agua caliente sólo sirve para lavar platos y para pescar resfriados todo el tiempo. Pedro volvió a estornudar y casi le dice gracias por el consejito, pero desde que regresaron de la compra la había notado tan contenta y tan activa, que prefirió callarse y volverla a querer. ¡Había que verla preparando sus ensaladas! Nadie como Claudine para las ensaladas. Unas por putas excelentes y otras por sus ensaladas, pensó Pedro, recordando a Virginia y observando a Claudine, lo cierto es que todas nos dejan malacostumbrados para siempre. Pero quería colaborar, quería ayudar, sentirse útil, ahí hasta los chicos rompían algo, siquiera, necesitaba sentirse integrado, cómo hacía. Optó, con grandes resultados, por ir recogiendo todo lo que se caía al suelo y por seguir cada escena con increíble entusiasmo. Claudine estaba feliz con su comedorzote, con su mesa tan larga y con sus tres invitados. Eran tres, sí, porque Céline traía también a su hijita, que no era hijita de Claude, según le explicó también Claudine mientras batía una salsa con un sentido del deber muy cercano a la locura hospitalaria. Y ni qué decir de las cantidades de comida. Para ello sin duda alguna había consultado con Pantagruel, porque lo que es ahí había como para cincuenta personas. Pedro estornudó otra vez. Ni que estuviéramos en Latinoamérica, pensó, aquí cuándo se invita a más de cuatro gatos a comer. Pero no dijo nada porque se había propuesto seguir queriéndola a lo largo de toda su sinusitis.

Didier escuchó parar un carro, se olvidó de las escaleras que daban al patio de entrada, y se sacó la mierda por querer ser el primero en bajar a recibir a los invitados. Elodie pasó sobre Didier, y desde abajo gritó que sí eran ellos, y que sí habían traído a la chiquita. Además, la chiquita fue la primera en subir. Después subió otra chiquita esperando bebé, y Pedro secó su ginebra diciéndose no puede ser. Era Céline, que pesaba lo que un alfiler, se vestía con la ropa que iba dejando Virginia, y no conocía la gripe. Era ella, además, la que había convencido a Claudine de la necesidad de suprimir el calor de la vida, sobre todo en invierno. Después la había convencido de que Claude la necesitaba, y después probablemente la va a convencer de que yo no la necesito, pensó Pedro, secándose otra ginebra, y alegrándose de que en el mundo nuevo en que andaba metido nadie se diera la mano ni se saludara ni nada, porque así no tuvo que saludar a Céline. Cuando se miraron, mugieron. Tampoco se requería más, es la verdad. Pero ni tonto ni perezoso, Pedro se fue a buscar un maletín en que guardaba los pocos trastos que traía consigo, y con el pretexto de enseñársela a los chicos, sacó una foto en que estaba con chaleco y cadena de oro, y la puso sobre la mesa. El que no subía era Claude.

—¿Por qué no sube papá? —preguntó Didier, todavía medio grogui.

—Porque le han pegado —respondió Céline.

—¡Cómo que le han pegado! —exclamó Pedro—. ¡Quién! ¡Dónde está! ¿Necesita ayuda?

—Sólo necesita un poco de descanso.

Céline empezó a reírse y a contarlo todo como si no la concerniera en lo más mínimo. Ya iban varias putamadreadas desde que ella estaba encinta, y por fin hoy le habían pegado. Como ella era tan bajita y flaquita, y como parecía tan pubertina, la gente tomaba a Claude por el hijo de puta que la había seducido, que la había embarazado, y así sucesivamente en nombre de las buenas costumbres. Enana, pensó Pedro, brindando con su fotografía con cadena y chaleco de oro, y diciéndole a Sophie no sabes cuánto diera por estar contigo. Por fin entró Claude. Entró buenísimo. Era buenísimo. Se notaba. Pero era, sobre todo, enorme. A Didier se lo puso en un hombro, y con el otro hombro besó a Claudine, que estaba concentradísima en una ensalada y que recibió su beso con un *oui*. Después saludó a Pedro, que le ofreció una ginebra desde lo alto de una silla, con lo cual se lo metió al bolsillo, mientras se escuchaba otro *oui* de Claudine al aire. Gracias, dijo Claude, realmente necesitaba un trago; y dos también. Es un mastodonte, pensó Pedro. Y pintonsísimo además. Es el mastodonte más bello de Francia. Parece italiano.

Pero Claude resulta que sufría de angustia, había perdido la fe en el ácido, y estaba sufriendo mucho con su psicoanálisis. Además, últimamente tenía una enorme dificultad para terminar cada frase, según les anunció Céline, con muy buen sueño diario. Cómo comía, en cambio. Para eso sí que no tenía dificultad alguna, tanto que cada vez que extendía el brazo hacia una fuente, Pedro instintivamente reaccionaba estirando el suyo, y rapidito y avergonzado tenía que retirarlo, porque era sólo miedo de que el otro acabara con todo. Pero Claudine servía más y más cosas, mientras Pedro servía más y más copas, de tal manera que llegó la noche y los encontró bien sentaditos en la mesa, y a Cluade con ganas de empezar de nuevo.

Claudine preparó un conejo con guindones, y sacó cinco botellas de un vino polvoriento y envuelto en telarañas, que ahí al menos Claude y Céline jamás habían visto en su vida. Hasta Pedro andaba medio desconcertado, mirando las botellas de reojo y como queriendo aprenderse el nombre de memoria, a ver si para la próxima ya se lo sabía. Además, de dónde había sacado Claudine esas cinco botellas, dónde habían estado guardadas. Es demasiado vino para esta comida, se dijo, pensando en la calidad y en Céline.

—¿De dónde ha salido este Chateau-Claudine, Claudine? Yo sólo traje vinito de mesa.

—Lo robé esta mañana en la tienda, pero lo escondí porque tú te robas todo lo que ves.

Como era su obligación, la bestia de Pedro fue el

primero en emborracharse, y Céline la primera en notarlo. Sugirió, pues, que acostaran a los niños, pero Claude, que de preferencia comía con las manos, soltó su presa de conejo, y los agarró a los tres con la grasa del conejo. Los tres sobre su cabeza, en seguida, los tres volando por el comedor, luego, los tres felices con el papá de Didier, en fin, mientras Pedro empezaba a ponerse brillantina de conejo en el pelo, se pegaba la gran peinada, y empezaba a enamorar a Claudine igualito que los mayordomos de la gente bien en mi país. Claudine se metió bajo la mesa, y juró que no volvía a salir hasta que no se llevaran al loco ese. Después se sorprendió a sí misma, callada en la oscuridad ahí abajo, pensando Pedro, estoy bien contigo y no quisiera que te fueras y te puedes quedar si quieres.

Pero Céline insistía en lo de acostar a los niños, o sea que la pobre Claudine no tuvo más remedio que salir de su escondite y llevárselos al cuarto de los chicos, en los altos. Los acostó, no los besó porque le daba vergüenza acostarlos cuando estaban tan felices, y regresó al comedor tristísima. Pero al instante empezaron a escucharse nuevamente voces allá arriba. Los críos se negaban a dormir.

—¡Papá o mamá!, da lo mismo.

Era Didier, Claudine y Claude subieron corriendo, y en el comedor quedaron solos Céline, chiquitita y completamente dueña de la situación, y Pedro cantando *Tengo el orgullo de ser peruano y soy feliz...*

—¿Van bien las cosas con Claudine, Pedro?

—*...de haber nacido en esta hermosa tierra del sol...*

—Pedro...

—*...donde el indómito Inca prefiriendo morir...*

—¿Has tenido noticias de Sophie, Pedro?

Es inteligentísima esta concha de su madre, pensó Pedro, llenecito de brillantina y preparándose para el ataque.

—Sophie está en el cielo, que es donde le corresponde estar.

—¿Por qué tratas de evadirte de la realidad, Pedro? A Claudine también le has dicho cosas como que Sophie no existe, que es una broma que tú mismo inventaste para quedarte soltero, o que ha muerto. ¿No te parece que ya estás bien grandecito para esas cosas? ¿Qué edad tienes, a todo esto?

—¿Con o sin barba?

—Está bien, si no quieres hablar. Pero aquí todos sabemos lo que pasó.

Y quién no, si como siempre era lo primero de que hablaba Pedro, si era su carta de presentación ante la gente, ante la vida. Simplemente que esta noche no tenía ganas de hablar de eso con nadie, y menos aún con Céline. Pero ella lo sabía todo. Claudine le había contado íntegra la historia de los tres meses, cinco días, y las últimas veinticuatro horas que fueron atroces, le había repetido las mismas cosas que él le había contado a cada rato, desde el día mismo en que se conocieron. A principio, Claudine insistía, no lograba entender, no le parecía que todo hubiese sido tan imposible.

—¿Pero por qué te diste por vencido, Pedro?

—Le habían dicho que me mataban si me volvía a ver. ¿Qué querías? ¿Querías que la hiciera causante de mi muerte? Habría sido más desgraciada todavía. Ya con ser reina tenía suficiente la pobrecita.

—¿Pero por qué? ¿No había nadie en esa familia que pudiese reinar en su lugar? Francamente no entiendo, Pedro.

—Te lo he dicho mil veces: su padre había muerto. Sophie era la heredera directa. No había nada que hacer. Tras veinticuatro horas de reflexión, las últimas, las más dolorosas, Sophie me dijo: Tenemos que ser humildes ante el destino que nos ha tocado, Pedro.

—Esa estupidez de la humildad sí que me aburre, Pedro. Cambia de disco.

—¿Qué quieres que haga, Claudine? Sólo te estoy repitiendo lo que me dijo el ser que más he querido en mi vida. Tenía que respetarlo. Aunque no entendiera nada. Debe ser la manera en que piensan allá arriba, y nada más.

—¿*Allá arriba*? ¿Y eso cómo se come? ¿Qué quieres decir con *allá arriba*? No me vengas ahora también con que esa gente es mejor que la demás. Son la peor banda de sinvergüenzas que...

—¡Claudine!

—Okay, perdón... No es para tanto. Además no me estaba refiriendo a ella.

Y una vez más, Claudine le preguntó que de qué país se trataba, pero sólo lo hizo para mostrarle su afectuoso interés, pues no ignoraba que podía costarle

102

la vida decirlo. Pedro le respondió como siempre que no, que eso sí que no se lo podía decir. En cambio, le agregó algunos detalles que antes no le había querido revelar, para que ella comprendiera, de una vez por todas, que no les había quedado otra solución. La cita en el Ministerio del Interior, por ejemplo. Eso quiere decir Policía, Claudine. La misma que ves por la calle y que no te gusta, la concretización de la amenaza... *Oui*, dijo ella, y Pedro le pidió perdón por mencionarle demasiado a Sophie cuando bebía.

—Y cuando no bebes también —agregó Claudine.

—Con mayor razón todavía. Por eso he sentido la necesidad de decirte toda la verdad.

—No debe ser fácil olvidar eso, Pedro. Pero por mí no te preocupes.

* * *

Suben dos y bajan cinco, dijo Pedro, al ver que los tres chicos reaparecían con Claude y Claudine, para desesperación de la serenísima Céline que, bien hecho, no tuvo más remedio que aceptarlo, porque ahí el único burgués de mierda que podía estar por la represión era Pedro, cosa que ya le había dicho varias veces en voz alta con la mirada, y que éste había asumido con total desparpajo, porque semejante exclusión del grupo le permitía beberse íntegro el vino más caro con barriga llena y corazón contento. Además, a Claudine no le importaba. Además, a Claude tampoco le importaba. Y, además, ¡qué quieres tú conmigo conch'e tu madre!

Pedro no comprendía por qué la odiaba tanto, siendo tan chiquitita sobre todo, ¿tú qué piensas de ella, Sophie?, sí, tienes toda la razón, de-tes-ta-ble. Pobre Claudine, ¿cómo podía tener *eso* por amiga?, y después de que le había robado a su mejor amigo, todavía. Pobre Claude. Y qué inocentones jugaban todos alrededor de la mesa, y qué bella estaba Claudine girándole alrededor de su borrachera, girando y girando con su falda larga de mil retazos diferentes, de mil diferentes colores, ¿quién eres, Gulliver en el país de los enanos o Gulliver en el país de los gigantes?, girando y girando, siempre volviendo a pasar cuando acaba nomás de pasar y Didier que era hijo de Claude y Claude que no era papá de Elodie, no, Pedro, el papá de Elodie murió de una sobredosis de ácido, yo me salvé de milagro... Claudine...

—¿Cómo se llama tu hijita, Céline? Siempre se me olvida el nombre.

—Céline, igual que yo.

...y la chiquita de mierda esa que no era hija de Claude, de quién era hija entonces, hijo de puta, mierda qué mal me siento...

—¿Cómo no se cansan éstos, no Céline?

—Déjalos si les gusta.

—Parecen mil niños y no tres niños y dos grandes... ¿No crees que tanta vuelta pueda hacerle daño al psicoanálisis de Claude?

—Claude es libre de hacer lo que le da la gana.

—Sí, ya me di cuenta de lo libre que es el pobre, aunque si fuera un poco más burgués, como yo, estaría con Claudine.

—Pedro, *por favor*...

—Perdón, Céline. ¿Te sirvo un poco más de vino?

—Sólo un poquito por favor.

Pedro le llenó el vaso del vino barato, estornudó, y se cayó de la silla. ¡Mierda! Claude corrió a ayudarlo, Claudine corrió detrás de Claude, y los chicos felices con la broma del tío Barbas. ¡Mierda!, cómo le dolía el culo. Elodie, muerta de risa, empezó a frotárselo siguiendo sus propias indicaciones, primero, y las de Céline después, que por supuesto también entendía de esto. Pero no estaban nada mal las indicaciones de Céline; por el contrario, cada vez lo aliviaban más. Estos masajes al culo me recuerdan a Virginia, dijo Pedro, pero sobre la marcha le vino lo de Sophie. Tres meses, cinco días, y las últimas veinticuatro horas que fueron atroces.

Lo metieron a la cama cargado, y los chicos, que según parece estaban acostumbrados a estas situaciones, subieron a acostarse tranquilitos para no ocasionar más problemas de los que ya había. ¿Qué hacían con Pedro?, no se dormía con nada. Claude sugirió que se fumaran un pito de marihuana juntos, pero Pedro abrió un ojo y les dijo que la marihuana le tapaba los oídos, con lo cual quedaron más desconcertados todavía. En cambio él como que se iba recuperando, y les dijo que a ver si hacían otra cosa que estarse parados ahí, mirándolo como si fuera un cadáver. Por qué no iban a la cocina y lavaban los platos, por ejemplo, mientras él descansaba un poco y se reponía. Claude, quédate tú, deja que las mujeres trabajen. Céline se marchó furiosa y Claudine, que hubiera dado la vida por quedarse con Pedro, la siguió caminando de espaldas.

—Claude, ¿sabes que en esta casa haces mucha falta?

—Sí, ahora que tú lo dices, creo que sí.

—¡Cómo que crees! Haces falta y punto. Y, además, a ti te hace más falta que el psicoanálisis.

—¿Crees que debería volver, Pedro?

—Lo que creo es que deberías quedarte desde esta misma noche.

—Pero Céline está embarazada y pronto no va a poder trabajar.

—Pues mátala. Así matarás un montón de pájaros de un solo tiro.

—El bebé no es mío, sabes.

—Dime cuándo un bebé es de alguien aquí.

—¿Y tú, Pedro? Claudine te tiene mucho cariño, ¿sabes?

—Y yo también a ella, pedazo de imbécil. Tráeme vino del bueno si todavía queda.

Las mujeres regresaron agotadas del lavado de los platos y ollas. Claude había apagado la luz y se había quedado dormido en un sillón, y Pedro no estaba sobre la cama, no estaba en el wáter, no estaba en el cuarto de los chicos, no estaba por ninguna parte.

—¡Aquí estoy! —exclamó en la oscuridad, respondiendo a la rabia de Céline, que había dicho sólo faltaba que este imbécil desapareciera.

Claudine encendió la luz y soltó el llanto, al ver la tienda de campaña en que veraneaba con sus hijos armada en un rincón de la sala-dormitorio. Pedro se había instalado a vivir en ella.

—Traté de que Claude me ayudara, pero el muy manganzón se me quedó dormido. Lo que sí no encuentro por ninguna parte es la lamparita de butano.

Claudine pensó que debería estar en el dormitorio de los chicos, y en írsela a buscar, pero inmediatamente pensó debo estarme volviendo loca, y empezó a desnudarse, que era lo que hacía siempre cuando sentía que se estaba volviendo loca. Métanse ustedes dos a mi cama, le dijo a Céline, yo voy a dormir con Pedro. Terminó de desnudarse y corrió a meterse a la tienda de campaña. Así empezó el resto de la noche.

Pero no continuó así, porque no bien Claudine se acostó a su lado, Pedro la besó y le dijo que, *noblesse oblige*, él se salía de ahí porque le estaba usurpando su lugar a Claude.

—Estoy llorando, Pedro. Por favor, déjame dormir contigo.

—Sí, ya sé que estás llorando, se oye. Y ya sé también que estás bien conmigo y que no quisieras que me fuera y que me puedo quedar si quiero.

—Entonces quédate.

—Entonces me voy.

Y se fue a despertar a Claude que continuaba bien dormidito en su sillón, y que ni cuenta se había dado de que Claudine se había desnudado como siempre, cuando sentía que se estaba volviendo loca. Llamó a Céline para que viniera a ayudarlo a arrastrar a la bestia ésta, pero Céline dormía profundamente y de sueño natural, además. No sé cuál de los tres es peor, pensó Pedro, tratando de arrastrar a Claude, y preguntándose por qué mierda los tres no vivían juntos si tanto alardeaban de que se querían como hermanos.

—¡Burgueses de mierda! —gritó, lo más fuerte que pudo.

Y tal como lo tenía planeado, lo de burgueses de mierda despertó a Céline, que se incorporó como quien escucha el gong, y avanzó rápidamente hacia el centro del cuadrilátero. Tú, mierda, quédate ahí en la cama, la frenó Pedro, y continuó arrastrando como pudo el cadáver más bello de Francia. Vamos, niño, que ya vamos llegando al camping. Pero entró uno dormido y salió uno llorando, porque no bien Claudine se dio cuenta de lo que estaba ocurriendo, salió disparada de la tienda con intenciones de meterse a la cama con Céline, que continuaba esperando que le hicieran pelea.

—¡Ah no! ¡Eso sí que no! —gritó Pedro, desde la tienda de campaña—. Tú no duermes en esa cama, Claudine; sería un desperdicio.

—¡Aquí cada uno duerme donde le da la gana! —chilló Céline.

—¡Precisamente de eso se trata! —chilló Pedro, imitándole la voz, y buscando un trago por alguna parte—. Claudine y Claude van a dormir juntos, y no me vengas con que es una idea burguesa, porque los burgueses son los únicos que no duermen juntos hoy en día. Y tú, Claudine, cierra la boca, abre bien los ojos y ¡escuuuuuuucha!: anda y métete a la tienda con Claude.

—¡No! ¡No! ¡Y no!

Mierda, pensó Pedro, normalmente esta cojuda decía siempre *oui*. Influencia de esta otra cojuda, me imagino. Estaba agotado, ya no daba más, y lo peor de todo es que Claudine acababa de abrir enormes los ojos, y que uno era verde y que el otro era azul, igualito que esa primera tarde de otoño en el jardín del Luxemburgo. ¿Era por él? ¿Era por lo de Sophie hace un momento? ¿Era cara o era sello?

—Okay —dijo, pensando que ahora tendrían que sacar al mastodonte de la tienda, porque a Céline quién la sacaba de la cama, embarazada—. Okay, Claudine, cierra los ojos y ayúdame.

* * *

Céline, que era la que mejor había dormido, fue la única que se levantó a tiempo para llevar a los chicos al colegio, de ahí se fue a trabajar. Claude, que era el que más sueño necesitaba siempre, se despertó hacia el mediodía y estuvo mirando largo rato la tienda de campaña, sentado al borde de la cama. Al principio era algo vago, pero luego el deseo de ver a Claudine salir de ahí adentro empezó a precisarse, hasta que se convirtió en tanta impaciencia que el pobre ya no aguantaba más y se tuvo que largar. Ignoraba lo que había ocurrido, ni se le pasaba por la cabeza que Claudine y Pedro habían estado planeando un viaje a Bretaña, que ella deseaba mostrarle su pueblo junto al mar, y que habían hablado y hablado de eso, y que habían hecho el amor en la tienda de campaña, y que recién se habían dormido hacia el mediodía, justo cuando él despertaba.

Se levantaron por fin a eso de las seis de la tarde, y Claudine salió disparada pensando que Elodie y Didier se habían quedado abandonados en el colegio hasta esas horas. Mientras tanto, Pedro decidió preparar un desayuno-almuerzo-comida, para recibirlos sonriente en cuanto regresaran. Pero no se sentía muy bien con todo lo que había bebido y hablado la noche anterior, cosa que le molestaba bastante porque quería darles muy buena impresión a los tres, y en especial a Claudine, que seguro no había encontrado a los chicos y que ya empezaba a tardar un poco. Tomó un café, cuatro aspirinas, dos ginebras, cogió lápiz y papel, y fue a sentarse a la mesa del comedor.

—No me interrumpan, por favor, Claudine —dijo, cuando por fin aparecieron los tres—. Estoy escribiendo.

Fue la primera vez, en el tiempo que llevaba viviendo con Claudine, que la escuchó darles una orden a sus hijos. Ni siquiera le contó que Céline, calculando que nadie los recogería a tiempo del colegio, se los había llevado a su casa con su hijita. Didier, Elodie, dijo, vamos a jugar arriba; Pedro está trabajando y necesita silencio. Fue una frase tan completa, y dicha además con tanta convicción y con tanto respeto, que Pedro odió la literatura. Pero necesitaba escribir. Lo hacía por Claudine y por él.

RELACIONES EXTRAÑAS CON LOS PERROS BÓXERS

Era el primer día de una primavera puntual. Afuera, en efecto, brillaba el sol, mientras que por los corredores del hospital, las enfermeras parecían más activas que de costumbre, y los médicos que visitaban a los enfermos llegaban a las habitaciones con una inevitable sonrisa. Afuera y adentro, se había escuchado a lo largo del día, la misma alegre cantaleta: Por fin, la primavera. Pero, en su cama, el octogenario *monsieur* Langlois había soltado el llanto, porque su hija no había podido venir a verlo. Sin duda, pensaba Petrus, despatarrado en la cama de enfrente, llora también porque es el primer día de primavera. Tampoco él esperaba visita. No esperaba a nadie. Ni esta noche, ni mañana, ni pasado. Y en cuanto a Sophie, tras lo de ayer era evidente que no la volvería a ver más.

Y sin embargo, escuchó toser un perro. Y cuando acababa de decirse que no, que simplemente no podía ser verdad, empezó a escuchar esa voz maravillosa. Sí, era su voz, no podía ser otra. Y discutía, gritaba sin gritar, daba órdenes sin darlas, coqueteaba sin darle importancia alguna a la persona a la que le coqueteaba. Tenía que ser Sophie. Pero instantes después la voz volvió a perderse por los corredores hasta desaparecer por completo. No le cabía la menor duda, era Sophie, era su voz, era la tos de *Malatesta*, seguro que no la habían dejado entrar con el perro. Pero volvería. Petrus la conocía. Volvería. Y lo que es más, volvería con *Malatesta*. Quién mejor que él podía conocer a Sophie. Él era la sombra de su perro. Se cubrió íntegro con la sábana. No me verá desfigurado, se dijo. Pero, ¿cómo? ¿Cómo había podido venir? Lo de anoche tenía que haber sido el fin. Apenas si recordaba algo. La bajada del taxi. El beso. Sophie cerrando la reja del jardín, avanzando hacia la puerta principal. Él le había dicho al taxista que esperara, pero de pronto alguien gritó ¡ahí está!, y el taxi había desaparecido y siete hombres se le acercaban.

La boca de Sophie buscó su boca bajo la sábana, pero fue la boca de Petrus la que encontró sus labios primero.

—No fue mi padre, Petrus. No fue mi padre. Te lo juro.

—Tengo treinta y siete puntos entre la cabeza y la cara.

—Te juro que no fue mi padre. A lo más, pensé que era el portero el que había llamado a la Policía, pero le he dado todo el dinero que tenía conmigo, y me jura y re-jura que tampoco ha sido él. Ha sido una coincidencia, Petrus. Un error.

—Entonces hay de qué alegrarse, Sophie.

—¿Por qué?

—Porque si no ha sido nadie vinculado a tu familia, quiere decir que todavía podemos seguir viéndonos un tiempo.

—Petrus, Petrus... No sigas hablando. Te debe doler tanto la cara.

—¿Dónde está *Malatesta*?

—Sshhiii... Lo metí escondido en un bolsón, no me dejaban entrar con él. Ahí está paradito al pie de la cama. ¿No lo oyes?

—¿Quién se va a quedar con él, cuando...?

—Petrus, si tú ni siquiera sabes dónde hay un buen veterinario en París.

—Sí, comprendo. Sabes, Sophie, cerca a mi casa hay una señora que tiene un bóxer precioso. No tanto como *Signor Malatesta*, pero a menudo, cuando estaba solo, iba a visitarlo y a hacerle gracias a través de la ventana.

—Lo sé. También yo pasaba delante de esa ventana a menudo, cuando iba a visitarte. Debo confesarte que me sentía extraña, que sentía celos; sí, celos. Sentía celos porque sabía que a ti te gustaba ese bóxer también. No te preocupes, pronto podrás ir a verlo más a menudo que nunca...

—No volveré a pasar por esa calle, Sophie. Te lo juro.

—Ya tengo que irme. ¿Necesitas algo?

—Sí. Averíguate cómo se llama la hija del viejo de enfrente, y envíale flores como si fueran de parte de ella.

Petrus sintió las manazas de *Malatesta* sobre la cama, y estiró la mano buscándole el hocico. Sophie lo ayudó, cogiéndole la mano. Sintió sus cinco dedos entre los suyos. La escuchó decirle en voz muy baja que iba a ser un lío sacar a *Malatesta* de ahí. Un hombre la había ayudado a cargar el bolsón, al entrar, pero ahora estaba sola y no tenía más remedio que sacarlo caminando. El lío que se iba a armar...

—No te preocupes, Sophie. Está prohibido entrar con perros, pero no está prohibido *salir* con perros. Si alguien te dice algo, repítele esa frase, y vas a ver lo desconcertado que se queda. Mientras reacciona, tú ya estarás en la calle.

Escuchó su risa, y se ganó un beso. Pero aún quería hacerle una última pregunta antes de que se fuera.

—¿Y cómo sabré cuándo es el último día, Sophie?

—Recibirás una escultura de un bóxer. Estoy buscando una de bronce, para que te dure toda la vida.

Al día siguiente la hija de *monsieur* Langlois vino a visitar a su padre, trayéndole flores, y el director del hospital empezó a tratar a Petrus y a *monsieur* Langlois como a reyes. El pobre viejo no lograba explicarse lo que pasaba. Había estado en ése y en otros hospitales antes, pero nunca lo habían tratado como ahora. Era, pensaba Petrus, el único paciente del hospital feliz con la primavera.

* * *

Rumbo a Bretaña, a Concarnau, pueblecito marinero donde Claudine había venido al mundo. La noche anterior la habían pasado en el departamento de Pedro, en la rue Descarmes, y Claudine había cubierto a *Malatesta* con un trapo para que no le cayera polvo durante su ausencia. Claudine comprendía callau'boca lo importante que era *Malatesta*. Céline y Claude vinieron a despedirlos, y luego se marcharon a Chanteloup les Vignes, donde se iban a quedar cuidando a los chicos. Faltaban sólo cinco días para la Navidad, y ahora rumbo a Bretaña. Partieron encantados de la vida y sin mirarse a los ojos, en el «Volkswagen» de un amigo de Claudine. Otro amigo de ese amigo les prestó un mapa de carreteras que Claudine, infaliblemente, abría al revés, y que luego Pedro nunca lograba doblar como es debido. Por fin decidieron arrojarlo por la ventana, y abrir en cambio una botella de ginebra. Una casita blanca los esperaba allá. Era de un hermano de Claudine que les había prestado la llave, pero que tuvo que marcharse a pasar sus vacaciones en Normandía, porque su esposa prefería mil veces que la vieran por la calle con el diablo, antes que con la tal por cual de Claudine y los amigos que se gasta. Mejor para nosotros, pensaba Pedro, estaremos solos. Y además, como diría Claudine, cada uno es libre de hacer lo que le da la gana, salvo su hermano, claro, a quien sin duda le habría gustado verla, aunque pensándolo bien también el pobre era libre porque se había casado con quien le dio la gana. Definitivamente, vivimos en un mundo en el que cada uno hace lo que le da la gana, se dijo Pedro, y se metió un buen trago de ginebra.

Les había tomado aproximadamente cinco horas salir de París, y hasta habían tenido que almorzar en pleno centro de la ciudad, en una de las tantas veces que se perdieron buscando la salida de París. Pero ahora ya estaban en la carretera, Claudine al volante, construyéndose casas prácticamente en todos los paisajes que encontraba bellos, mientras Pedro le explicaba que en el Perú ni los campos de golf estaban tan domesticaditos y verdes como la dulce Francia.

Llegaron ya de noche, bastante borrachos, y cuando se pusieron a hacer el amor extrañaron horrorosamente la tienda de campaña de Chanteloup les Vignes. Pedro le dijo a Claudine que estaban realmente enamorados y que mañana por la mañana le iba a comprar una tienda de campaña para usarla de día en la playa, y de noche donde te provoque. Después le volvió a decir que estaban realmente enamorados, pero ya Claudine se había dormido con la luz encendida. Pedro se levantó a apagarla, y cuando volvía a la cama, escuchó que Claudine le decía que habría sido mejor venir con los chicos. Habrían estado encantados, añadió. Pedro se acurrucó a su lado y le preguntó si los extrañaba, pero ya Claudine se había dormido con la luz encendida y con la luz apagada.

Pensó en un desayuno en la cama para Claudine, y en un baño caliente y prolongado, con él frotándole los hombros y la nuca y anunciándole qué discos había en casa de su hermano, y cambiándole disco tras disco a medida que se iban terminando. Pensó en que iba a llover cada día, y en que iban a salir corriendo a hacer las compras, y en que iban a andar corriendo siempre de tienda en tienda, si es que las había porque Concarnau parecía bastante pequeño. Pero él, pensó, por más mojado que estuviera, nunca iba a protestar por la lluvia ni iba a dejar que le diera sinusitis ni nada, porque a Claudine, tanto como el sol le gustaba la lluvia de su Bretaña. Pensó en el texto que había escrito días antes, y en que no sería una mala idea enviarle una copia a su madre para que viera que al menos escribía algo. Podría decirle que pertenecía al último capítulo de una novela en que venía trabajando hacía tiempo. Algo así. Pensó que, sorpresivamente, mañana podía ser un día de sol, cosa que suele suceder de golpe en Bretaña, según le habían dicho, y que entonces podrían salir y pasarse horas caminando al borde del mar, correteando y jugando con los pies en el agua, y que por esa época no habría nadie en la playa, y que Claudine se sentiría libre y contenta de haber venido, tan contenta como cuando habían planeado el viaje. Volvió a pensar en el texto que había escrito, y en que era la primera vez que había logrado evocar una escena de ruptura con Sophie. Trató de hablar con ella, pero en cambio sintió que tal vez ya nunca volvería a escribir. Se abrazó al cuerpo de Claudine, a ver si le contagiaba un poco de sueño. Pensó que ya no tardaría en amanecer.

Era, sorpresivamente, un día de sol. Lo único malo es que Claudine no estaba por ninguna parte, que no había preparado el desayuno, que ni siquiera había tomado un café antes de salir. Pedro se vistió corriendo y bajó con dirección a la playa. Sí, ahí estaba, tal como se lo había imaginado. Pero se había subido a un peñón bastante alto y escabroso que había a un lado de la playa. Parecía una cabra salvaje sobre las rocas, sentada con las piernas recogidas y la mirada fija en el horizonte, como si estuviera esperando la llegada de alguna embarcación que aún no lograba divisar. No lo miró, y tampoco hizo el menor comentario cuando él le dijo que probablemente en París estaba lloviendo, y que en cambio ellos estaban soleándose en la lluviosa Bretaña.

—Pareces una cabra salvaje sentada allá arriba, Claudine.

—...

—¿Quieres que te suba el desayuno hasta allá arriba?

—Un día Claude trató de subirse por el otro lado y casi se mata. Se quedó colgado como una hora. Fue horrible.

Claudine repitió *fue horrible,* y Pedro se marchó a caminar por la playa, pensando que con un poco de suerte encontraría un lugar donde tomar desayuno. No encontró nada, y Claudine había desaparecido, cuando regresó. Por cojudo se mató Manrique, se dijo, desistiendo a la primera intentona de treparse al peñón. Habría sido lindo decirle a esta cojuda me parece haber divisado el yate de Sophie en altamar, y pasarme el resto del día sentado ahí arriba y sin hablarle. Pero ya estoy muy viejo para andar escalando Himalayas. Se deprimió por lo del Himalaya, pero inmediatamente se reconfortó ante la idea de afeitarse barba y bigote y, sobre todo, al pensar que si de verdad el yate de Sophie hubiese aparecido en el horizonte, él ya estaría ahí arriba, sabe Dios cómo pero ahí arriba y con finísimo saco de *tweed* inglés, pañuelo de seda al cuello, y un martini seco en la mano que no le estaba haciendo adiós a nadie.

Regresó a la casa subiendo al yate de Sophie y silbando la Internacional, para provocar un poco a Claudine, pero cómo iba a provocarla si ella no había presenciado la escena del yate, y si además estaba en la ducha y no podía escucharlo. Entonces Pedro pegó un alarido de angustia, y anunció que había amanecido de excelente humor en Bretaña, pero que por favor alguien lo ayudara a mantenerse así, ¡tan de buen humooooorr! Claudine salió disparada de la ducha y ni siquiera se atrevió a secarse hasta después del desayuno. Media hora más tarde continuaba mojada y preparándole un baño caliente y prolongado. Pedro la invitó a entrar a la tina con él, se rebalsó el agua, y estuvo dificilísimo hacer el amor sin tragar agua porque los dos eran bastante grandazos para esa tina. Pero lo hicieron, y se frotaron los hombros y la espalda, la nuca y las piernas, el uno contra el otro y mucho más que el uno contra el otro. Y cuando ya parecía que el asunto iba a terminar, Claudine salió empapadita, corrió hasta la sala en busca de un disco, le mojó íntegro el tocadiscos a su cuñada, y volvieron a jabonarse con los coros de la Armada Rusa.

Pero mejor todavía fue cuando Claudine le explicó por qué se había subido al peñón, y por qué no le había contestado cuando él le hablaba. Pedro trató de impedirla, cuando empezó, diciéndole que cada uno era libre de hacer lo que le da la gana, pero Claudine le dijo que también ella era libre de explicarle lo que le daba la gana, y continuó diciéndole que para ella, desde chiquita, subirse a las alturas era un verdadero desafío porque siempre había sentido una terrible atracción al vacío. Era horrible estar ahí arriba, pero necesitaba vencer ese temor. Por eso admiraba tanto a Claude. Claude era capaz de inclinarse sobre un precipicio de mil metros y de quedarse más tranquilo que si estuviera leyendo una revista en su casa.

—Habría que mantenerlo inclinado sobre un precipicio —la interrumpió Pedro—; porque lo que es leer revistas en su casa más bien parece que lo predispone al psicoanálisis.

Qué malo eres, le dijo Claudine, y se fue empapadita a voltear el disco de la Armada Rusa. Luego, desde la cocina, le anunció que le iba a preparar un *gin fizz* como nunca, una ensalada como nunca, y que si su cuñada había dejado la despensa llena, por qué no vaciársela en vista de que era tan antipática. Pedro pensó en lo comunicativa y simpática que estaba la mudita, se salió encantado de la tina y se fue calato en busca de Claudine, que estaba también y tan bien calatita. En fin, empezaron a vivir al natural y empapándole todo a la cuñada.

Pero lo que sí ya fue el colmo, e hizo que de inmediato Pedro le enviara un telegrama mental a Sophie, diciéndole soy feliz, por fin, en Bretaña, fue que al entrar al dormitorio en busca de cigarrillos, descubrió bien puestecita sobre la mesa de noche su fotografía con el chaleco y la cadena de oro. Se pegó la conmovida padre, y decidió que, a partir de ese instante, había asumido la paternidad de Elodie. Y también la de Didier, aunque ésta a medias, claro, porque Claude todavía no se había muerto. Y dónde estaba Claudine para felicitarla, para besarla, para decirle estamos realmente enamorados. Pedro salió disparado rumbo a la cocina, pero en el trayecto pensó que era mejor no hacer tanta alharaca por temor a espantar a Claudine, y a que se le volviera a subir al peñón. Algo tenía que decirle, sin embargo.

—Claudine, yo también quiero una foto tuya para la mesa de noche. ¿De dónde trajiste mi foto? ¿Cuándo se te ocurrió? ¿Cómo?

Claudine le metió *gin fizz* a la ensalada, intentó tres veces una frase corta y completa, y por fin le soltó un *oui* seguido de un ya no jodas, por favor, que Pedro interpretó poco más o menos como una propuesta de matrimonio. Pero no. No, porque de pronto a su alegría ya no le bastaban las frases incompletas, y ahora lo que él quería era que Claudine le dijera de una vez por todas que vivían juntos, que no estaban huyendo de nada juntos, que lo quería, que estaba realmente enamorada de él, que no era necesario estarse construyendo casas en cada paisaje bello de la carretera, que un pedacito de un pedazo de una granja en Francia o en el Perú era supersuficiente, y que no sólo estaba bien con él y quisiera que se quedara y se podía quedar si quería, sino que tenía que quedarse para siempre, porque ella no podía vivir un instante más sin que ese tipo que le estaba clavando la mirada le asegurara para el resto de sus días que se iba a comer todas esas ensaladas que ella preparaba metiéndoles todo su amor. Le metió tal patada en el culo, que Claudine se enterró entre los cien cacharros para ensaladas que había sobre la mesa.

—Por fin comprendo lo que es una ayuda de base —dijo Pedro.

Y ahí se quedó Claudine llorando largo rato por

Elodie y Didier, porque faltaban cuatro días para Navidad, porque ella quería pasarla con sus hijos, y porque Claude no sabía lo que hacía cuando se fue con Céline. Pedro pensó en un baño de mar por más fría que estuviera el agua, ya después se calentaría con un buen par de tragos secos. Pero en el camino se topó con una botella de whisky que podía ser la solución en el caso de estar a punto de volverse loco y sin que el estar desnudo le hubiese servido para nada. Cuánto lo había querido Sophie, pero terminó casándose con otro. Cuánto lo había querido Virginia, pero hubiera vivido con cualquiera menos con él. Y ahora ésta. Esta que no lo quería abandonar jamás de los jamases, que definitivamente lo quería, y mucho, pero cuyo amor con el mastodonte psicoanalítico había prendido fuerte e inesperado como un culantrillo que se pone con un alfiler en la piedra de una tinajera. Pedro iba por el tercer whisky, tendido sobre el sofá de la sala, cuando se le apareció Claudine con las lágrimas chorreándole hasta las tetas.

—¿Cómo anda la atracción al vacío, Claudine? —le preguntó, ofreciéndole un whisky.

—El *gin fizz* está listo, Pedro.

—Prefiero quedarme con el whisky. Lo bebía antes de conocerte y no me iba tan mal. Pero dime cómo anda la atracción al vacío; puesto que te lo he preguntado, dímelo.

—No era verdad.

Realmente vivimos en un mundo donde cada uno hace lo que le da la gana, comentó Pedro, incorporándose y diciéndole a Claudine que fijara la fecha de regreso, pero no antes del día veinticuatro porque había venido a conocer un poco Bretaña, y ni siquiera había comenzado. Claudine le dijo que sí, que estaba de acuerdo con el veinticuatro, y que por favor comprendiera. También ella acababa de comprenderlo recién, los chicos tenían que hacerse ilusiones con la Navidad, ella detestaba esas cosas, ella estaba contra todo eso, pero tienes que comprender, Pedro, en el colegio les meten esas ideas en la cabeza, tienes que comprender lo mal que se van a sentir si notan que les falta algo que los demás chicos tienen...

—A mí también me falta algo que los demás chicos tienen, Claudine.

—Pedro, comprende, por favor.

—Tarzán comprender todo. Tarzán comprender que también Claudine hacer falta en su nido. Realmente estás aprendiendo a hablar, Claudine.

—Comprende, Pedro, por favor.

—Lo comprendo todo, Claudine... Lo único malo es que me resbala por la enjabonada tabla de mi indiferencia. En fin, por ahora, chau. Voy a ahogarme en el mar un rato.

—Vístete, Pedro; no puedes salir desnudo a la calle.

—¿Y por qué no? Si me visto defraudaremos a tu cuñada.

Pedro se echó un impermeable sobre los hombros y salió tirando el portazo más fuerte de toda su vida.

Media hora después, Claudine estaba a su lado con el almuerzo, y con todo tipo de ropa para ambos, por si acaso se enfriara el tiempo. También había *gin fizz* y una botella de whisky, en el caso que Pedro prefiriera no cambiar de trago. Pedro estaba a punto de sonreírle y de darle un palmazo de compadre en la espalda, pero a la muy bruta de Claudine no se le ocurrió nada mejor que sacar de su canastón una botella del vino especial que se había robado para la cena de Año Nuevo. Se dio cuenta, y con las mismas la volvió a guardar, pero ya Pedro la había visto. Pobre Claudine, hubiera querido guardarse en el canastón también, porque ahora qué otra solución quedaba sino sacar la botella y hacer como si fuera Año Nuevo y vida nueva y como si estuvieran los dos felices ahí, cada uno más arrepentido que el otro.

—Anda —le dijo Pedro—, pásamela para abrirla. Queda pésimo con el pollo éste, pero quedaría peor todavía en manos de otros paladares.

Claudine se echó boca arriba sobre la arena y empezó una especie de huelga de hambre en un convento de clausura y de silencio, de lo cual se aprovechó Pedro para comerse la mejor parte del pollo y secarse íntegra la botella, sin proponerle ni una sola copita. Después, para romper un poco el hielo, trató de contarle que justo cuando él llegó a la playa, un hermosísimo yate blanco había intentado acercarse al peñón, pero le dio una flojera tristísima contarle cómo había intentado treparse por las rocas y, sobre todo, que le había parecido un yate real y que. Por fin se le ocurrió algo para terminar con ese almuerzo en una playa bretona.

—Creo que deberías avisarles a Claude y Céline que llegamos el veinticuatro, Claudine. Podrían no estar esperándonos o irse a casa de otros amigos. Vamos, te acompaño a poner un telegrama.

La respuesta fue otro telegrama, firmado por todos los de Chanteloup les Vignes, y en el que sólo faltaba un dibujo de Claude esperándolos con los brazos abiertos. Entre líneas, se notaba que al mastodonte, o no le había alcanzado el dinero o no le había alcanzado el vocabulario, pero que estaba más feliz que si hubiese recuperado la fe en el ácido. De los chicos ni qué decir. Y de Claudine, aquí en Concarnau, tampoco. Y en lo que a Céline se refiere definitivamente parecía haber perdido popularidad aquí y allá.

—Vas a tener que disfrazarte de papá Noel, Claudine.

Durante dos días bebieron sidra y comieron crepes a toda velocidad en un montón de sitios, y pasaron en el «Volkswagen» a toda velocidad por otro montón de sitios. La noche antes de la partida, en una crepería de Mont Aven, Claudine le agradeció que la hubiera hecho pensar en lo del telegrama, y añadió que en efecto había sido una gran idea porque Claude y los chicos hubieran podido no estar en casa. Y por fin, se atrevió a agradecerle también lo *bu bu bueno* que era siempre con ella.

—Puro chantaje —le dijo Pedro—, lo que pasa es que me encantan tus ensaladas.

Y hacia medianoche llegaron por última vez a Concarnau, a dormir y a prepararse para el regreso. Querían partir lo más pronto posible. En la cama, Claudine se le acurrucó como en los viejos tiempos, y trató también de hacer algo más como en los viejos tiempos, pero Pedro le advirtió que una vieja costumbre peruana le impedía hacer el amor la víspera de Navidad. Que Claudine le creyera o no, le importó un comino, y más bien se durmió pensando en algo que jamás se le hubiese ocurrido tres días antes: en que la última vez que haría el amor con Claudine iba a ser en una tina en Bretaña.

* * *

118

—Soy el Poulidor del amor —dijo Pedro.

—¿Y eso qué quiere decir? —le preguntó Claudine.

Pedro le dijo que eso no quería decir nada, y cerró la puerta del «Volkswagen». Por fin partían, aunque aún tendrían que almorzar tardísimo en el camino, porque estaban partiendo también tardísimo. Todo por culpa de Claudine, que primero no quería salir por nada de la cama, y que después tampoco quería dejarlo salir a él, para lo cual no encontró nada mejor que estarle metiendo mano por todas partes, muslo y rodilla por todas las partes por donde acababa de meterle mano, así hasta que Pedro terminó completamente chancado contra la pared, y diciéndole no, Claudine, no Claudine, por favor, por favor no, Claudine, qué tal si te arrimas un poquito, Claudine, y por último, mejores propuestas me han hecho, Claudine, que fue cuando ella soltó un *oui, de profundis*, y se dio por vencida y lo quiso más que nunca, furiosa eso sí. Eran más de las doce cuando por fin se levantaron, pero ahora Claudine había tomado la determinación de no mostrarle a Pedro, por nada de este mundo, que no veía las horas de estar en su casa porque ya empezaba a hacerse un poquito tarde, acababa de descubrirlo en el reloj de la sala. Por nada de este mundo. O sea que preparó un desayunote franco-norteamericano que era simplemente demasiado para dos personas, pero ella insistía en ir disfrutando muy despacio, masticando lento, como con miedo de atorarse, y con un increíble deseo de comentar todo lo que habían visto a lo largo de su visita a Bretaña, donde ella había nacido, desde donde sus padres habían emigrado a Argelia, después emigraron a Alicante pero ella no los veía porque... Pedro le eructó durmiendo, y Claudine empezó a lavar platos y tazas con rapidez y eficacia, aunque luego siguió los consejos de Pedro de romper un par de tazas y dejar los pedazos tirados por el suelo, con una dedicatoria de su parte para su cuñada, y con su firma abajo.

Claudine se quedó pensativa. Por qué a Claude nunca se le ocurrían cosas así. Por qué a Pedro sólo se le ocurrían cosas así. Se repitió la misma pregunta durante todo el trayecto, hasta que pararon a almorzar, luego durante el almuerzo, y seguía en las mismas después del almuerzo, cuando de pronto Pedro le dijo que debían ser como las seis de la tarde, y entonces ya sólo

119

se preguntó cómo haría para no perderse ni una sola vez, porque de golpe había empezado a sentir una incontrolable necesidad de llegar a su casa a tiempo. Pedro lo notó, y le dijo que no se preocupara, que ahora iban directamente a Chanteloup, y que el camino era mucho más corto que a la venida porque no tenían que entrar a París. Llegaremos perfectamente.

Pero ya había oscurecido, y a Claudine, que en su vida había usado reloj, el oscurecer la hacía infaliblemente pensar en dos cosas: o que estaba llegando atrasada a una cita que le habían dado por la tarde, o que pronto iba a ser la hora de la comida. Aceleró a fondo, y Pedro, entretenido, empezó a acariciarle la nuca y a conversarle un poco para que se olvidara de tanta tensión. Pero ahí empezó el problema.

Gasolina. No era nada urgente por el momento, pero Claudine le dijo que ya estaban cerca de la reserva y que tendrían que parar en la próxima gasolinera. Está bien, le dijo Pedro, yo aprovecharé para estirar un poquito las piernas y echar una meadita. Extrañamente, la primera estación de servicio estaba cerrada, y Pedro, después de llamar un poco y ver si alguien salía, se metió nuevamente al auto y dijo que no había nada que hacer, que probarían en la próxima. Hay miles en el camino, añadió, convencido de que las había.

Y en efecto, las había, pero todas las que fueron encontrando estaban cerradas, y ya el tanque debía andar en la reserva de la reserva, si eso existía. Claudine empezó a comerse las uñas en forma encarnizada, y arriesgada además, porque constantemente soltaba el volante para atacar una nueva uña, o para terminar con otra que se le había quedado a medias. Pedro trató de calmarla, acariciándole nuevamente la nuca, pero Claudine le hizo un quite que casi se desnuca, y se concentró a fondo en la uña del pulgar derecho. ¿Qué hacían? Otras dos gasolineras cerradas. Claudine pegó un frenazo, y se bajó del carro para hablar con un tipo que iba caminando al borde de la carretera. Pedro los veía discutir, gesticular, el tipo señalaba hacia la izquierda y Claudine señalaba hacia el frente, hacia París.

Triunfó el gesto hacia la izquierda, porque había sucedido lo único que no habían previsto: que las gasolineras por esos lares cerraban la noche de Navidad. Deberían haber llenado el tanque al partir, y no esperar el último momento para hacerlo. En fin, el tipo le había dicho a Claudine que, sin duda, en la ciudad de Dreux encontrarían gasolina, pero Claudine le había respondido que, también sin duda, a Dreux no llegaban porque les debía quedar apenas un escupitajo en el tanque, si es que el escupitajo no estaba ya camino al carburador. En ese caso, dijo el tipo, no les queda más remedio que doblar a su izquierda en el próximo cruce, y llegar a Verneuil. Allá, con suerte, podrían encontrar alguna gasolinera, aunque lo dudaba. Pero era la única esperanza, y en todo caso, era el único lugar por ahí cerca donde podían pasar la noche en vista de que no les quedaba gasolina para seguir avanzando. Claudine gesticuló de frente, de frente, rumbo a Dreux, de frente porque ése era el camino hacia París, pero el tipo le gesticuló a la izquierda, a la izquierda, a la izquierda, porque no se olvide señorita que gasolina ya casi no le queda y que a Dreux no llega con lo que le queda. Todo esto en plena noche ya, con un frío de puta madre, y con un viento que a Claudine le hacía volar el pelo en todas las direcciones.

No parece feo Verneuil, dijo Pedro, añadiendo que deberían preguntar dónde quedaba la plaza principal porque ahí seguro que había un bar, a ver si nos calentamos un poquito con un trago, ¿no, Claudine? No hubo respuesta. Pedro insistió. Mira, Claudine, no nos queda ni una sola botella en el carro y un traguito siempre cae bien en estas situaciones. Relaja, hace pensar, ayuda a encontrar soluciones. Tampoco hubo respuesta. Claudine continuaba avanzando perdida por el pueblo, descubriendo que ahí el que no estaba en su casa, preparándose para ir a la iglesia y cenar luego, era otro despistado igualito a ellos. En ese instante se le plantó el carro.

—Tú quédate aquí —le dijo Pedro—. Yo voy a preguntar dónde hay una gasolinera. Tiene que haber una.

Volvió una hora más tarde, congelado, y encontró a Claudine gimiendo de frío. Pero tuvo que darle las noticias tal como eran. Primero: no hay ninguna gasolinera abierta en todo Verneuil. Segundo: como no es época en que viene gente, todos los hoteles están cerrados, menos el más caro, que está en la plaza principal, que para qué, no está nada mal, aunque comprendo que no sea éste el momento más propicio para la historia del arte. Tercero: el hotel más caro está lleno. Cuarto:

no he visto bares abiertos en el camino. Quinto: ven aquí que te voy a quitar un poco de ese frío con un masaje. Sexto: ¡ven aquí, mierda, y para ya de llorar!

—¿Por qué no se te ocurre algo, Pedro? A ti siempre se te andan ocurriendo cosas cuando no es necesario. ¿Por qué ahora no se te ocurre algo mejor que quedarte sentado ahí?

—Bueno, pero sin ofender, Claudine. ¿Tienes algún tipo de envase en el que pueda meter un poco de gasolina, si me la dan?

—Sí, ahí atrás quedan dos botellas vacías de ginebra.

Hay, hermanos, muchísimo que hacer, se dijo Pedro, mientras avanzaba por las oscuras calles de Verneuil, en busca de un alma caritativa. Más allá sonaban las campanas de la iglesia, pero Pedro no se atrevía a pedirle un poco de gasolina a ninguno de los encorbatados que se dirigían a misa. Por más buenos que fueran, definitivamente no era el momento para interrumpirlos en su bondad para que le llenaran dos botellas de ginebra. Se las metió al bolsillo del saco, para no dar mala impresión, y porque se le estaban congelando las manos y tenía que metérselas a los bolsillos del pantalón. ¡Frío de mierda! Casi se mete a misa, por la calefacción, claro, pero le daba pena abandonar a Claudine en el «Volkswagen». Le preguntó a un policía, pero el policía estaba muy preocupado con el tráfico de los carros que llegaban a la iglesia. La gente llegaba a montones, con montones de gasolina en los tanques de sus vehículos, y de los vehículos salían señoras vestidas como para un té-bridge en el Ártico. ¡Frío de mierda! Por fin, Pedro se perdió por una calle donde podría quedar el burdel de Verneuil, si lo había, y divisó un camionero cuya esposa probablemente estaba asistiendo también a la misa de Navidad, pero en otro pueblo. Ni quería ni tenía gasolina. ¡Y mierda qué frío! ¿A qué misa de Navidad estará asistiendo Sophie? ¿En qué país? ¿O estará en una fiesta? Eso era lo más probable, pero el frío a estas alturas de la noche impedía ese tipo de comunicaciones, y Pedro continuó caminando y pensando que probablemente Claudine ya se había dado cuenta de que, definitivamente, a su casa no llegaba antes de la madrugada. Y eso con suerte. Se cruzó con más gente que iba a la misa polar, y se cagó una vez más de frío, lo cual lo obligó a sacar sus botellas vacías de los bolsillos, a pasarle el conchito de una al conchito de la otra, con lo cual se le congelaron ambas manos y sólo logró un tercer conchito de ginebra que ni siquiera le hizo el efecto de una gota de agua bendita en esta Navidad de mierda. Pobre Claudine, pensó, y en ese instante vio otro camionero, pero éste tenía cara de ateo, y le dio hasta la dirección del único bar que había abierto en Verneuil, en el caso de que estuviera cerrada la única gasolinera que podía estar abierta por ahí cerca, a esas horas. Había que salir del pueblo por el otro lado, luego tomar el primer camino a la izquierda, y luego como quien sigue la línea del tren.

Pedro regresó corriendo donde Claudine, y le dio muchísimas esperanzas de que llegaría a su casa antes de que los chicos se durmieran, aunque para sus adentros se dijo que él continuaba viendo la cosa color hormiga. No le faltaba razón. Salieron del pueblo siguiendo las instrucciones del camionero ateo, doblaron a la izquierda por un camino desolado, vieron una línea de tren que tal vez llevaba a París, preguntaron en una estación pero ya no había más trenes rumbo a París, y encontraron por fin una gasolinera completamente cerrada, en el preciso instante en que se cruzaban con un tipo que estaba mirando con unos ojos enormes cuando los faros lo iluminaron, y que tenía la palidez resplandeciente e impresionante de un ángel de la guarda. Claudine se cagó de miedo, pero Pedro le dijo retrocede, ese tipo tal vez sepa algo, me tinca que ese tipo es nuestra salvación. Claudine retrocedió, y Pedro ya estaba abriendo la ventana, señor, por favor, pero el ángel probablemente se cagó de miedo de un carro acercándosele de noche por ese camino, y salió disparado, perdiéndose como una gacela entre los campos.

—Ojalá le nieve encima —dijo Pedro, cerrando la ventana.

—Nos vamos a Dreux —dijo Claudine—. Allá hay gasolina.

Pedro no quiso decirle que estaba loca, porque lo estaba, ni que les debía quedar apenas media botella en el tanque, porque era inútil. Cruzó los brazos, en cambio, y vio cómo Claudine, dando media vuelta, partía como un bólido en dirección a Dreux, y de allí rumbo a París, desviándose antes de llegar para dirigirse a su ansiado Chanteloup les Vignes. Lo sabía, el carro se les volvió a plantar minutos más allá, justo a la entrada de Verneuil.

—¿Ya te convenciste de que no llegamos?

—...

—¿Ya te convenciste de que no fui yo el que te retuvo en la cama esta mañana?

Claudine lo miró con una sonrisa derrotada. Lo mejor sería encontrar un bar donde pudieran esperar que alguna gasolinera abriera. Por ahora no había nada que hacer, debían ser las doce. O más, le dijo Pedro, pero yo sé dónde hay un bar abierto. Fue la primera precaución que tomé. Vamos. Pero no se fueron, o por lo menos no inmediatamente. Se quedaron como inmovilizados porque la gacela-ángel de la guarda se les volvió a cruzar, esta vez caminando en dirección al centro de Verneuil. Claudine miró a Pedro con cara de explícame-de-dónde-puede-haber-salido-un-tipo-así-en-una-noche-como-ésta, y Pedro se cagó de risa.

—Nos equivocamos, Claudine. Ese tipo es Dios.

—Preguntémosle dónde hay un hotel.

Y empezaron a perseguirlo a pesar del frío. Pedro pensó que había encontrado algo para que Claudine se olvidara un poco del percance, pero por andarle inventando historias y situaciones, poco a poco fue cayendo en su propio juego y terminó tristísimo. El asunto comenzó cuando abordaron a Dios por primera vez, y el tipo casi se les muere de pena y de miedo en vez de estar naciendo feliz en Navidad o algo así. Definitivamente no tenía ningún sentido del humor el tipo, y por más que Pedro insistió en probarle que era Navidad y que se manejaba una cara que resplandecía como la estrella de oriente, el otro insistía e insistía en retirárseles un poquito, por precaución, y no daba más pruebas de amistad que las de continuar cagándose de frío y de miedo.

—Una pena —dijo Pedro—; con lo hermoso que es.

—Pregúntale por un hotel, Pedro.

—¿Un hotel, caballero?

Dale con morirse de miedo y con retroceder cuando le hablaban, se iba a recorrer todo el pueblo de espaldas si seguía en ese plan. Por fin Pedro le extendió un cigarrillo y le gritó ¡hotel!, ¡bar!, ¡lo que mierda sea! Frío, ¿comprende? Pero el otro qué iba a comprender, si ni siquiera comprendía por dónde estaba caminando, ni en qué ciudad estaba, ni nada de nada. Extranjero, les dijo. Perdido, les dijo. Dreux, les dijo. Hotel, les dijo. Todo con una tristeza de Navidad en película de guerra y los infantes de marina que no les llega su correspondencia bajo la nieve enemiga.

—Tendrás que conformarte con un bar —le dijo Pedro—. Es lo que más se parece a un armisticio.

—No te burles, Pedro. Está perdido.

¡Y nosotros qué!, exclamó Pedro, pensando ya está, se enamoró la mudita. Y sí, se enamoraba y se enamoraba, y cada vez más a medida que el tipo retrocedía cada vez menos y les iba contando que se había ido a visitar a unos amigos a Alemania, y que luego se había cojudeado con los trenes, o sabe Dios qué, y que cuando se bajó en la estación que era Dreux, resultó que no era Dreux.

—Nunca es Dreux —le dijo Pedro—. Siempre es Verneuil.

—¿Cómo?

—Digo que este pueblo se llama Verneuil aunque sea Nochebuena.

—¿Verneuil?

—Sí, hijo, Verneuil.

—No te burles, Pedro.

—No me burlo, Lejano-amor. Sólo le estoy estudiando un poquito el sentido del humor, a ver si lo llevamos con nosotros al bar.

—Lo llevamos, Pedro.

—De acuerdo, pero no en retroceso. Dile que somos gente de bien.

—Nosotros también vamos a Dreux —le dijo Claudine.

—¡Dreux! —exclamó el tipo, frenando sonriente.

—Sí, pero no ahora porque no tenemos gasolina.

Nuevamente le entró la tristeza más navideña del mundo. Y se puso bellísimo además, impresionantemente pálido bajo la gorra azul de lana. Claudine andaba en un solo de *ouis* interminable. Si la beso, me abofetea, pensó Pedro, presentándose como sólo un amigo de la señorita.

—Turco —dijo Dios.

—Ya —le dijo Pedro—. Se nota. Siempre aparecen ustedes en sitios rarísimos en Navidad. —Agregó—: Yo,

125

peruano, y sin embargo también me pasan las mismas cosas a cada rato.

—¿Estás solo? —le preguntó Claudine, con los ojos del jardín de Luxemburgo.

—Familia en Turquía. Yo, mecánico en Dreux.

—Familia en Perú, y un amigo perro en París, hermano. Estamos en las mismas, como podrás ver, aunque yo, barbudo de lujo, hippie de oro.

—¡No te burles, Pedro!

—¡Cállate mierda que lo estás espantando! ¿Qué quieres que le diga? ¿Que soy un intelectual de izquierda, y que lo asuste? Entre la lucha de clases no funciona eso de que hay que tratar a una dama como a una puta y a una puta como a...

—¡Se va, Pedro, se va!

—¿Quieres ver cómo regresa?

—Sí.

—A ver si me acuerdo de las palabras mágicas...

Pedro gritó que conocía el único bar abierto, y el tipo dio media vuelta y se les acercó sonriente. Ni cojudo que fuera, comentó Pedro. Un obrero sabe lo que es el frío y cuando no hay más trenes hasta la mañana, no lo piensa dos veces, se mete a un bar. Al primero que encuentre abierto, y aunque sea conmigo. Le dio un golpecito bajo a Claudine, que saltó como si la hubieran hincado, y los tres se fueron caminando al único bar que había abierto.

En el bar estaban todos los que no habían ido a misa, y la que mandaba era una con cara de no haber ido jamás a misa. Pero mundo-demonio-y-carne no les daba para tanto, y por más que se rascaban la cabeza no lograban entender al extraño trío obrero-extranjero-juventud-mayo del 68, que acababa de ingresar, motivo por el cual Pedro pidió una botella de champán, le deseó felices navidades laicas a todos los presentes, y brindó con la patrona. Luego regresó donde Claudine y Dios, y les explicó que en estos casos lo primero que había que demostrar es que se era un cliente con plata y con clase. Desconcierta a los aldeanos, agregó, pero casi se atora cuando vio que el turco rechazaba delicadísimo el champán y pedía un chocolate caliente. ¡Otra botella dentro de diez minutos!, gritó, para animarlo, pero cuando trajeron la segunda botella el turco volvió a echarse para atrás con la sonrisa más tenue del mundo, y pidió otro chocolate caliente. Pedro miró a Claudine. Ni le digas que soy yo el que paga, porque vuelve a pedir otro chocolate.

Cuando Pedro terminó, casi solo, la segunda botella de champán, ya Claudine y Dios estaban unidos para siempre por esa solidaridad nocturna que nace entre los seres que han perdido el último tren o que se han encontrado sin gasolina en Verneuil, y que en cambio desaparece entre los que venían juntitos, y los desune. Toda huella de incomodidad había desaparecido de los ojos de Claudine, uno verde y otro azul, los dos para Dios, quien a su vez con dos ojos de cante jondo y una sonrisa de perlas, sólo tenía ojos para ella. Y en serio que el tipo era bellísimo. Muy probablemente el mecánico más bello del mundo. Ni manos de mecánico tenía siquiera. Más bien de guitarrista a la luz de la luna. Claudine estaba fascinada. Estaba habladora. Casi cotorra. O lo que era mucho peor en el caso de ella, casi policía de investigaciones, porque al pobre turco lo estaba sometiendo a un interrogatorio total sobre su origen, actividades, y hasta salario. Después le dio por criticar a Francia y alabar a Turquía, donde había sol todo el año, mientras que Dios criticaba a Turquía y alababa a Francia, donde había fábricas todo el año. Estaba feliz en Dreux, a pesar de que Claudine logró probarle aun estadísticamente (falsificando todo, por supuesto, porque qué sabía Claudine de eso), que no podía estar feliz en Dreux. Pero sí, el tipo estaba feliz en Dreux y lo único que deseaba es que la señorita consiguiera gasolina para irse a dormir a Dreux y trabajar mañana aunque sea feriado. Resultó estar alienadísimo, el pobre.

—Dormir en Dreux, ¿con o sin la señorita? —le preguntó Pedro.

—¡Idiota! —exclamó Claudine.

Dios rechazó la pregunta con la misma seriedad de cristal sonriente con que minutos antes le había rechazado aunque sea media copita de champán, hermano. Pedro optó entonces por ofrecerle champán otra vez, y el no fue nuevamente el no más rotundo y delicado desde la dinastía Ming. Claudine ya ni bebía con Pedro de lo fascinada que estaba, y éste, al verse abandonado, se dedicó a seguir con la mirada el baileteo que se había organizado desde hacía rato en torno a ellos.

—Me aburro, hace mucho calor aquí dentro, y hay un tipo bailando que no puedo soportar más —declaró Pedro, de pronto.

—No lo mires —le dijo Claudine.

—Él empezó a mirarme primero —dijo Pedro, gritando luego que le trajeran otra botella de champán.

Pero Claudine le dijo que no, que de ninguna manera, y que más bien averiguara a partir de qué hora podían salir en busca de gasolina. Sal tú, le dijo Pedro, yo no me muevo de aquí hasta que el tipo no me baje la mirada. Claudine volteó dispuesta a pegarle un grito, pero descubrió que tenía los ojos bañados en lágrimas. Recién entonces se dio cuenta de que habían tocado como mil veces la misma canción esa, tan pegajosa y alegre, y que ahí hasta Dios estaba tristísimo y empañado de calor. No supo muy bien qué hacer, por un instante, pero siempre le había atraído la belleza y no pudo soportar la curiosidad. Balbuceante, le pidió al turco que se quitara el gorro de lana que había llevado puesto toda la noche. El tipo le dijo que sí, que en efecto hacía demasiado calor ahí adentro para andar con el gorro puesto, y no bien se lo quitó, Claudine empezó a dibujarlo sobre una servilleta. Dios pidió otro chocolate caliente y se dejó dibujar feliz, aunque sin demostrarlo en exceso, claro está, tomándose su chocolate. Minutos después, el tipo que bailaba, ya no bailaba, sino que marchaba. Estiraba los brazos abiertos, tomaba a su pareja por los hombros, ésta lo tomaba por la cintura, y uno avanzando y el otro retrocediendo, se cruzaba íntegro el salón hasta la punta del pie de Pedro, lo pisaban y partían otra vez felices, pero para volver otra vez más felices. Pedro comprendió que eran cosas de Navidad, y lo único que le dio pena fue haberse bebido las botellas de champán solo, porque ya estaba bastante borracho y probablemente le iban a sacar la mierda al compás de la misma canción pegajosa y alegre. Dios lo siguió con la mirada cuando se tambaleó hasta la barra, para no complicar al turco en el asunto. Pidió un whisky puro, y cuando se disponía a voltear nuevamente con el vaso en la mano, para seguirle el desfile al soldadito, se le apareció Dios a su derecha y pidió otro whisky también puro, cosa que molestó bastante a Claudine, no sólo porque el modelo se le había cambiado de posición, sino también porque ya había empezado a dibujar la taza, que más parecía de té que de chocolate, en la servilleta, porque estaba sostenida por unos dedos ingleses a las cinco de la tarde. Realismo socialista, pensó Pedro, pero se calló la boca. Prefería que Claudine no se distrajera en su trabajo, y que no se diera cuenta de que ya no tardaban en matarlo.

Pero qué va, o mala hierba nunca muere, o lo que sería más apropiado en este caso, Dios es grande. Y grande también fue la cantidad de hojas de afeitar que sacó de un bolsillo y que se tragó de golpe con un trago de whisky. Claudine casi aplaude, el bar entero casi aplaude, tenía unas dotes histriónicas impresionantes el tipo, una naturalidad aterradora. Pedro se aprovechó del éxtasis masivo para tener una breve iluminación. Le dijo a Dios, desafiante, que no tenían filo. Dios aceptó el desafío con la misma seriedad de cristal sonriente con que antes le había rechazado las copas de champán, y extrajo del bolsillo de su abrigo un impresionante cuchillo de cocina con el cual afiló tres hojitas más antes de proponérselas al soldadito valiente. Su rechazo fue categórico y nada refinado, pero Dios lo perdonó, procediendo él a tragarse las tres hojitas de la discordia. Pedro, cagándose de risa, y gritando pongan toda la música del mundo menos ese disco de mierda, el pegajoso ese que se baila marchando, cerró el desfile con broche de oro pidiendo agua para la caballada, lo cual en resumidas cuentas quería decir una rueda de champán a cuenta mía.

Pero el huevón de Dios se pidió otro chocolate caliente. No, pues, hermano, le dijo Pedro, sentándose sobre las rodillas de Claudine, que empezó a protestar porque no la dejaba dibujar en paz. Habían regresado a su mesa, y Pedro insistía cada vez más en lo del champán. No, pues, hermano, tómese un trago con Poulidor y déjese de huevadas. Mire, yo soy el Poulidor del amor, *capito o non capito?* Al turco parece que sólo le interesaba la mecánica, el dinero que enviaba a su casa, y la justicia nocturna, porque por más que Pedro le mencionaba al célebre ciclista francés, el otro continuaba haciéndole gestos sonrientes y cristalinos, a través de los cuales quedaba más que claro que no comprendía ni jota. Pedro montó bicicleta sobre los muslos de Claudine, y en el baileteo del bar todo el mundo empezó a gritar ¡Poulidor campeón!, ¡Poulidor campeón!, y recién ahora Dios como que empezó a seguir un poco el asunto, aunque más bien de lejos. Por fin Pedro le explicó con calma de qué se trataba. En Francia, había un famosísimo ciclista, ¿entendiste?, ya, que era el ciclista más popular de Francia, ¿entendiste?, ya, pero que nunca ganaba una carrera y siempre llegaba segundo, ¿entendiste?, ya. Bueno, en el terreno del amor, ¿entiendes lo que quiere decir el terreno del amor?, ya, en el terreno de mierda del amor yo soy el hombre más popular y querido del mundo pero siempre me toca el segundo puesto, ¿entendiste?, ya. Esta cojuda, por ejemplo, continuó Pedro, dándole un manazo cariñosísimo a Claudine, que protestó furiosa porque Pedro no le dejaba dibujarle el pelo al señor. Esta cojuda, por ejemplo, me adora...

—¿Quién ha dicho que yo te adoro...?

—Ya ves; antes me adoraba, pero de golpe ha descubierto que es a otro a quien quiere de verdad, y justo en la meta (esta vuelta a Francia terminaba en Concarnau), justo en la meta me han ganado por puesta de mano, por una cabeza, o por una rueda, para hablar en términos ciclísticos.

El turco le comprendió toditito, y hasta sintió la misma pena que él sentía, mediante una especie de ejercicio respiratorio yoga, algo así como un suspiro prolongado y meditabundo, pero luego se arrancó con un suavísimo y continuado gesto de manos, en el que la primera parte quería decir que tenía las manos en ablución permanente con agua bendita y con detergente, o en otras palabras, yo con la amiga de usted señor no me he metido, y en el que la segunda parte, ya más occidental y hasta algo cumbanchera, porque suspiro hubo pero de hombros esta vez y ya no de yoga, quería decir sin duda alguna algo así como gracias-pueblo-inculto-no-merezco-tanto, o por lo menos, el señor me está halagando.

Pedro le dijo que estaba equivocadísimo, que ni hablar, que entre ellos jamás habría la más mínima gilette de por medio, y que más bien se trataba de un mastodonte tan bonito como él, aunque de un colorido menos logrado, y que había tenido la suerte de que Claudine le bajara para siempre la bandera. Y pensar que hace tres días no más nos bañábamos en la tina juntos. Mire usted lo que es haber nacido Poulidor entre los astros. De ahora en adelante toda la popularidad que usted quiera, pero sólo una ensalada de vez en cuando, con suerte los domingos.

Claudine, que había terminado su dibujo, estaba ahora concentrada en que Pedro no se le cayera al suelo, en sacarle la billetera para pagar, y en bañarle el cuello en lágrimas y besos, mientras Dios, que cada vez la impresionaba más por su palidez insólita y extraterrestre, sugería chocolate caliente para reanimar a Pedro. Era increíble. A lo largo de la noche, al tipo le había crecido una perfecta barba de tres días, que con la suave caída de tupidas y finas mechas azabache sobre los hombros, resaltaba al máximo la blanquísima blancura del rostro, donde a su vez resaltaba la infinita bondad de los ojos negros, bajo unas cejas que venían a resultar como un toque final y perfecto de terciopelo y no de pelo.

Así, por lo menos, había quedado en el dibujo de Claudine. Todo lo que no era piel, era negro, y hasta la chompa blanca de cuello de tortuga resultaba oscura. Pedro, abrazado siempre por Claudine, cogió el dibujo y empezó a analizarlo, momentos antes de que se le nublara por completo la partida rumbo a Dreux.

—No cabe duda —fue lo último que dijo—, el Occidente creó a Dios a su imagen y semejanza. Tiene una impresionante cara de profesor de yoga.

Se despertó aterrado con un candelabro y una vela en la mano. Estaba en el «Volkswagen», y eso era probablemente las cercanías de París, pero no captaba nada de lo que estaba ocurriendo. Miró a Claudine, y le dijo que por favor le explicara un poco en qué nuevos líos andaban ahora. Ningún lío, le respondió Claudine, explicándole que el turco la había ayudado a traer un poco de gasolina para arrancar el carro, luego a meterlo a él al carro, que después habían llenado el tanque y que ya estaban llegando a casa.

—¿Y Dios dónde está? —preguntó Pedro, volteando a mirar el asiento de atrás.

—Lo dejé en su casa, al pasar por Dreux. Quiso que entráramos a tomar un café, pero preferí no despertarte. ¿Sabes que quería pagarme por el viaje?

—¿Y por qué no lo aceptaste?

—Estás loco, Pedro?

—No, pero me imagino que lo que sí estoy es sin un cobre.

—Culpa tuya. Has pagado como diez botellas de champán.

—Se nota —dijo Pedro, mostrándose a sí mismo cómo le temblaban las manos. ¿Y la velita ésta?

—Paré un minuto en la carretera porque necesitaba un café. Quería comprarte un regalo, Pedro. Fue lo único que encontré.

—Mierda. Mejor no la encendemos, ya con lo de Dios fue suficiente.

Fue mientras Pedro dormía, después de dejar al turco, mientras ella sollozaba, mientras ella sentía que no tardaba en quedarse dormida, mientras Pedro se despertaba a ratos, sobresaltado, y decía soy el Poulidor del amor, amigo Dios, pero no se me ponga usted tan triste que en Navidad Sophie me llama infaliblemente por teléfono. Fue mientras ella pensaba que todo lo de Dios en Verneuil lo había inventado él para que el tiempo pasara más rápido, y que sin duda ya estaba inventando la infalible llamada de Sophie para que la despedida, también, pasara más rápido. Y fue mientras se preguntaba por qué a Claude nunca se le ocurrían cosas así, y por qué sólo a Pedro se le ocurrían cosas así. Vio, de pronto, ese enorme restaurant en la carretera, y pensó en un café, pero pensó sobre todo que necesitaba tener algún contacto con ese hombre que dormía a su lado, con el que tanto se había divertido, y al que ahora desearía tanto tener en su casa, al lado de ella, al lado de Claude. Había una tienda de regalos, en el restaurant, pero todo era tan frío y tan baratamente moderno y horrible como el restaurant, no quería seguir mirando. Vio el candelabro con la vela, a la mano, lo cogió sin que la vieran y salió disparada.

—Ya llegamos, Pedro.

—Ya llegaste —dijo Pedro, desperezándose.

—Todavía deben estar durmiendo —dijo Claudine—. Voy a tener que esperar que se despierten, y me caigo de sueño.

—Eso ya es problema tuyo. Poulidor se va a casita, a París.

—¿Estás loco? ¿Y en qué te vas a ir?

—En bicicleta, como siempre.

Claudine lo llevó hasta la estación de tren más cercana. Quedaron en verse. Y se verían. Ya lo creo, pensó Pedro, prepara las mejores ensaladas del mundo. Pero eso, ahí en el tren, no parecía importarle a nadie. La gente viajaba muda, con alguno que otro regalo mal empaquetado, como diciéndole y usted qué mira, al que todavía no se había atrevido a mirar, como defraudada. Odiándose a las siete de la mañana tras la mala noche de la Nochebuena. Pedro se dormía hablando con Sophie y se despertaba hablando de Poulidor con Sophie. Después empezó a regresar a París en el auto de Céline y Sophie se mataba de risa de verlos juntos. Céline manejaba, y él al lado, encendiendo su vela, simpaticón y navideño.

—No me había fijado que eras tan bonita, Céline.

—Cállate, imbécil.

En el vagón todo el mundo parecía estar de acuerdo con Céline.

Capítulo tercero

LOS DOS CORAZONES HUMANOS

Me zampé, gratis, y sin pagar. Pedro Balbuena sonreía al recordar la frase. Se la había escuchado decir, unos veinte años atrás, a un negrito que salía feliz de un cine de Lima. A Claudine le hubiera gustado, pensó, pero más todavía le hubiera gustado saber que también yo, y sin su ayuda, me he zampado gratis y sin pagar al Metro, a primera clase, además. Claudine lo visitaba de vez en cuando, y con el pretexto de prepararle una de sus famosas ensaladas, le preparaba en realidad una comilona impresionante, le limpiaba el departamento, le rompía con ayuda de sus hijos todo lo que encontraba a su paso, pero como no hay que tomarle afecto a los objetos, el asunto no tenía la menor importancia y todo quedaba barrido en un instante. En cambio si Didier o Elodie tocaban a *Malatesta,* Claudine les metía un manazo sagrado y les gritaba ¡suelta!, hasta Claude recibió su manazo un domingo en que también vino de visita.

—¿Y qué pasa si a *Malatesta* un día le pasa algo? —preguntó una tarde Elodie.

—Alguien tendría que pagarlo con su vida —le respondió Claudine, guiñándole el ojo y disponiéndose a recoger sus bártulos para partir donde Claude, a quien seguían sin ocurrírsele las mismas cosas que a Pedro se le ocurrían, ni siquiera ahora que había terminado

135

yo con su psicoanálisis. Claudine dejaba toneladas de comida para Pedro, y por si acaso se apareciera un día, nunca se sabe, para Sophie también, y partía rumbo a Chanteloup les Vignes, tras una increíble mirada de respeto a *Malatesta*, quien, según le había asegurado Pedro un día marihuano, le había guiñado hasta tres veces el ojo. Ah, Claudine, se decía Pedro a menudo, ¿por qué te fuiste? Con la gracia que me hacías todo el tiempo.

Y en honor de ella, y al no haber logrado encontrar un taxi, Pedro bajó las escaleras del Metro y se metió a primera clase sin pagar. Pero no le gustaba el Metro ni tratándose de un homenaje a Claudine, y a eso empezó a atribuirle una ligera sensación de sed, un ligero deseo de tomarse un traguito, que según el médico tenía que haber desaparecido por completo ya. Y en efecto, había desaparecido durante los últimos meses, pero ahora, a medida que el tren avanzaba, la ligera sensación empezó a convertirse en algo que lindaba con la urgente necesidad de estimularse un poquito. Pensó que sería mejor bajarse en la próxima estación, pero ni hablar de bajarse porque no bien se abrió la puerta, subió íntegro y con asombrosa fidelidad en el colorido, nada menos que el Nacimiento de Venus, de Botticelli, y nada menos que por la mismísima puerta por donde Pedro había estado a punto de bajarse, zafándole el bulto al destino. Sí, era ella, Beatrice de nombre, y de factura, Botticelli. Por primera vez en su vida, Pedro sintió que la vida no pasaba en vano, y que en su caso esta sorpresa lo iba a encontrar maduro, o por lo menos buscando trabajo, mientras que en el caso de Beatrice lo menos que se podía decir es que había enbrutecido al máximo, que estaba divina, y que en todo caso jamás se hubiera podido esperar tanto de un vulgar viaje de Metro.

Golosas miradas masculinas seguían cada ausencia de movimiento de Beatrice, más Nacimiento de Venus que nunca desde que se apoyó contra el respaldo de un asiento, al fondo del vagón, y empezó a viajar de pie para satisfacción de mil nostálgicos historiadores del arte, lo cierto es que ahí al que le cedía su sitio lo mataban, porque así derechita estaba mejor que doblada en un asiento, y a lo mejor dándome la espalda además. Qué linda se ha puesto, pensaba Pedro, mientras Beatrice seguro pensaba qué pesada toda esta gente que me mira así, a lo cual a su vez los interesados respondían pensando en coro, yo me sigo una estación más a ver si me liga bajarme con ella.

Así andaban las cosas cuando Pedro decidió intervenir desde el fondo de su alma, y se atravesó medio vagón pisando todos los pies enemigos que pudo, para que lo odiaran más todavía cuando lo vieran abrazar, extranjero además, a la muchacha que los iba a hacer llegar a todos bastante jodidos a casa, donde más de un soñador de los transportes públicos iba a equivocarse de llave ante su puerta por andar pensando todavía en la muchacha que se encontró con el individuo ese en el Metro. Después venía la larga escena del abrazo con el mismo individuo, y después la del tipo de mierda bajándose con la muchacha en la próxima estación.

Fue recién en el restaurant que Beatrice se atrevió a hablar con la misma tranquilidad con que Pedro le había gritado en el Metro que más que un Botticelli, era la obra toda de Botticelli, o un sueño de Botticelli y, sobre todo, alguien con quien beber champán esta noche, lo cual también le parecía un sueño porque la última vez que la había visto, prometía pero no tanto, no tanto como para haberme despertado premonitoria sed de champán desde antes de que subieras a este vagón de envidiosos mi Botticelli favorito. Beatrice se bajó confundida. Durante años había esperado este encuentro, y aunque sabía que Pedro no podía haber cambiado, que no cambiaría nunca, algo le hizo preguntarse si ella no habría cambiado desde entonces. Inútil tratar de descubrirlo ahora. Pedro, el mismo Pedro de siempre, la había arrastrado hasta un taxi, no la había dejado ni siquiera llamar a sus padres para avisarles que regresaría tarde, y luego la había arrastrado hasta un restaurant donde ella empezaba a sentirse, de pronto, tan feliz como se hubiera sentido entonces. Y ahí estaban, Pedro escondiéndole las manos entre las suyas, jugando con ellas y acariciándoselas tiernamente, felicitándose del encuentro, llevándole, con el índice en el mentón, la cabeza a mil posturas diferentes, entusiasmándose como nadie con cada rasgo, cada facción, cada movimiento, cada una de esas posturas, haciéndola sentirse bellísima, esperando el consabido champán, las consabidas ostras de un hombre que sin duda había inaugurado esos mismos gestos felices en algún restaurant al que no había querido retornar jamás. Beatrice prefería no pensar en eso, por ahora. Se esforzaba en cambio por borrar varios años para vibrar nuevamente al lado de Pedro, aunque presintiendo al mismo tiempo que su intento estaba condenado a durar sólo unos días.

—¡Pedro, pero qué joven estás! ¿Has hecho un pacto con el diablo o qué?

—No. Me he afeitado barba y bigote.

—Hay algo más, Pedro... Algo más. Confiesa...

—Bueno, confieso: estuve un tiempo en un hospital. Bebía demasiado. No hace mucho tiempo que camino por las calles como me ves ahora.

—Tal vez no deberías beber champán, entonces.

—Mi querida Beatrice, no me imagino qué otra cosa podría beber esta noche contigo más que champán.

—¿Y ahora qué haces? ¿Escribes siempre? ¿Qué proyectos tienes? Cuéntame.

—Por lo pronto festejar mi salida del hospital en España; es el país donde más barato se bebe en Europa, en estos tiempos.

—Nunca cambiarás, Pedro. Dime, en serio, ¿qué proyectos tienes?

—Bueno, pero te va a sorprender mucho. Además, fuiste tú la que me dio la idea. Voy a buscar trabajo. O mejor dicho, estoy buscando trabajo desde que te vi subir al Metro.

—En tu vida has trabajado, Pedro. ¿No crees que exageras un poquito para halagarme?

—¿Exagerar, yo? Nunca cuando se trata de un asunto tan arriesgado.

—¿Por qué arriesgado?

—Porque cuando un hombre busca trabajo, mi querida Beatrice, corre el desagradable riesgo de encontrarlo. Pero en fin, ya está aquí el champán, y tenemos tantas cosas por las cuales brindar. Podemos brindar por la chiquilla de ojos verdes que me cocinaba *spaghettis* en vez de ir al cine con sus amigas; por la adolescente bonita que se esfumó un día; por el pasado... Eras realmente una chiquilla cuando te conocí, estabas en el colegio, ¿te acuerdas?

Beatrice estuvo a punto de interrumpirlo varias veces mientras hablaba, pero de qué le habría servido decirle que el pasado, aparte de la ilusión con que tantas veces corría desde su internado hasta París, para visitarlo, no había sido para ella más que una larga sucesión de domingos en que lo veía desesperarse porque Sophie había desaparecido. Y de qué le habría servido decirle que esos *spaghettis* ella se los cocinaba espantada al ver cómo un hombre tan joven bebía tanto que ni se acordaba siquiera de las comidas. Y, sobre todo, de qué le habría servido decirle que acababa de herirla nuevamente, convirtiéndola en la adolescente bonita que se había esfumado un día. Sí, se había esfumado, pero sólo para ver si él notaba su ausencia, para ver si por fin reparaba en ella y la llamaba alguna vez... Nunca la llamó.

—De todo eso hace mucho tiempo, Pedro. Ya tengo veinticinco años.

—Una mujer que confiese más de veinte sigue siendo una maravillosa adolescente de ojos verdes...

—Nunca tan adolescente como tú, Pedro.

—Brindemos por eso, entonces. ¡Salud!

No se besaron porque ya habría sido demasiado. Al menos eso fue lo que pensó Pedro Balbuena mientras se preparaba para atacar sus ostras, sintiendo al mismo tiempo la imperiosa necesidad de trasladarse a un lugar marítimo y soleado con Beatrice. Este invierno tenía que ser mejor que el anterior, pasado entre borracheras y médicos, preparándose para pasar un verano vagando por el Caribe, casi como antes, como otros años en que otro tipo de esperanzas lo habían llevado a buscar a Sophie por Estados Unidos, por el sur de Francia, por medio mundo, y por ese mismo Caribe al cual nuevamente había partido para recuperar otra vez fuerzas para empezar otra vez de nuevo, sin Virginia, sin Claudine, pero hablando siempre con Sophie desde la puerta de mil bares a los que nunca se había atrevido a entrar porque en ellos habitaba el peligro del licor que lo lanzaba a nuevas búsquedas en las que tantas veces, a lo largo de tantos años, había vuelto a perder las pocas fuerzas que acababa de recuperar. Recordaba recuerdos que se le mezclaban, recuerdos enredados entre recuerdos, y él siempre luchando por aclarar, por ver exactamente qué había estado haciendo con Sophie en un recuerdo que, en aquel momento, en la angustiosa jaqueca del insomnio, lo arrojaba de la cama, lo arrojaba del hotel, rumbo a los bares donde nunca entró para haber conseguido por lo menos eso. Un verano en el Caribe. Unas tarjetas postales. Una muchacha que se parecía a Virginia. Una noche en que Claudine le hizo tanta gracia que terminó llorando porque no la había traído con toda su familia. Cuántos días abandonando nuevamente su vida de escritor ante una cuartilla en blanco. Y de pronto, otra vez aquel viejo convencimiento derrotado, sí, Pedro, a la larga resulta mejor morirse rápido cuando se ama para siempre. Y un trago, otra vez, y ese diálogo otra vez, al cabo de mil tragos, por qué no me mataste también ese día, Sophie, mira lo que es andar vagando ahora por Caribes sin sentido, pelotudamente eleganteado para encuentros de milagro, y encima de todo recuperando fuerzas para empezar una vez más otra vez más...

—¿Y tú qué opinas de todo esto, *Malatesta*?

—Que estamos recuperando fuerzas lentamente.

—Te jodiste, *Malatesta*, porque estoy comiendo ostras y bebiendo champán con Beatrice.

Pedro llamó al mozo y le pidió una botella de agua mineral, explicándole a Beatrice que el champán había sido sólo para brindar, en realidad un vaso de agua fresca le era más que suficiente para sentirse feliz con ella.

—¡Ésa sí que es una buena razón para brindar con champán! —exclamó Beatrice, casi sin querer, llevando rápidamente su mano hacia la de Pedro, disculpándose, se le había escapado.

Pedro sonrió como diciéndole no te preocupes, Beatrice, no tiene importancia, se anticipó en tomarle la mano, en acariciársela hasta hacerla sentir que realmente no tenía la menor importancia. Pero de golpe, y como si su frase hubiese desencadenado en ella otras frases, Beatrice se descubrió pensando en tantas cosas. No, no podía perdonarle que la hubiera dejado desaparecer de su casa sin haberla llamado jamás, no, tampoco podía perdonarle el haber amado así, en su presencia, a una mujer que ni siquiera existía ya, y cómo perdonarse a sí misma todos esos años esperando una llamada, un encuentro gratuito que acababa de producirse quizá sólo para revelarle, de una vez por todas, que no sólo había desperdiciado íntegra una edad de su vida, sino que además esa edad estaba a punto de acabarse irremediablemente esta noche. Si supiera hablar como Pedro, pensaba, encontraría mil maneras de decirle que hay mil cosas por las que podríamos brindar esta noche, mil cosas que no son para nada las que él lograría imaginar, sería yo entonces la que se tomaba íntegra la botella de champán para descubrir, una por una, todas esas cosas.

Beatrice sonrió, reclamando nuevamente con sus manos las de Pedro. Acababa de descubrir por qué había soltado esa frase sobre el brindis, y que no había sido casi sin quererlo, sino queriéndolo casi, como si hubiese encontrado de pronto, y por primera vez, una pequeña oportunidad de venganza, y lo que es más, el coraje de llevarla a cabo. Y sin embargo había amado a ese hombre prematuramente rejuvenecido, pero lo había amado cuando era realmente joven, y cuando ella era realmente una adolescente, aunque de alguna manera su adolescencia se estuviese terminando recién esta noche, con ese primer alfiler, con esa frase, sólo con esa frase por ahora, que antes jamás se habría atrevido a levantar contra Pedro Balbuena. Pedro Balbuena era el hombre que había amado desde todos los rincones de su juventud, entre mil muchachos que la venían a buscar y se quedaban esperando en la puerta, el hombre con que había soñado ser la pintora que nunca había sido, el hombre que vivía solo y agobiado por una imposible Sophie, escribiendo una novela imposible en un departamento siempre patas arriba, el que la había hecho poner todas las muñecas de su infancia en la ventana de su dormitorio, mirando hacia el horizonte para avisarle, ¡ahí viene Pedro, Beatrice! Pedro Balbuena era el hombre con quien soñó ante sus compañeras de colegio, ante sus compañeras de Universidad, de quien hasta hoy mismo les había hablado con pasión a sus compañeras de trabajo, el hombre con quien había soñado vivir con el gato que adoraba, hasta con un bóxer si a él tanto le gustaban los bóxers, pero que no fuera ese bronce loco llamado *Malatesta*, el hombre a través del cual (le había tomado todos los años que precedieron este encuentro descubrirlo), había odiado Sophie, la mujer que hasta este instante le había impedido darse cuenta de que sí era un Botticelli, de que siempre había sido digna de sentarse en un restaurant con Pedro Balbuena, *le grand* Pedro, como ella lo había llamado siempre, y en cuya vida, acababa de decidirlo, iba a dejar, tenía que dejar, un recuerdo más fuerte y más duro que su recuerdo de muñecas esperando en la ventana.

Amaba a Pedro, y al mismo tiempo ya era demasiado tarde para amarlo, se lo decían sus manos gozando entre las de Pedro, se lo repetían sus manos que Pedro acariciaba por fin, ignorando que habían esperado demasiado y que tal vez sólo gozaban porque era una forma de terminar para siempre con todos esos años. A Beatrice le daba pena, le costaba trabajo reconocerlo, gozaba tanto, después de todo. Pero más trabajo que reconocer eso, ahí, esa noche, le costaba reconocer en sí misma cada uno de los momentos vacíos que habían labrado recuerdos vacíos de una historia vacía, y que sin embargo eran toda una parte de su vida, aquélla durante la cual había sido una colegiala enamorada, una universitaria aprovechada y, desde hacía algún tiempo ya, una intérprete cotizada, una mujer práctica y sumamente organizada. Pedro no puede seguir siendo el mismo, se dijo Beatrice, como temiendo que este encuentro fuera, en el fondo, una interrupción, un peligro para su vida de ahora. No. No puede ser...

—Estaba pensando que realmente no has cambiado nada, Pedro.

—Bueno, no sé bien a qué te refieres. Ya te dije, no bebo, busco trabajo, escribo...

—¿Escribes?

—Bueno, no mucho que digamos... Las circunstancias personales, esas cosas, pero ya vendrá algún día. Sólo es cosa de ponerle un poco más de orden a mi vida. Además, tú me conoces, mentalmente estoy escribiendo todo el tiempo, y a veces hasta logro llenar unas cuantas cuartillas. Te lo digo, Beatrice, estoy entusiasta, bastante entusiasta... Aunque tú no tienes mucha cara de creer que de a verdad lo estoy.

—¿Y tu madre te sigue enviando dinero, o ya se le acabó?

—¿Acabó? ¡Qué va! Al contrario, acaba de encontrar petróleo. En fin, es una manera de decirlo, pero tenía unos enormes terrenos cerca a Lima, y de pronto los han empezado a urbanizar, y en grande. Cada día está más rica.

—¿O sea que te sigue enviando dinero?

—Hasta esta noche, Beatrice, si eso te molesta, y si aceptas venirte conmigo unos días a algún lugar en que haga sol. He tenido una sinusitis bastante fuerte últimamente, y quisiera huir un poco del invierno.

142

—No puedo, Pedro, te juro que no puedo. Es por mi trabajo.

—En la playa podrías pintar.

—Pedro —dijo Beatrice, sonriéndose, exigiéndole casi que le apretara las manos, repitiendo varias veces Pedro, Pedro, Pedro...—. Lamento mucho decirte que no soy pintora sino intérprete. En fin, no tenías por qué saberlo, con todos estos años sin vernos. Hay tantas cosas que yo tampoco sé de ti...

—Tú pregunta y yo contesto.

—Bueno, empezaré con las indiscreciones... ¿Sigues viviendo con ese perro de bronce?

—¿*Malatesta*? Sí. Hemos hecho uno que otro viaje juntos, y ahí sigue sentado encima de la chimenea, aunque en otro departamento ahora. Realmente no sé cómo me aguanta.

Beatrice casi le grita que no había cambiado nada, que seguía siendo, insoportablemente ahora, el mismo Pedro de siempre. Lo quería, tal vez más que nunca, o es que simplemente había caído en su propia trampa, en uno de esos momentos en que de golpe se quiere más que nunca. Inútil decírselo, pensó, entregándole nuevamente sus manos, inútil decírselo porque Pedro no había cambiado ni una gota, y por eso mismo se mataría diciéndome que él me quiere más todavía. Lo conozco, le resultaría imposible no quererme más todavía.

Y así, sin duda, habría querido ya a otras mujeres, así, estrujándoles tan tiernamente las manos, dándoles un cariño que a él tanto le faltaba, pero también, como a ella ahora, sin notar que desde hacía rato era ella quien buscaba sus manos, sin saber siquiera que esta última vez las había buscado para pensar en otra cosa y porque necesitaba, una vez más, que la reconfortara por lo de Sophie. No, no podía irse a una playa con él, pero deseaba seguir viéndolo todos los días.

—Si partes de viaje no podrás buscar trabajo, Pedro.

—No sé si me expresé bien, Beatrice; sin ti no hay sol que valga. Me quedo en París si es posible verte a menudo. Quiero verte a menudo. ¿Sigues viviendo en Margency con tus padres?

—Sí, pero ahora tengo carro. Está malogrado hoy, pero mañana lo tendré listo. Podré llevarte y traerte todos los días, si quieres.

—¿A la casa tan lejana pero tan bien habitada que valía la pena el viaje?

—Farsante. Había que rogarte para que vinieras. En todo caso ya no tendrás que esforzarte porque yo te llevaré. Además, no olvides que hay un cuarto de huéspedes y que mis padres te querían mucho. Estarán encantados de verte reaparecer.

—Hogar, dulce hogar, Beatrice. Un lugar común que a mí como que empieza a hacerme falta últimamente. Vamos. Esta noche te llevaré yo en un taxi.

—Te costará una fortuna el viaje hasta allá.

—Hay que aprovechar el último cheque de mi mamá, no te olvides.

Pedro acababa de decirle que Margency estaba más bello que nunca, y Beatrice acababa de responderle que seguía siendo un farsante, porque en la oscuridad de la noche no había podido darse cuenta de nada. Margency, en realidad, había crecido un poco más de lo que Beatrice hubiera deseado. Cada día se construía más, y poco a poco iba desapareciendo esa sensación de campiña que sin duda él recordaba. Pero seguía valiendo la pena, Pedro vería. Aún se podían hacer esas largas caminatas por el bosque, o estarse sentado largo rato ante la chimenea encendida, o saborear las incomparables mermeladas de mamá, a la hora del té, ¿te acuerdas, Pedro? Estaban parados ante la reja del jardín, Pedro diciéndole que lo recordaba todo, y que aunque no había visto nada en la oscuridad, podía jurar que para él Margency estaba más bello que nunca.

—Me quedaría horas aquí contigo, si no fuera porque en vez de luna llena hay un taxista maldiciendo.

Quedaron en llamarse mañana mismo, quedaron en verse mañana mismo después de llamarse, y probablemente hubieran quedado en llamarse mañana mismo después de verse, también, pero nuevamente el taxista les gruñó odio en plena boca de lobo. No quedaba más remedio que partir. Beatrice le acomodó el nudo de la corbata, diciéndole que lo llevaba ligeramente caído, y Pedro sintió el mismo riquísimo escalofrío que sentía cuando su mamá lo bañaba de niño en Lima.

—No te olvides, Beatrice, eres mi Botticelli favorito.

—Entonces bésame.

Después Beatrice subió silenciosamente a su dormitorio de muñecas en la ventana. Hacía un año que las había cambiado por una maceta azul, hacía seis meses que las había quemado porque nunca le trajeron suerte. Sin embargo, lo que realmente la preocupaba ahora, después de ese beso, era que a Pedro no se le hubiera ocurrido preguntarle si podía pasar la noche en su casa. Pero sería Pedro mismo, al día siguiente, el encargado de borrarle del todo esa preocupación. Fue sin darse cuenta, mientras abría la reja ante la cual se habían despedido la noche anterior, deteniéndose súbitamente para contemplar la fachada de la casa, y arriba, la ventana de la habitación en que dormía Beatrice.

—Beatrice —le dijo—, no he venido a morir en Margency. He venido a vivir el resto de mi vida en Margency.

* * *

Ésta era su primera fiesta. Había bailado muchas veces en reuniones improvisadas por sus compañeros de colegio, o por sus vecinos de Margency, pero ésta era su primera fiesta, la primera vez que se vestía realmente para ir a un baile, la primera vez que se maquillaba con excesivo cuidado, la primera vez que hacía un largo trayecto en automóvil expresamente para ir a bailar. Sus padres la habían traído hasta Saint Germain en Laye, a casa de unos amigos, y ahora estaba sentada en un sofá, entre otras muchachas que acababa de conocer, siguiendo con vivaz alegría cada desplazamiento de los dueños de casa, dispuesta a ofrecer su ayuda a la hora de pasar los bocaditos, inquieta por ver qué tipo de música había en esa enorme pila de discos que reposaba prometedoramente sobre una mesa.

Los dueños de casa le habían dicho que estaba hermosísima, al entrar, y los hijos de los dueños de casa no se habían atrevido a tanto, pero habían dado un paso atrás en vez de uno adelante, al saludarla, disputándose luego con forzadas sonrisas de autosuficiencia el honor y el orgullo de presentársela a sus demás amigos. Y cuando se quitó el abrigo y lo tendió al aire, como señalándoles a todos que se estaba olvidando de lo principal, sobraron brazos y sobraron perchas, con lo cual Beatrice pensó que ya era hora de concluir con su entrada triunfal, y fue a sentarse en un amplio sofá, como quien decide democratizar un poco su belleza perdiéndose entre las demás invitadas.

Sólo logró que resaltara más, en el enorme espejo que colgaba frente al sofá, pero la chica de al lado no era envidiosa ni nada, y tras una breve y acogedora sonrisa, se dispuso a comunicarle la noticia bomba. Venían peruanos. En fin no estaba muy segura de que todos vinieran del Perú mismo, pero los dueños de casa habían hecho un viaje por América del Sur, y venían peruanos. Beatrice le volvió a agradecer al espejo de enfrente que la hubiera parido tan linda, estudió al máximo la forma de que sus cabellos rojizos cayeran con toda naturalidad sobre sus hombros, cuando estuviera frente a un muchacho, y sobre su espalda, cuando estuviera dándole la espalda a un muchacho, y recordó con nostalgia casi andina a su joven profesor de geografía e historia, de quien había estado enamorada desde los trece hasta los catorce años, o mejor dicho desde que trajo las diapositivas de Machu Picchu, Cuzco, Arequipa, Puno y Matto Grosso, aunque eso estaba ya en Brasil, hasta que llegó un día con un bigote que le quedaba feísimo y con las diapositivas de Bélgica, Holanda y Luxemburgo. Vienen peruanos, se repitió Beatrice, descubriendo que ya había empezado la música y que ya la estaban sacando a bailar. Lo primero que le preguntó a su pareja es si venían peruanos. El muchacho le respondió que se llamaba Jean François Charignon y que estudiaba Ciencias Políticas.

La marabunta llegó tarde porque se había perdido en el camino, porque en Francia todo empieza demasiado temprano, y porque cuando se perdieron en el camino, Pedro Balbuena encontró un bar y decidió que ahí se estaba mejor que en Saint Germain en Laye, o como se llame el pueblo ese de mierda al que vamos. Nadie se había atrevido a contradecirlo, al principio, por el estado deplorable en que se hallaba desde que la tal Sophie había tenido que casarse, para salvar a su familia de la quiebra, con un heredero directamente comprometido en la fortuna del Rey de Reyes, como solía llamarle Pedro al Emperador de Etiopía, con una familiaridad que a él mismo le arrancaba lágrimas de los ojos cuando contaba. Pero ya estaba empezando a contar de nuevo, o sea que no les quedaba otra alternativa que decirle Pedro, mira que por lo menos comeremos mejor que en el restaurant universitario, argumento que logró solidarizarlo momentáneamente con el grupo, y que justificaba también, de paso, el hecho de que no bien entraron a la fiesta, se dirigieron de frente al comedor y al bar al mismo tiempo. Eran becados, la mayoría.

Con barriga llena y corazón contento, estudiaron el panorama, comentando, con la ventaja que les daba el hablar en otro idioma aunque les entendieran, lo bien que estaba la flaquita ésa, lo mucho mejor que estaba la morenita del rincón, y lo requetebuena que estaba Beatricita, hermano. Beatrice jamás había visto un entusiasmo tal, cómo reían, cómo hablaban, se le iban los ojos mientras ayudaba a hacer circular los vasos de whisky tratando de mostrar un entusiasmo igual, una sana alegría del mismo corte, y un interés menos cartesiano por la alegría, con lo cual a la pobre no le quedó más que irse de sonrisitas y miraditas, y con lo cual los del Perú dijeron, para afuera, la del azul firme que le entra el cuento, primito, y para adentro, querida mamá, quiero a Beatrice como nunca he querido a nadie en mi vida, por favor cuéntale toda la verdad a Carmencita y trata de que sufra lo menos posible. Carlos, que había venido a perfeccionarse en agricultura, fue el primero en bailar con Beatrice. Le puso la mano en su sitio, y Beatrice le volvió a poner la mano en su sitio. Luis, que había venido con la esperanza de aprender algo para que en el Perú el vino fuera menos malo algún día, consideró que Carlos se había equivocado de táctica, y explicó que la mano había que dejarla caer poco a poco hasta que solita llegara a su sitio, pero hasta ahí llegó también su intento, porque Beatrice le pegó un pisotón y le dijo que en esas condiciones a ella no le interesaba hablar sobre Machu Picchu.

—¿Qué pasa con esa delegación peruana, muchachos? —dijo el doctor Chumpitaz, y para desesperación de los demás peruanos, que lo segregaban un poquito en el restaurant universitario, se acercó donde Beatrice, le dijo *mademoiselle*, mientras se secaba el sudor de la frente con un pañuelo que sólo él veía blanco, y se la llevó de pasodoble entre un montón de objetos de valor que podían hacerse mierda si les daba un tacazo.

Gol peruano, pensó Pedro, sirviéndose otro whisky y guiñándole un ojo cómplice al doctor Chumpitaz, que acababa de estar de pasodoble por el bar. Eran buenos amigos desde una noche en que Pedro lo había llamado de urgencia porque le habían roto la boca en una pelea, y el doctor se le había presentado con una botella de pisco que les hizo olvidar cantando que necesitaba tres puntos en el labio superior. Pedro acababa de perder a Sophie, y el doctor acababa de encontrar, por fin, un cachuelito en un hospital de París. Ya no quería volver más a Lima, a Lima había regresado con los mejores diplomas de Francia, pero eso allá para qué sirve cuando uno es un cholo de mierda, ese país algún día tiene que cambiar, Pedro, uno que llega sabiendo más que nadie y nadie lo ayuda a uno ni con una silla para el consultorio, más bien lo odian a uno, los blancos porque un médico cholo no es médico, los cholos porque un cholo que estudia en Francia se vuelve rosquete, tú no sabes lo que es eso, Pedrito, pero, en fin, tú también tienes tus problemas. Y ahora, de regreso a Francia y ya cuarentón, el doctor combinaba, tratando de prolongarlas hasta el infinito, una vida de estudiante que consistía en ahorrar comiendo en el restaurant universitario, con una vida de médico que consistía mayormente en curar gratis a algunos compatriotas o amigos estudiantes.

Pero lo importante esta noche era que el doctor Chumpitaz había nacido en Huancayo, en plenos Andes peruanos, y por dónde no había viajado, costa, sierra, montaña, usted dígame, *mademoiselle*, y yo le cuento, ¿desea usted bailar una piececita más? Claro que deseaba, y ya ni siquiera tenía que fijarse en que el doctor Chumpitaz, a sus órdenes, *mademoiselle*, se aprovechara como los otros. Era correctísimo, llenecito de quimbas que debían ser peruanas, reverencias que también seguro eran peruanas, simpático, hablaba un francés casi perfecto, modestamente, *mademoiselle*, bailaba tal como a ella le gustaba bailar, y realmente debía ser modesto porque cuando ella le decía qué bien baila usted, el doctor Chumpitaz sonreía, se hace lo que se puede, *mademoiselle*, y continuaba muy interesado en sus preguntas sobre el Perú, respondiéndole siempre con precisión de lagos, terremotos y cordilleras, aunque señalando, eso sí, que no todo allá es de color de rosa, *mademoiselle*, cosa que Beatrice comprendía bastante bien, aunque no tanto como para no seguir encantada con esos Andes color poncho, y tan lejanos como el propio doctor Chumpitaz, pero eso ella no tenía por qué saberlo, de su aburrido internado de niña bien. En fin, el doctor Chumpitaz era perfecto, inofensivo, peruano, enciclopédico, y Beatrice deseaba bailar nuevamente con él, si a él no le molestaba.

—Pero no faltaba más *mademoiselle.*

Gol de media cancha, pensó Pedro, sirviéndose otro whisky, y volviéndole a guiñar el ojo al doctor Chumpitaz, de paso nuevamente por el bar, pero ahora con un ritmo mucho más moderno. Fue el minuto fatal. Beatrice creyó que el guiño de Pedro había sido para ella, le preguntó al doctor Chumpitaz si ese señor también era de Huancayo, a lo cual él respondió que ni señor ni de Huancayo, un muchacho limeño y una joven promesa de la literatura patria, *mademoiselle.* Se jodió la Francia, pensó sin embargo inmediatamente el doctor, al ver que Beatrice ya no miraba más que para donde Pedro, y que se arreglaba el pelo, y que se volvía a arreglar el pelo, mierda, para qué dije nada, esta mamacita todavía no está lista pa'l castigo, aunque pensándolo bien, con un milagro tal vez Pedro se olvide de la otra, bueno, en todo caso yo aquí me quedo sin parejita.

Canchero, compatriota, hermano en la desgracia y creciéndose ante la adversidad, el doctor Chumpitaz esperó que terminara la pieza, sin duda *mademoiselle* deseaba pasar a tomar un refresco al bar. Sin duda, se repitió, al ver la sed de felicidad que se reflejó en el ruborizado rostro de Beatriz, ante la perspectiva de un refresco.

Perú campeón, le dijo Pedro a su amigo al ver que se acercaba al bar trayendo a Beatrice del brazo. Y aunque esta vez fue más que obvio que el guiño cómplice de Pedro había sido para el doctor, no para ella, fue sin embargo para Beatrice la primera campanada del amor, a la pobre se le guiñaron completamente los dos ojos, tanto que el doctor Chumpitaz ya ni siquiera consideró necesario hacer las presentaciones del caso, y se limitó a decir con tu permiso, Pedrito, yo me voy a ver si llueve.

—Todavía no has bailado con nadie, Pedro —dijo Beatrice.

—¿Sabes por qué? Por la sencilla razón de que no sé bailar.

—Yo te puedo enseñar.

Pedro consideró que la mejor manera de traerla a la realidad, era ofreciéndole medio vaso de whisky puro, y diciéndose, cuando lo rechazara, que nadie como el doctor Chumpitaz, si tanto le gustaba bailar. Pero fue más bien Beatrice la que lo sacó un poquito de la realidad, aceptándole el vaso, haciendo un angustioso esfuerzo por beber un sorbito, y preguntándole si se podía quedar con él un rato. Bueno, le respondió Pedro, siéntate y cuéntame tu vida, entonces. Y lo peor de todo fue que Beatrice se lo tomó completamente en serio y le contó íntegra su vida. Y ahora le tocaba a él, además. Pedro se sirvió un whisky enorme, y empezó a contarle cosas que, según él, nada tenían que ver ya con su vida. Unos estudios en un colegio inglés de Lima, unos estudios de Derecho en la Universidad Católica de Lima, tres meses de playa cada verano, uno que otro melancólico viaje por el Perú, y finalmente un deseo de mandar la abogacía a la mierda y venirse a Europa para convertirse en escritor. Lo contó todo en la forma más desganada y descreída que pudo, pero o estaba borracho ya, o Beatrice lo había escuchado paso a paso, con verdadera pasión, qué valiente has sido Pedro, yo también sueño con ser pintora algún día, estoy aprendiendo castellano en el colegio, me encantaría leer algún día algo que hayas escrito, vivo en Margency, en las afueras de París, pero no será obstáculo para que nos veamos, salgo del internado todos los fines de semana, a menudo voy a París, puedo visitarte, Margency es lindo en primavera, ya llega la primavera, tú también puedes venir a visitarme cuando quieras...

—Francamente no creo que estaré ya en París en primavera.

—¿Por qué? —le preguntó Beatrice, entristeciendo.

—Porque maldigo la hora en que se me ocurrió instalarme en esa ciudad de mierda.

Por segunda vez, Pedro creyó que había logrado traerla a la realidad, pero la forma en que pronunció su frase sólo logró que Beatrice se acomodara más a su lado, como insistiendo en quedarse con él hasta que vinieran a buscarla, hasta el final de la fiesta, hasta que él quisiera que se quedara. Tres muchachos la invitaron a bailar, pero Beatrice se negó las tres veces, pensando más obvio no puede ser, Pedro, y diciéndole

150

con la mirada más obvio no puede ser, Pedro. Pero él continuaba mudo desde hacía rato, y sólo se incorporaba de vez en cuando para servirse otro whisky. Hacia el final de la noche, y cuando había rechazado hasta a uno de los anfitriones que la invitó a bailar, Beatrice decidió secar de golpe el whisky que durante horas no se había atrevido a beber. Hizo una mueca de asco, y llenándose de valor, le dijo Pedro, quiero volver a verte.

—Yo también —dijo Pedro, dejando caer su vaso al suelo—. Aquí todo está dando vueltas y hace horas que no veo absolutamente nada.

Lo despertó el doctor Chumpitaz con una sonrisita entre piadosa y criticona, y cuyo efecto fue que a Pedro, los cuatro alka-seltzer que se tomó, no le hicieran el menor efecto. Y además se puso a contarle, con lujo de detalles, todo lo que había hecho anoche, para desesperación de los dueños de casa, que en su visita al Perú habían cenado con su mamá y la habían encontrado la mujer más exquisita de todo Sudamérica, casi francesa, y con un acento que se veía que había estudiado en el Sagrado Corazón. Anoche sí que la había embarrado, camarada Pedrito, todo el mundo fingiendo no haber visto nada, pero ya cuando usted empezó a mearse en un jarrón chino, no tuve más remedio que echármelo al hombro y traérmelo a casita. Y la pobre Beatricita, Pedrito.

—¿Qué le pasó a la pobre Beatricita?

—Yo qué sé. Algo le dijiste que terminó encerrada llorando en el baño.

—Bueno, así por lo menos no volverá a joder más.

Teléfono, Pedrito, dijo el doctor Chumpitaz, ¿contesto o no contesto? Contestó. Era Beatrice, para decirle, de parte de los dueños de casa, que no se preocupara, y que su mamá era una mujer muy refinada en el Perú. Dile que estoy escribiendo, dijo Pedro, dile que cuando escribo no me gusta que nadie me interrumpa. Beatrice se disculpó, sólo quería agregar, y esta vez de parte suya, que debería llamar a los dueños de casa para disculparse, que por favor los llamara, y que por ella ni se preocupara porque lo había olvidado todo. Dile que me he regresado al Perú para que mi mamá me eduque de nuevo, dijo Pedro, indicándole al doctor Chumpitaz que colgara ya, por favor.

—Dice Pedrito que no bien termine de escribir,

llama —dijo el doctor—, y usted también puede llamarlo cuando desee. Adiós, *mademoiselle*.

—¿Y así cómo quieres que lo paren de joder a uno?

—Pedrito... una mamacita como ésa. Si tuviera yo tu edad... Pero, en fin, no te preocupes si no la quieres ver más. Creo que ha comprendido bastante bien.

El que no había comprendido bastante bien era el doctor Chumpitaz. Beatrice estaba enamorada. Iba a volver a llamar y Pedro iba a estar escribiendo, seis, siete, ocho veces iba a volver a llamar y Pedro iba a estar escribiendo, y entonces, un domingo por la tarde, iba a volver a llamar, iba a decirle que estaba en el café de la esquina, que si no lo molestaba, que sería sólo un ratito, y Pedro le iba a responder que sí, que subiera, que el tercero a la derecha, porque era una tarde de un domingo asquerosamente triste, y porque llevaba más de un año sin recordar siquiera por qué había venido a Francia.

* * *

Llegó trayendo los primeros brotes de la primavera en Margency. Eran unas florecillas blancas (¿o eran amarillas?), que había cogido en su propio jardín, ella las regaba, las cuidaba, también cortaba el césped, él tenía que venir a Margency ahora, en primavera, le presentaría a sus padres. Pedro recuerda que por ningún lado encontraba un florero donde poner el ramito. Recuerda que Beatrice había traído esas flores y unos increíbles deseos de sacarlo a recorrer calles, de tomar un helado, de leer algo que él hubiese escrito, de mostrarle su acuarela, un rollito que llevaba bajo el brazo, ruborizada. Beatrice abrió las ventanas de par en par, le había traído también un enorme chocolate, con la platina podemos envolver este frasco vacío de «Nescafé», poner ahí las flores por esta vez. La próxima semana le iba a traer un florero de verdad, unas flores más grandes... Así está bien, había dicho él, pensando no tengo nada que ofrecerle, no tengo más que whisky, repitiendo así está todo muy bien, preguntándole luego qué hacía los fines de semana, cuando salía de su internado, cuando no estaba ocupándose de su jardín.

—Puedo venir a verte todos los fines de semana.

Pedro sonríe al recordar esa frase, al recordar la

cantidad de veces, esa primera tarde, en que se habían quedado sin tener nada que decirse, él bebiendo lentamente sus whiskies, impidiéndole poner un disco, prefiero no escuchar música, Beatrice, esperando que le llegara la hora de regresar a su casa, observándola incorporarse en cambio para salir a comprar unos *spaghettis* antes de que cerraran la tienda, al tanto de todo, regresando al departamento con todo lo necesario, preguntándole si podía usar el teléfono, su mamá la dejaría quedarse hasta más, si se lo pedía iría a recogerla al último tren.

—No, regresa ya. Quisiera escribir un rato.

Beatrice había insistido en que comiera algo, en verlo comer, y él la había observado mientras preparaba rápidamente los *spaghettis*, aconsejándole no beber con el estómago vacío, disculpándose tímida cuando él le dijo, malhumorado, ¿y tú qué sabes de eso? Piensa que se lo dijo sólo para que se marchara, no iba a escribir, no deseaba hacer nada, no deseaba nada... O tal vez sí, tal vez deseaba que Beatrice se marchara para seguir intentando esa explicación imposible, esa salida única para Sophie, para un amor de juguetes que se rompen y de hombres que nunca entienden, para esa verdad que jamás podría ser su verdad sobre Sophie, ni la verdad de Sophie, ni la verdad sobre Sophie, porque tenía que existir una realidad de posada en el camino, donde la terquedad de una imaginación volando hecha pedazos y el modo de ser de un corazón pavorosamente invalidado, habrían de encontrar entre recuerdos irremediables y olvidos inútiles un descanso de rosas imposibles entre rocas de destrozo... Pedro soltó el *he dicho* más triste del mundo.

Y recuerda que Beatrice se había despedido triste, pero que luego, dos horas más tarde, había estado alegre nuevamente en el teléfono. Lo llamaba para decirle que había llegado bien a su casa, que tenía que venir a conocer Margency el domingo próximo, que estaría muy a gusto tomando té con su familia ante la chimenea del salón, que su madre era encantadora. Pedro le aceptó la invitación, quedaron en que iría a menudo los domingos, le prometía que iría, él nunca faltaba a sus promesas. Pero cuando Beatrice lo volvió a llamar media hora más tarde, para decirle que se podía quedar a dormir en su casa, si lo deseaba, fue una voz seca y harta la que liquidó su infantil entusiasmo con esas palabras que a ella le sonaron tan duras.

—No me interrumpas, por favor, Beatrice. Estoy escribiendo.

TIEMPO ANTES, TIEMPO DESPUÉS
TODO EL TIEMPO

Y qué clase de campanas me ha tocado a mí este campanero para hacerme sentir como quien mira su reloj y se da cuenta de que ya es demasiado tarde, para siempre. Qué clase de hora me ha sonado, tan mía, tan para mí, y tan triste como el relato que acaba de quedar escrito, inmediatamente. Igualito todo, aunque esta vez, por última vez, que tantos otros relatos que he escrito y vivido desde aquella última tentativa de cumplir conmigo mismo poniendo en marcha una novela que ya no tenía razón alguna de ser, precisamente porque acababa de acabarse. Y eso que había, inclusive, un plan, o anteproyecto, o proyecto anterior, o como quiera que se le llame a eso, según los críticos. Había, tal vez, hasta un muy norteamericano *work in progress*: fragmentos, notas, y materiales trabajables y hasta trabajados, corregibles y corregidos, perfeccionables o perfectos como aquella última cita que me diste en el bar del «Ritz», amor mío, el día de tu boda, el día en que me pusiste punto final y por la herida se me fueron ganas de escribir y energías para escribir y razón de ser. Y era, por eso, una herida totalmente desasosegada, un dedo siempre en la llaga, a cada rato otra vez en la llaga. Y mi vida, con tu ausencia, era el hueco tan vacío que dejaste, para decirlo sabe dios cómo. Pero algo de mala hierba sí que debo de haber tenido porque sobre la marcha empecé a agonizar como el cristianismo de Unamuno, purita lucha, infinitas búsquedas perdiéndome en ciudades de las que ya te fuiste, y cuanto más luchaba más te quería porque luchaba por quererte de una forma tan absurda y tan ciega como las sinrazones que arrancaron las lágrimas de un amor imposible en el diván de esta casa, al pie de una mediocre realidad que jamás estuvo a la altura del instante en que comprendimos que sólo hay un amor más grande que el mío: el mío dentro de un ratito, y así sucesivamente

154

hasta llegar a tu cita en el «Ritz», lógica loca del amor dentro de un ratito, que se viene abajo al menor almanaque, y que sólo triunfa del transcurso del amor en la maravillosa ficción del amor imposible, que para durar toda la vida necesita del punto final de una novela. Todo lo cual no impide, y eso tú lo sabes, amor mío, que luego uno quede con las cargas y los deberes de las promesas interrumpidas, inolvidables, incumplibles, que no es lo mismo que incumplidas, y no sé cómo reaccionarás tú ante una fuente, pero yo, fuente que veo, sigo echando monedltas. Debe ser la cruz a cuestas de los que se siguen queriendo como locos y de esos momentos, en que ni siquiera por tratarse de esos momentos, volveremos a encontrarnos más, y de cuando te cuentan que me vieron muy borracho, *orgullosamente diles que es por ti*, pero a mí nadie me cuenta nada, perro mundo.

* * *

Diez años, se dijo Pedro, recordando esa primera visita de Beatrice, y las muchas veces, en que por darle gusto a esa muchacha tan alegre, había ido a pasar el domingo por la tarde a Margency, qué bien lo había recibido esa familia... Diez años... Normalmente se habría tomado un trago después de una frase así. Beatrice, Margency, la familia de Beatrice, el colegio de Beatrice, la reja del jardín en la oscuridad, esta noche, el insistente beso de Beatrice al despedirse, el interminable retorno hasta su departamento, como quien desea tirarse de una vez a la cama con todos esos recuerdos que recién ahora iban cobrando su verdadero valor, reanimados por la fuerte y sincera alegría del nuevo encuentro. Pedro se atrevió a pensar que Beatrice había estado enamorada de él, que podía estarlo aún. Imposible, había pasado demasiado tiempo sin venir a verlo; y sin embargo, era cierto que antes de esfumarse, en aquel otro departamento de hace años, Beatrice había mostrado siempre un generoso entusiasmo por él. Pero más no podía saber tampoco, cómo podía saberlo ahora si entonces no se daba cuenta de nada. Además, conociéndose, nunca le habría permitido que se enamorara de él, había demasiadas razones, Beatrice era demasiado joven... No. Había una sola razón: era imposible que lo de Sophie se repitiera porque Sophie había desaparecido para siempre, y porque él deseaba que sólo eso se repitiera o entonces no deseaba nada y eso sólo podía repetirse con Sophie.

—¿Y el beso de esta noche? —se preguntó Pedro, mirando a *Malatesta*—. ¿El beso tras el encuentro de esta noche?

Y es que ahora, como diría *Malatesta*, desde su posición central en la chimenea del departamento, Pedro Balbuena había logrado por fin crear un poquito de distancia y de tiempo, con lo cual, según *Malatesta* también, uno termina hablando con los perros. Pero Pedro Balbuena se había negado siempre a hablar únicamente con los perros, y si Virginia y Claudine habían sido mala suerte, Beatrice era alguien que a lo mejor había esperado también a su manera, y durante largos años, que llegara el día en que Pedro Balbuena pudiese repetir con ella lo que no había podido vivir antes con ella. Sería como llenar un enorme vacío, que aunque estaba ya en el pasado, estaba también ahí esa noche por la forma en que se iban sucediendo todos aquellos recuerdos apenas vividos o recién comprendidos, pero tan claros ahora que podía casi hojearlos y enumerarlos, como si fuesen páginas de un libro que él mismo hubiese estado escribiendo desde aquel lejano domingo en que Beatrice entró trayéndole la primavera de Margency y él no se dio cuenta, como tampoco se había dado cuenta de que sus florecillas blancas (¿o eran amarillas?), tenían su exacta importancia, y que en un florero habrían estado más bellas para él.

Beatrice tiene que haberme querido en algún momento, pensaba Pedro, entusiasmándose más y más a medida que pasaban las horas de la noche, con sus visitas Beatrice me trajo hasta la literatura a casa, se dijo, recordando alegre que entonces él no le había hecho caso, que la había considerado una chiquilla porque no tenía los veinticinco años de Sophie... Como si la verdad no hubiese sido otra, *otra*, la de ahora, tan simple: que con todos los pajarracos de entusiasmo y asombro que aún le revoloteaban en la cabeza, él no era como quince años mayor que Beatrice, no, él lo que había sido es como mil años menor que Sophie. Se durmió contentísimo.

—Si no fuera un tipo bastante mayor y podrido para ti, te habría hecho la corte, Beatrice...

Pero no se despertó contentísimo. Todo lo contrario, intrigado, angustiado, cuándo, en qué momento, en qué circunstancias le había dicho él esas palabras a Beatrice. Y para qué se acordó, además. Trató de dormirse de nuevo, no podía. Trató de no acordarse más, se acordaba cada vez más. Y era un recuerdo negativo al máximo, entre otras cosas porque surge en el horizonte un adolescente con pipa y con bigote en el colegio de Beatrice, y por encima de todas las cosas, porque ese adolescente de largas cerdas negras de Gran Jefe Apache, unidas a una capacidad de combate probablemente araucana, surge en el horizonte justito unos días antes de que Beatrice se hiciera humo diez años.

—Tú comprenderás, *Malatesta*, que lo menos que han hecho juntos son las barricadas del 68.

—Y eso se lleva en el alma, Pedro.

—Pero tenía cara de bruto.

No tenía cara de bruto, más bien de todo lo contrario, y Pedro desayunó feliz pensando que por primera vez en su vida estaba sufriendo un ataque de celos. No los había tenido ni siquiera cuando lo de Sophie, aunque hay que reconocer que en ese caso había estado tan ciego que simplemente había permitido que le pasara una aplanadora de sufrimiento por encima. Pero éstos sí que eran celos, celos de Otelo criollo, de Gardel viendo *luz prendida en el cuarto de mi amada*, de matón sangriento que no desea que nadie le mire a su mujer como él mira a las demás mujeres. Un café bien cargado lo dejó con la mirada bien fija en un horizonte bien negro. Ahora sí que lo recordaba todo. Fue cuando la cartita de Beatrice pidiéndole que viniera a su colegio a dar una charla sobre el Perú. Era la época en que aceptaba las invitaciones a Margency los domingos, no podía negarse, le daba pena, además. En un ángulo superior de la carta, Beatrice le había pegado una florecilla blanca (¿o eran amarillas?), ¡mierda!

Llegada la fecha, y sin presentir que algún día hablaría en nombre de los escritores de su país ante la televisión francesa, Pedro Balbuena se dispuso a ser especialista en asuntos peruanos, para lo cual lo primero que hizo fue correr al departamento del doctor Chumpitaz y pedirle prestado un poncho, de paso le pidió también algunas ideas apropiadas para internado religioso en las afueras de París, pero al ver que el doctor se arrancaba una vez más con el asunto autobiográfico, país de mierda, allá nadie triunfa por lo que es sino por lo que tiene, más el color de la piel y todo eso. Pedro optó más bien por pedirle un trago, y si había tiempo, hasta dos.

Hubo tiempo hasta para cuatro tragos, y aun así Pedro llegó puntualito hasta la estación en que Beatrice y otras compañeras debían esperarlo, en el carro del profesor de geografía e historia. Pedro bajó del tren con su poncho, en el preciso instante en que Beatrice entraba a la estación con el suyo, sonriéndole casi al mismo tiempo a él y a sus compañeras, como diciendo es mío, yo lo he traído, yo lo vi primero. Pedro les convidó una limonada en el café de enfrente, y ya estaba a punto de pedirse un segundo trago para él, pero no le quedó más remedio que contentarse con el primero, al ver que Beatrice se le estaba angustiando porque iban a llegar tarde. Además, después su mamá lo había invitado a almorzar. Le encanta verte, Pedro. Por favor, vamos.

«El Perú es un país con dos tipos de problemas: los que se solucionan solos, y los que no tienen solución.» Recuerda clarito que así empezó su charla, en un inmenso y frío salón de piedra, ante la mirada total del profesor de geografía e historia, la mirada de total censura del padre director porque este jovenzuelo seguro que me suelta algo de que la iglesia en el Perú, como en otros países de América latina, ha servido a menudo para ayudar a los ricos a explotar más a los pobres, y ante las miradas que Beatrice le estaba pegando al Gran Jefe Apachearaucano, quien a su vez miraba al resto del colegio, profesores incluidos, con unos ojos que decían, poco más o menos, y por qué festejan tanto, todavía no ha dicho nada.

Pedro, medio desconcertado primero porque Beatrice nunca le había dicho que el colegio era mixto, y mucho más desconcertado luego porque continuaba mirando a Gran Jefe, no tuvo más remedio que repetir su frase inicial, después de todo había producido risa casi general entre la muchachada, aprobatoria en todo caso. No fue así la segunda vez, sin embargo, porque ésa como que ya se la habían aprendido y ahora querían otra. «¡*Pero!*, gritó Pedro, yo he venido aquí para hablarles de un *tercer* tipo de problemas, o mejor dicho de un problema fundamental que políticos corrompidos y burgueses, en complicidad con una iglesia *muy* a menudo complicada en el asunto (agárrame esa flor, padre), esconden bajo el banal lugar común con que acabo de iniciar mi conversación con ustedes, más que para estimularlos o ganarme fácilmente su simpatía, para hacerlos reaccionar, e incluso para provocarlos. El problema al que me refiero es, queridos amigos, el de la presencia del imperialismo yanqui en mi país, problema que *sí* tiene solución, señores.» Gran Jefe guardó sus flechas, Beatrice le trajo un vasito de agua de parte del profesor de geografía e historia, y según les comentara el padre director a unas damas de la localidad, días más tarde, los alumnos estuvieron realmente insoportables durante toda una semana.

Pero aunque sólo había durado una hora su discurso, mucho más insoportable le estaba resultando ahora a Pedro que Beatrice sólo tuviera ojos para Gran Jefe, aquella mañana. Ni siquiera cuando citó a José Carlos Mariátegui, para terminar, ni siquiera cuando citó a César Vallejo, para terminar de nuevo, a ver si Beatrice me mira, ni siquiera cuando escribió los nombres del ensayista y del poeta en la pizarra, para que los alumnos lo retuvieran, nada, Beatrice y Gran Jefe formaban una tribu de ojos aparte. Y eso Pedro lo recordaba perfectamente bien.

Pero recuerda también que entonces aquello le había parecido algo completamente natural. Dos adolescentes inquietos, una muchacha hermosa y llena de buenas intenciones, un muchacho cuya personalidad destacaba por encima del resto del colegio, era lógico, era de esperarse. Y semanas después, cuando se dio cuenta de que Beatrice llevaba ya un buen tiempo sin visitarlo ni llamarlo, pensó que la soledad en que Sophie lo había dejado para siempre había vuelto a instalarse en su departamento, que ya no habría más interrupciones, que ya no tendría que decirle a Beatrice cosas como el próximo domingo no estaré libre, y que por consiguiente su normalidad de mierda había retornado a su vida.

Pero aún recuerda más. Recuerda la caminata bajo la lluvia, rumbo a casa de Beatrice, donde tras la charla que había pronunciado en el colegio, sus padres lo recibieron con un whisky doble ante la chimenea, cosa que ahora empezaba a provocarle una nostalgia enorme de tardes nevadas y sacos de fumar a la medida para envejecer serenamente ante una esposa de preferencia inglesa. Pedro se sirve más café bien cargado y recuerda el almuerzo, los ojos de Beatrice nuevamente fijos en él, verdes, muy verdes, alegres, traviesos, como diciéndole a sus padres es mío, yo lo he traído, yo lo vi primero. Sí, ahora lo recuerda todo, el viaje de regreso hasta la estación del tren, Beatrice manejando el carro de su madre, apurada porque excepcionalmente le habían dado permiso para salir a su casa en día de clases, acelerando porque ya tenía retraso, mientras él pensaba que en realidad lo que deseaba era volver rápido al colegio para encontrarse nuevamente con Gran Jefe, que después de todo era buen muchacho, se había acercado a despedirse cuando acabó la charla y todo. Era normal, era natural, era lógico, eran dos adolescentes. Beatrice no volvería a molestarlo más, y por eso él había aprovechado para decirle, al despedirse imaginándola ya tranquila y feliz entre los brazos de Gran Jefe, algo que le revelara el verdadero estado de descomposición en que se hallaba su alegría de vivir, la que tanto había forzado esa mañana para darle gusto a esa muchacha tan bonita y tan generosa. Fue, ahora que lo piensa bien, como un piropo con su poco de adiós para siempre, y con mucho de vida de mierda.

—Si no fuera un tipo bastante mayor y podrido para ti, te habría hecho la corte, Beatrice...

Pedro diciéndose espera, Pedro, espera, espérate, tranquilízate, Pedro, sírvete otro café... ¿Y qué fue lo que te dijo Beatrice cuando tú le dijiste eso? Recuerda... Antes te había dicho que su mamá era la persona a la que más quería y admiraba en el mundo... Recuerda...

—¿Quieres que te diga una cosa, Pedro? Dice mi mamá que no representabas para nada tu edad. Dice que a pesar de la barbota pareces un muchacho de veinte años...

¡Mierda!, gritó Pedro, ¡nunca sabré la verdad! Y Beatrice recién me va a llamar dentro de dos horas. ¡Mierda! Dos horas más dudando y sin poder tomar un trago siquiera... ¿Qué será peor, una duda interminable, o una pena concreta y definitiva?

160

—A ti sí que no debería caberte la menor duda, pelotudo —dijo *Malatesta*, desde el centro de la chimenea.

* * *

—¿Quién? —gritó Beatrice—, no te entiendo bien Pedro.

—¡Gran Jefe! ¿Quién es Gran Jefe? He esperado tu llamada toda la mañana.

—Pedro, júrame que no has estado bebiendo. No puede ser posible.

—Sólo he tomado cinco cafés, te lo juro. ¡Pero quién era ese tipo!

—Habla menos fuerte, Pedro; se está enterando toda la oficina.

—¿Quién era el tipo al que miraste todo el tiempo cuando fui a dar la charla a tu colegio?

—¿Cómo me voy a acordar, Pedro? De eso hace mil años.

—¿Y cómo yo sí me acuerdo, Beatrice? No he podido dormir en toda la noche. *Malatesta* es testigo. (Mierda, eso puede ser una metida de pata.)

—Dime cómo era, tal vez me acuerde. ¿Era de mi clase o no?

—¡Yo qué voy a saber! Eres tú quien tiene que saberlo. No me mientas, Beatrice. Era el tipo alto y de pelo largo, pelo largo muy negro, tenía cara de jefe apache.

—¡Ah!, Jean Louis...

—¡Ése!, ese mismo. Dime la verdad, Beatrice, ¿dura todavía?

—¿Dura qué, Pedro?

—¡Lo que por diablos y demonios empezó esa mañana en mis propias narices!

—¡Pedro, qué loco eres! No me has buscado en diez años y me estás pidiendo cuentas de algo que jamás ha existido. Qué quieres que te diga. Yo era una chiquilla... sí... Ya me acuerdo de todo.

—¿De todo qué?

—De todo lo que jamás quisiste darte cuenta. De que yo estaba celosa de Sophie, de que tú no hacías más que hablar de ella... ¿Sabes qué fue aquello que tanto te preocupa ahora, Pedro? Fue una idea mía para ver si por fin lograba que te fijaras en mí. Me pasé toda la mañana mirando a Jean Louis para darte celos.

—Pues bien que lo has logrado. He pasado una mañana atroz.

—Sí, pero con diez años de atraso, Pedro. Aquella mañana lo único que hiciste, aparte de desesperar al padre director, fue conquistarte a todo el colegio, incluido Jean Louis. Después dejé de visitarte y ni cuenta te diste, probablemente... ¿Cómo van los celos ahora?

—Un poco mejor porque tengo confianza en ti, pero de todas maneras preferiría que estuvieras aquí conmigo.

—Bueno, digamos que también de alguna manera esta pequeña crisis retrospectiva resulta halagadora.

—¿Pequeña? ¡Ven para que veas cómo me están temblando las manos!

—Paso a recogerte dentro de media hora, Pedro; ojalá te dure todavía. Y tráete cosas para algunos días, si quieres quedarte en Margency. Hay un cuarto de huéspedes y es posible que mis padres te inviten a pasar unos días con nosotros. Están locos por verte de nuevo.

—Yo también estoy loco por verte, Beatrice. Y por ver a tus padres, por ver la casa, la chimenea, todo...

—Sólo trabajo por las mañanas. Podrás venir a París conmigo y ver lo de tu trabajo. Ya he preguntado aquí en la oficina y no es imposible, Pedro...

Además de celos, trabajo, pensó Pedro. Beatrice había colgado, tras algunos consejos prácticos que él encontró demasiado prácticos en una muchacha tan linda, pero que, pensándolo bien, resultaban encantadores por la vehemente preocupación que Beatrice revelaba por el aspecto material de su vida, tan abandonado durante años. En su oficina, Beatrice pensaba, arrepentida, que había cometido un error al decirle la verdad sobre Jean Louis, debí decirle que ha sido mi novio y que todavía me gusta verlo de vez en cuando. En cambio le había confesado que había sido una idea de niña enamorada, qué tonta he sido, qué increíblemente tonta he sido, se repetía, pensando al mismo tiempo que era la última tontería que hacía en su vida. En su departamento, Pedro vigilaba el temblor de sus manos, con la esperanza de que le quedara un poco para la llegada de Beatrice, y ni siquiera escuchó cuando *Ma-*

latesta le hizo notar que se había mostrado excesivamente celoso en el teléfono. No escuchó porque estaba satisfecho, muy satisfecho, y no sólo por la forma en que Beatrice lo había tranquilizado, o porque ya se imaginaba largas caminatas con ella por los alrededores de Margency, estaba muy satisfecho sobre todo por lo ridículamente celoso que se había mostrado en el teléfono. Ha sido una excelente, una maravillosa metida de pata, se dijo, pensando que no se podía querer a nadie de verdad sin empezar metiendo las cuatro, sin una especie de sincera antitáctica que lo aclarase todo de arranque y para siempre. Ahí tenía Beatrice la explicación de todas sus cartas sobre la mesa, ya qué otra posibilidad les podía quedar más que la alegría de la ternura compartida... Bueno, la otra, claro.

Pero en eso sí que Pedro no quería volver a pensar más en su vida, simplemente no podía sucederle ya, y menos todavía ahora que acababa de darse cuenta de que también Beatrice había empleado en el teléfono la misma antitáctica de la sinceridad más burra, hasta le había confesado que lo de Gran Jefe no fue sino purita invención para darle celos, qué otro camino le quedaba ahora, adorarla y punto.

Y nada más útil para ello que el sabio Tho y su leyenda china, aunque Beatrice jamás llegara a enterarse de que el verdadero autor de la leyenda había sido él mismo. Fue una de esas tardes en que regresaban juntos a Margency, Beatrice de su oficina, y Pedro de una de sus tentativas de encontrar algún trabajo que le dejara tiempo suficiente para escribir. Había visto en una tienda de regalos la bolsita transparente con los siete preciosos caballitos de seda multicolor, y la etiqueta que hablaba de la sabiduría de Tho. Al primer descuido de Beatrice, ya Pedro le había comprado la sorpresa, aunque tuvo que resignarse cuando la vendedora le dijo que el texto de la leyenda se había extraviado probablemente durante el viaje de Oriente a París. Algo tendré que inventarle, pensó Pedro, un texto que suene a chino, pero como ya estaba instalado en la casa de Margency, y entregado por entero a una adoración sin límites, pensó también que un poco de todo ese estado de ánimo tenía que dejarse notar en el texto, y decidió además que se lo iba a entregar a Beatrice con los siete caballitos durante una de esas desgarradoras despedidas a medianoche con que concluían los días en Margency, uno de aquellos momentos realmente tristes y absurdos en que Pedro se despedía de Beatrice en la puerta de su dormitorio, pasando luego al de huéspedes, voluntad de los padres de Beatrice, aunque eso Pedro lo comprendía muy bien, en todo caso él sólo había aceptado la invitación con el propósito de agregarle borbotones de ternura a la total armonía del atardecer con té y mermelada casera ante la chimenea de Margency.

Pero a Pedro nada le gustaba tanto como el dormitorio de Beatrice, hasta chimenea le hubiera instalado, si por él fuera. Ahí la esperaba los días en que no tenía que ir a París, sin comprender nunca por qué a ella le daba tanta risa encontrarlo siempre asomado por la ventana con el largavistas, haciéndole todo tipo de señales de bienvenida. Ahí se pasaba horas con ella, sentado en una especie de saloncito minúsculo que había a un extremo de la habitación, observándola trabajar la lana en un antiquísimo y valioso telar de donde salían todas las cortinas, frazadas y cubrecamas de Margency. Ahí escuchaban música y tomaban refrescos. Ahí, de pronto, se descubrían haciendo planes para el futuro, era probable que a Pedro le dieran algunas traducciones para su oficina, era muy probable que esas traducciones fuesen el camino hacia un puesto de intérprete, tal vez entonces podrían instalarse a vivir en el departamento de Pedro.

—¿Y por qué no ahora, Beatrice? Tus padres no se opondrían. Aún me queda un poco de dinero en el Banco...

Beatrice lo acariciaba, lo besaba, se perdía entre su pecho diciéndole que estaba aturdida, que no lograba pensar claramente, todo había sido tan brusco, eres tan increíblemente cariñoso conmigo, Pedro. Él sonreía, estaba tan bien, para qué pensarlo más, todo estaba tan bien... Pero Beatrice insistía, estoy aturdida, Pedro, no puede ser todo tan perfecto, hay algo que se parece demasiado al pasado, a algo que ni siquiera ha existido, no puede ser, Pedro.

—Pero si tú misma dices que todo es tan perfecto...

—El otro día, por ejemplo, cuando me dijiste que en este dormitorio tan parecido a mí sólo faltaban algunas muñecas de la infancia...

—Fue una frase como cualquier otra, Beatrice. Los juguetes de la infancia desaparecen solos... Se van con el tiempo... Sin que nos demos cuenta siquiera.

—No sé, Pedro... A veces pienso que he cambiado demasiado, que no es posible que esto sea así... que ya no es posible... que esto es el pasado y que tú no puedes ser tan bueno conmigo.

—Eres mi Botticelli favorito, no te olvides de eso. Y no te olvides tampoco de que aunque hace sólo un par de semanas que estoy aquí, y en el dormitorio de al lado además, si alguien me aleja de ti me mata.

—Pedro, me aturdes...

—Tienes el resto de mi vida para pensarlo, Beatrice.

Beatrice sonrió. Era una de las típicas frases de Pedro. No, no había cambiado, y seguro que ahora estaba adivinando que ella deseaba verlo trabajar, verlo contento, verlo bien. Lo había adivinado, sin duda, y por eso le había dicho que esperara un instante, que esa noche antes de despedirse quería entregarle el regalo que le había comprado para uno de esos momentos en que la quería más que nunca. Era, también, la forma en que Pedro hacía las cosas.

Una pequeña lámpara iluminaba los siete caballitos de seda, haciendo resaltar aún más la rica variedad de sus colores en la oscuridad de la habitación. Beatrice no se cansaba de admirarlos, de cambiarlos de posición, de acariciarlos, de volverlos a acomodar de tal manera que los siete aparecieran siempre ante su vista cada vez que volvía a observarlos desde su cama. Siguiendo las instrucciones de Pedro, que se había retirado ya, Beatrice abrió el sobre que acompañaba su regalo, y empezó a leer.

LEYENDA DEL SABIO THO Y DEL MÁS JOVEN DE SUS DISCÍPULOS

Los ocho hombres reposaban sobre la hierba, aprovechando la brisa que a esa hora corría por el jardín. La sombra de un jazmín los protegía de los últimos rayos de sol, aquella tarde de verano. Desde lejos, podía verse que uno de esos hombres era Tho. Su afilada y larga barba blanca, sus cabellos blancos, algo más escasos y largos que los de los demás, hacían resaltar la figura del maestro.

Como todos los días, a esa misma hora, los discípulos habían acudido al jardín de Tho, con quien charlaban y bebían té, mientras le iban haciendo innumerables preguntas sobre temas muy diversos.

El sabio los satisfacía siempre con sus respuestas. Pero aquella tarde, el más joven de los discípulos se había mostrado excesivamente inquieto, como incapaz de concentrarse en el tema de conversación elegido. Tho lo había notado desde el comienzo, y aunque sabía que algo deseaba preguntar o decir, prefería que sus discípulos hablaran sin que nadie los empujara a hacerlo, y sin que nadie interfiriera en sus inquietudes.

Y grandes debían ser las inquietudes del más joven de sus discípulos, pues llevaba siete días sin poder concentrarse en los diversos temas de conversación que habían abordado últimamente. Pero Tho presentía que, aquella tarde, el joven lograría hablar por fin. Y en efecto, momentos después, fijando los ojos sobre el césped, y como atemorizado por algo, el joven discípulo dejó escapar la pregunta que durante días se había guardado con tan mal disimulada reserva.

—Quisiera saber qué ocurre, qué puede ocurrir, cuando una persona encuentra todos los días a otra, y al verla siente siempre, siempre, exactamente la misma incontrolable ternura.

—¡No es nada muy especial! —dijo un discípulo—; simplemente quiere decir que la ama, y que le gusta hacérselo notar en cada nuevo encuentro.

—Yo no he hablado de una necesidad de hacérselo notar —interrumpió el joven—. No necesito hacerle notar mis sentimientos a alguien que los conoce. He hablado de una misma incontrolable ternura que surge de mí, ante cada nueva visión de la persona amada.

—Creo entonces —intervino el mayor de los discípulos—, que lo sabio sería aprender a controlar una ternura excesiva...

—¿Por qué?, ¿por qué? —lo interrumpió el joven—. Yo he hablado de algo que se siente siempre, siempre. y cuando digo siempre me estoy refiriendo también al futuro. ¿Por qué controlarla si ello le quitaría tanto valor a cada nuevo encuentro?

El más joven de los discípulos sintió que sus compañeros no lo habían comprendido, y sobre todo, el mayor de ellos. Volteó entonces a mirar a Tho, que había guardado un comprensivo y sonriente silencio, a lo largo de la conversación. En sus ojos se notaba que se disponía a hablar.

—Sólo una cosa puedo decir sobre el amor, en este caso. Una cosa entre las mil que significa, entre las mil que pueden ocurrir. Un hombre que siente la misma incontrolable ternura, cada vez que encuentra al ser que ama, no dejará de amarlo jamás. Y lo mismo le ocurriría en el caso de ser olvidado, pues le resultaría más difícil olvidar, que a un domador enfrentarse sólo con siete caballos salvajes al mismo tiempo.

—¿Por qué? —preguntó el mayor de los discípulos.

—Porque en su amor no ha penetrado ni una gota del cálculo y de la prudencia con que un domador evita el peligro, y en cambio sí está contenida íntegramente la fuerza de los caballos salvajes que tanto atrae a los domadores...

Tho concluyó diciendo que aquello podían comprobarlo ellos mismos, en ese mismo instante. Y, sonriente, les señaló el lugar en que acababa de estar sentado el más joven de sus discípulos. Había desaparecido, y nadie, salvo Tho, lo había notado. Los discípulos se miraban sorprendidos. No se habían dado cuenta de nada. Tho les dijo, entonces, que ya debería estar llegando a la casa de su amada, porque la ternura era incontrolable también antes de los encuentros. El joven había cogido una rama de jazmín, y había desaparecido sin escuchar siquiera sus últimas palabras, las que había pronunciado al responder a la pregunta del discípulo mayor.

Beatrice besa el texto de la leyenda. Luego va besando uno por uno a los siete caballitos, y de pronto escucha la máquina de escribir de Pedro en la habitación de al lado. No, Pedro no ha cambiado, definitivamente no ha cambiado ni cambiará nunca tampoco. Sin duda había esperado años para volver a escribir, pero ahora no podía esperar hasta mañana para empezar de nuevo. Era su manera de hacerla sentirse feliz, de hacerla sentirse optimista por el futuro. También ella, entonces, debería corresponderle, pasar a hacerla una visita a su dormitorio, exponerse a que le dijera, como hace tantos años, no me interrumpas, por favor, Beatrice, estoy escribiendo. La leyenda del sabio Tho la había convencido, ahora le tocaba a ella hacerlo feliz.

* * *

Beatrice irrumpió en la habitación de Pedro, se mudarían a París, a su departamento, quería la llave para hacerse un duplicado mañana mismo, quería tomar medidas, hacerle cortinas, cubrecamas, decorarlo íntegramente de nuevo.

—No necesitas llave, Beatrice. La puerta de mi casa ha estado siempre abierta. Seré yo más bien el que ahora necesite ponerle candado a mi Botticelli favorito.

Y si Beatrice no se quedó esa noche, fue porque Pedro se había dicho esta noche me vuelvo loco pero hasta duermo escribiendo si es necesario, y porque en efecto, instantes después de que Beatrice se repitiera es increíble, él le soltó el rotundo no me interrumpas, por favor, Beatrice, estoy escribiendo, aunque sin hacerle sentir lo clave que era ese episodio para su novela. En él, en aquella escena, Petrus tenía que liquidar el problema de sus recuerdos más dolorosos, y el problema de sus recuerdos más dolorosos era nada menos que Sophie. Beatrice lo besó al marcharse, y apenas logró captar un título que no le dijo nada.

LAS CAMPANADAS DE SANTA CLOTILDE

Para Petrus, la solución a sus problemas estaba en la aplicación sistemática y precisa (a él le encantaba decir que también científica), del método que había imaginado para olvidar a Sophie. Era su maquinita personal del tiempo, su manera de otorgarse una última esperanza, la de una vida más allá de la vida para Sophie, y era en el fondo un medio para alcanzar el olvido por primera vez ansiado, para después acostumbrarse a él, porque las historias que se prolongan en recuerdos y nada más, las historias de las que hemos sido expulsados para siempre, nos dejan el extravagante tesoro de lo vivido y su inagotable contemplación de lágrimas y cabeza gacha, pero quién nos dejan para caminar como los demás entre la gente, ¿qué nos dejan, Beatrice? (Sí. Incluir, a partir de este momento, al personaje de Beatrice, contarle la verdad, toda la verdad y nada más que la verdad a Beatrice. Contárselo pero de una forma desdramatizada, cuando ya estemos viviendo juntos en mi departamento. Por ejemplo, no sería una mala idea disfrazarla de juez en una de esas coboyadas clásicas, y yo al frente de ella jurándole con la mano sobre un biblión forrado en cuero gastado —conseguirme una biblia grandaza no bien nos mudemos—, jurándole que sí, que sólo voy a decir la verdad y nada más que..., etcétera. Importante: encontrarle a Beatrice un nombre tan bello como Beatrice. O mejor aún, usar su verdadero nombre en el borrador de la novela para que el lector sienta y comparta lo que Petrus siente por Beatrice, y luego cambiarlo en la versión final para que nadie sepa que se trata de mi esposa y para que luego la gente no me venga con la vaina esa de que si es autobiográfico.)

Petrus feliz porque había conseguido precisamente el departamento que deseaba, en la rue Las-Cases... Desde cualquier ventana se podía contemplar la iglesia de Santa Clotilde, y ni siquiera se necesitaba estar muy atento para escuchar el tañido de las campanas los domingos a los doce del día. Pero aun así, nadie estaría más atento que él los domingos a esa hora, hasta desconectaría el teléfono y el timbre si era necesario, porque Shopie se había casado un domingo y a las doce y había que escuchar sistemáticamente las campanadas de los domingos en esa iglesia donde la realidad que le soltó la vida hizo pedazos lo que él siempre había creído que era la única realidad que existía.

De eso hacía muchos años, pero la idea de instalarse frente a la iglesia y de estarse aunque sea mil años escuchando campanadas era bastante reciente. En realidad fue una idea que se le ocurrió de pura casualidad una tarde en que Petrus pasó con un amigo delante de Santa Clotilde. Aquí se realizan algunos de los grandes matrimonios de Francia, le dijo su amigo, ignorando, como también él lo había ignorado algún tiempo, que ahí se había casado Sophie y que a Petrus de pronto se le estaba empezando a ocurrir una idea, que aunque a Beatrice podría resultarle larga y pesada, compartiría sin duda, sí, sí, sí la compartiría porque también ella deseaba que Petrus se dejara ya de una vez por todas de *Malatestas* que a ella seguro que no la iban a querer y que al pobre Petrus probablemente lo iban a volver loco con nocturnos anuncios de un retorno de Sophie, de un retorno que para siempre le impediría asumir la verdad sobre esa mujer, la verdad que Petrus sólo aceptaría si algún día terminaba esa novela sobre su vida con Sophie, y eso sólo era posible si olvidaba a Sophie, porque olvidarla quería decir que había dejado de creer en su retorno, sí, sí, a campanadas tenía que dejar de creer en su retorno, porque si tú regresas, Sophie, entonces no ha pasado nada, amor mío, y porque si tú regresas, amor mío, vivo en el número 24 de la rue Descarmes, y todo lo que he contado de ti era la realidad, y entonces mi libro sólo esperaba tu retorno para poder continuar escribiéndose tal como nos lo dictábamos en aquellos meses en que todo lo que me ha sucedido no podía sucederme nunca.

Petrus feliz porque lleva ya tres semanas escuchando campanadas a las doce del día, y porque a su lado Beatrice coloca cortinas loca de contento y lo escucha trabajar horas diarias en su novela, aunque sin olvidar que ahora hay que acostarse más temprano porque hay que ir también a la oficina. Beatrice feliz porque en la oficina Petrus ha deslumbrado con sus buenos modales y una indumentaria que el otro día el jefe no tuvo más remedio que comprarse corbatas nuevas y vino a pedirle consejos a Petrus.

—*Non, monsieur*. Una cosa es que lo acompañe hasta una buena tienda, y otra que se les escoja yo. El único consejo que puedo darle es que nunca deje que nadie le escoja sus corbatas. Y menos aún su esposa. Como ella sin duda lo ama mucho, tratará de comprarle la corbata que más se parezca a una que a usted le gusta mucho, o a las que suele usted usar más. En fin, terminará usted lleno de corbatas que imitan o que se parecen vagamente a las que usted se había escogido solito, y por consiguiente también a las que usted mismo se puede comprar. ¿Me entiende, *monsieur*?

Beatrice muerta de risa porque el jefe regresó con un montón de corbatas que imitan a las de Petrus y ahora vive medio avergonzado y da las órdenes con algún extraño temor y ni siquiera se molestó el otro día cuando Nadine, la secretaria, volvió a llegar tarde. Petrus no tardaba en ser promovido a un puesto más alto, se veía venir.

Y se vieron venir otras promociones y ellos tan felices, ya sin *Malatesta,* en el departamento de la rue Las-Cases. Hasta se atrevieron a casarse un domingo a las doce del día en la iglesia de Santa Clotilde, un poquito de prisa eso sí porque Beatrice estaba embarazada y eso podía apenar a sus padres, pero sus padres no se apenaron ni mucho menos cuando ocho meses más tarde, y precisamente en el momento en que Beatrice estaba dando a luz en casa porque le habían dicho que el niño podía nacer en domingo de campanadas, Beatriz Balbuena vino al mundo a mediodía y en domingo, como si se hubiese puesto de acuerdo con Santa Clotilde, o como si Beatrice y Petrus ya no le tuvieran miedo a nada porque Beatriz Balbuena había nacido dispuesta a ayudarlos a darse cuenta de que hacía años que se miraban a la cara entre campanadas con unas caras impresionantes de felicidad.

Pensaron en el porvenir de Beatriz Balbuena y compraron el departamento de la rue Las-Cases porque era grande, cómodo, y estaba situado en un barrio en que una adquisición de ese tipo era una excelente inversión. Beatriz Balbuena ya iba al colegio y si continuaba poniéndose tan bonita iba a ser tan bella como su madre, con lo cual se podría decir ya que había heredado todas las virtudes de su mamá y ninguno de los defectos de Petrus, porque la verdad es que les iba tan bien en la vida que no podía considerarse un defecto la manía hereditaria que fue adquiriendo con el tiempo y que consistía en vivir enamorada del tañer de las campanas de Santa Clotilde hasta el punto de que los domingos sus padres la dejaban dormir todo lo que ella quisiera y ni las óperas que Pedro ponía a lo largo de la mañana en el tocadiscos la despertaban, sólo la despertaban a las doce en punto las campanas de Santa Clotilde y saltaba de la cama a abrir ventanas, a asomarse con todas sus muñecas, cosa que a su madre tampoco le preocupaba porque ella misma se las había regalado confiada en un destino diferente para la adolescencia de Beatriz Balbuena, y esperanzada en un destino similar al que ella estaba viviendo con su hija y con Petrus, para más tarde.

Los Balbuena muertos de risa porque esa noche acababan de retirarse los invitados al terminar la cena que había organizado en honor a su jefe de toda la vida, y porque tras anunciar que Petrus lo sucedería pronto en su cargo de Director General, había evocado la mañana aquella en que el señor Balbuena le había dado el mejor consejo que puede darle un hombre a otro en materia de corbatas. A Beatrice se le escapó la risa, se tapó la boca, tal vez sólo el pobre jefe se había dado cuenta de que la corbata exacta a la de Petrus que había traído puesta a la cena le quedaba diferentemente pésimo, ahora sí ya podían reírse, el último invitado acababa de partir y también ellos ya no tardaban de partir, pero no a acostarse sino a pasear a Beatriz Balbuena por el Perú para que conociera a su abuela y el país en que su padre había tenido todas las edades que ella estaba viviendo ahora. (Suprimir el apellido Balbuena. Al hablar de mi hija Beatriz se me ha filtrado tiernamente, pero es probable que al referirse a su padre como Petrus Balbuena no sólo me delate, cosa que me importaría un comino por lo imbécil que he sido en el pasado, sino que además el tipo, por más feliz que ande ahora, me inspire conmiseración en los extensos capítulos aún por escribir, y en los cuales Sophie tendrá que ser Sophie.)

Los Balbuena felices en el Perú, donde Petrus, tras el éxito de su novela *Sophie y las campanadas del olvido*, se ve acechado por periodistas que le preguntan por qué empezó a escribir tan tarde y él siente que no puede responder porque ahora sí que siente todo lo contrario, que se ha pasado la vida entera escribiendo. Se reconcilia con su madre tras un pleito que nunca tuvieron y parte rumbo al Cusco con su mujer y su hija, este viaje lo han organizado sobre todo por ella, acaba de terminar el colegio y el año próximo a la Universidad. Mala pata en el Cusco. Beatrice no soporta la altura y debe regresar rápidamente a esperarlos en Lima. Tampoco Petrus se sentía muy bien pero se quedó un poco por cuidar a su hija, y otro poco, nunca cambiaría, porque Beatriz le dijo papá, como te me empieces a poner viejo te abandono por el primer tipo que pase, con lo cual Petrus escondió no poca barriga y sacó un pecho de varios años más de cincuenta años. Se saltaron al cuello, y él casi le dice hijita por favor tócame el culo porque todo esto me recuerda a una muchacha llamada Virginia, pero mejor por ahí no se metía: en la vida de Beatriz Balbuena, Petrus era un escritor peruana que llegó un día a dar una charla sobre el

Perú en la Universidad en que estudiaba su mamá y fue amor a primera vista y antes no había habido nunca nada, sólo después.

Beatriz, coqueta: Papá, si nos pesca mamá...

Petrus, blanco de canas: Cómo nos va a pescar, hijita, si está aquí con nosotros.

Beatriz, emocionada: Papá, no sé cómo decírtelo, pero sólo me angustia el que seamos tan felices todo el tiempo. ¿Cómo has hecho tú, papá?

Petrus, encendiendo un cigarrillo: ¿Para lograr todo esto? Nada, mi amor; tuve la suerte de conocer a tu madre y desde entonces no sé, como que se hubiera hecho un método de vida entre nosotros, ¿no?

Beatriz Balbuena duerme en su habitación. Un día entero recorriendo calles cusqueñas con su padre la ha dejado lista para el más plácido y profundo de los sueños. En la habitación de al lado, su padre escribe extenuado unas cuantas postales para los amigos de París. Pero de pronto, fuera del tiempo, fuera de lugar, fuera de sí, han sonado las campanas de Santa Clotilde. Un último esfuerzo de su humor lo hace verse preguntándole al cura párroco de la Catedral del Cusco: Y usted, padre, de dónde se ha conseguido unas campanas igualitas a las de la iglesia de Santa Clotilde, en París. Y aún intenta decirle que por qué las ha tocado a esa hora, que qué mierda pasa, es importante hablar, decir cualquier cosa es importante para Petrus que ha contabilizado más de dieciocho años de campanadas rigurosamente divididas entre las de los domingos a las doce del día, y las de cualquier otro día a cualquier otra hora y tienen que haber habido dieciocho Navidades con campanadas también a medianoche, y ahora, aquí en el Cusco, Petrus se pregunta qué ha fallado, acaso tenía que aplicar mi método también después del olvido, tomar un trago, no, no, eso es algo que no voy a hacer ya a estas alturas y con mi hija durmiendo en el cuarto de al lado, no, no, simplemente amor mío agarrar una de estas postales de recuerdo a los amigos, aquí hay una sin usar, y escribirte a la dirección que no conozco, decirte que nunca volví a quererte como te quise, en nadie.

Pedro Balbuena añadió: Sophie de mierda. Añadió: además, esto se puede corregir. Lo he escrito de corrido, casi automáticamente. Añadió: además resulta incomprensible porque se habla ya de la novela *Sophie y las campanadas del olvido*, y esa novela está muy lejos de acabarse. Escribe: contrólate Pedro, se incorpora y pasa a la habitación de Beatrice, que duerme plácidamente junto a sus siete caballitos. La besa suavemente para no despertarla, acaricia uno por uno a los caballitos, y se retira diciendo Beatrice, todo esto puede corregirse, me pasaré la vida entera corrigiéndolo, Beatrice.

* * *

¿Adónde estaba Beatrice? No estaba en la oficina, había abandonado la oficina antes de la hora acostumbrada, la secretaria podía explicárselo si él lo deseaba, pero antes quería felicitarlo, los felicitaba, Beatrice había entrado feliz esa mañana anunciándoles a todos ahí que se iba a vivir con él, a su departamento del Barrio Latino... Sí, sí, dijo Pedro, y gracias, es el número 24 de la rue Descarmes, haremos una fiesta de inauguración cuando todo esté arreglado, por ahora está hecho un desastre, he vivido siempre solo, señorita. Pero se acabó la soledad y también Beatrice estaba tan feliz de que se hubiera acabado la soledad, su impaciencia no había tenido límites esa mañana, se notaba, no lograba concentrarse en su trabajo, la secretaria podía decirle por qué. Beatrice quería arreglar el departamento lo antes posible y había venido con un metro para tomar las medidas para las cortinas, las colchas, las alfombras, las frazadas, todo, todo quería hacerlo ella misma en su telar de Margency, no hablaba de otra cosa en la oficina, y por fin se llenó de coraje y se fue donde el jefe para pedirle que la dejara partir antes de tiempo, el jefe se había reído mucho al verla tan alborotada, no le había quedado más remedio que dejarla partir y hasta darle un par de días libres, se había portado muy bien el jefe, y ya hace rato que Beatrice debe estar en el departamento.

—Gracias, señorita —dijo Pedro—. En este instante salgo corriendo para allá.

Pero Claudine también estaba en el departamento, quién se lo hubiera imaginado jamás. La pobre había venido a París en busca de noticias de Pedro, llevaba semanas sin dar señales de vida, había desaparecido y ella sólo quería dejarle una nota, Pedro, qué es de tu vida, y llenarle la refrigeradora de comida, prepararle una de sus ensaladas, ordenarle un poco la casa, dejarle a *Malatesta* brillando en el centro de la chimenea, había traído un líquido especial para el bronce y ahí estaba frota y frota, ahí estaba frotando ya hasta por gusto pero a ella le encantaba pasarse horas frotando a *Malatesta*, era su manera de querer a Pedro, de ser su amiga toda la vida, de recordar el viaje a Bretaña, las cosas que sólo a ti Pedro se te ocurrían, tu adoración por Sophie, lo feliz que me hiciste sin embargo, ojalá regreses pronto porque te he preparado una ensalada como nunca y cuánto me gustaría que la encontraras todavía fresca, qué ha sido de tu vida, Pedro, si hubieras vuelto a encontrar a Sophie, Pedro, ahí estaba Claudine frota que frota a *Malatesta*, en fin, una cosa así sólo sucede cada cien años y probablemente esta mañana ya tocaba que volviera a suceder.

Beatrice entró con la misma felicidad con que había abandonado la oficina, vio una muchacha alta y resistente que acariciaba a *Malatesta*, y era tan bella la muchacha que acababa de entrar con esa cara radiante de felicidad, que Claudine acarició a la vida porque Pedro Balbuena había vuelto a encontrar a Sophie. ¡Sophie!, gritó, pero inmediatamente le vino la timidez del diablo, y aunque se moría de curiosidad no se atrevía a preguntarle si había abandonado su trono de reina, cómo sufría Pedro cuando le contaba su secreto, si había abdicado, hasta se acordó de la palabra correcta, abdicado, para volver con Pedro, mierda, qué lindas e impresionantes eran las reinas por más que uno pensara que todo ese mundo es un mundo de mierda. Pedro había tenido razón, Sophie debía ser una reina diferente a las otras y de qué país sería, pero ese secreto Pedro no se lo había querido revelar nunca y ella no tenía porqué meterse en asuntos ajenos.

Sólo decirte Sophie que soy la mejor amiga de Pedro y que lo estaba esperando porque hace días que ando sin noticias de él. Pero ahora lo comprendo todo, Sophie, y me voy para no molestarlos, vengo de vez en cuando a prepararle sus ensaladas preferidas, vengo a poner un poco de orden en el departamento, a acompañarlo al cine, horas enteras hablábamos de ti, mira cómo brilla *Malatesta*, yo se lo limpio siempre, es todo lo que le quedaba de ti, lo quiere más que si fuera un perro de verdad, lo lleva en sus viajes, habla con él de ti, no sé cómo decirte, estoy feliz, yo no sé hablar, Pedro siempre se burla de mí, aquí es como un santuario para tu recuerdo, perdóname si estoy hablando demasiado, creo que nunca he hablado tanto, yo no sé hablar, Sophie, Pedro siempre se burla de mí, estoy hablando demasiado, perdóname, me llamo Claudine, Claudine, *oui*, adiós, *oui*.

—Adiós, Claudine. Y muchas gracias por todo.

—Perdóname si me meto en lo que no me concierne... ¿Te vas a quedar, Sophie?

—Sí. He decidido abdicar inmediatamente.

—*Oui, oui, oui...* chau.

Todos los departamentos de Pedro se parecen siempre, pensó Beatrice, desnudándose y tirándose sobre la cama. Había decidido esperarlo así, desnuda, y recibirlo diciéndole que debía haber estado loca con eso de querer tomar medidas el primer día en que podían compartir una misma cama, había deseado hacer el amor con él cada noche en Margency, ahora sin sus padres por fin era posible, ya se veía diciéndole Pedro, ven, ven que he esperado tanto este momento, mi jefe me ha dado dos días libres y quiero que te metas a esta cama conmigo y que no nos movamos de aquí hasta que llegue el momento de regresar nuevamente a la oficina, creo que están a punto de darte un puesto, ¿sabes?, festejémoslo, Pedro, ven, ven aquí a mi lado y mira a tu alrededor, lo he ordenado todo mientras te esperaba, he llenado la refrigeradora de comida y si tienes hambre hay lista una ensalada, no creo que nadie te haya preparado otra igual nunca, ¿se atreverá a decirme que el templo de la diosa-reina Sophie tenía hasta su sacerdotisa?

Entró un Pedro Balbuena tan feliz como ignorante. Pedro, ven, ven que he esperado tanto este momento. ¿Y él?, qué se creía ella, él había esperado toda la vida, podían pues esperar un minuto más, Beatrice, qué bárbara para ser linda, Beatrice, tenemos que dedicarle un minuto de silencio al maestro Sandro Botticelli, silencio, no te muevas, yo me arrodillo aquí al lado tuyo.

—Dos minutos de silencio, Pedro.

—¿Así? ¿Y por qué?

—Uno por Botticelli y otro por el sabio Tho.

—Nueve minutos de silencio, Beatrice; siete más por los siete caballos salvajes.

—En un mundo sin domadores...

Terminados los minutos de silencio, nueve para Pedro y diez para Beatrice que lo acusó burlonamente de haber llevado mal la cuenta, Pedro gritó lo veo pero no lo creo, y se arrojó al suelo para desmayarse un rato ante el amor, confesando luego que había vuelto en sí gracias a una erección quinceañera, una especie de despertar que ojalá le continuara durando mil años porque en lo que a sentimientos se refería era también perfecto el aparato, latía con un tic-tac de cronómetro suizo en lo de la regularidad y como Romeo y Julieta en todo lo demás.

—Hasta aquí las santas palabras —agregó, incorporándose.

—Pedro —le dijo Beatrice, cuando menos se lo esperaba, y adoptando una pose como la de esas revistas en las que el lector puede morirse deseando a una mujer que nunca sabrá si lo desea—. Perdóname que piense en cosas prácticas en un momento así. No se me había ocurrido que haríamos el amor hoy. No he tomado ningún anticonceptivo y me da miedo. Es más que nada por mis padres. Comprende, por favor.

—No te preocupes, Beatrice. Tengo la solución inmediata para el problema. En mi billetera llevo siempre un preservativo que me regalaron mis amigos cuando salí del Perú. Los pobres creían que en la dulce Francia, no bien uno aterriza ya tiene que ponerse un preservativo. No te olvides además que pertenezco a una generación sin *píldora*. Lo he guardado como un amuleto desde entonces, y mira, algún día habría de traerme suerte.

—Estás loco, Pedro. Debe estar podrido. Comprende que tengo miedo. Por favor anda y compra varios en la farmacia.

—Tienes toda la razón del mundo, Beatrice; ¡qué bruto soy! Corro a la farmacia. Hasta que te compres la píldora necesitaremos varias veces varios preservativos.

Pero cuando regresó al departamento, no era Beatrice la que estaba sobre la cama. Era *Malatesta*. Y Pedro sólo comprendió lo que había ocurrido cuando leyó el papel que le había dejado al lado del perro, aún estaba húmeda la tinta. Acababa de partir tras escribirle esas cosas tan horribles, tan absurdas. Beatrice tenía razón pero él no tenía la culpa. Nada tan absurdo como el encuentro con Claudine, pobre Claudine, el día que se entere, pobres todos aquí, pensó Pedro, mirando a *Malatesta*, preguntándole por qué mierda no hiciste algo por defenderme cuando te puso sobre la cama, releyendo luego las últimas frases del mensaje de Beatrice:

> *La sacerdotisa me ha salvado. Y yo también, por fin, me he salvado. Y aunque nunca sabré quién es Sophie (no intentes buscarme ni para contarme la verdad), pues resulta que para Claudine era una reina que tenía que abdicar para volver contigo, me voy feliz de saber que de alguna manera me he vengado. Le has sido infiel a Sophie. Te quedan de recuerdo los preservativos con que nunca me tocaste. Le has sido infiel a Sophie. Esta vez he sido yo la otra. La otra. Qué ridículo se te debe ver leyendo este papel con los preservativos en la mano.*

Firma y rúbrica, dijo Pedro, comprobando que efectivamente aún llevaba la caja de preservativos en la mano. Buscó la carcajada descomunal que normalmente se suelta en estos casos, pero no la encontró por ninguna parte. Sentía en cambio un desequilibrio total, un desasosiego mayor que el desequilibrio, y sentía hundírsele los trozos de pasado sobre los que creía haber apoyado para siempre su vida. Beatrice no volvería más. Y aunque comprendió hasta qué punto, hasta qué venganza la había herido, prefería no perdonarla, no podía perdonarla. Y no poder perdonarla le causó cierto agrado porque en este caso, como en muchos, el perdón no era más que una especie de indiferencia eleganteada. Quería revisarlo todo, ahora sí recordaba, por fin, íntegro lo de Beatrice. Salió en busca de un bar para pedir un trago con los preservativos en la mano.

*   *   *

Eran unas florecillas blancas... (¿O eran amarillas? ¡Mierda!)

—¿Y Sophie, Pedro?

—Desapareció, Beatrice.

Para Beatrice, Sophie había sido la hija del Papa. Sí, del Papa de Roma, del mero mero, el único que había, ¿de cuál creía entonces?, ¿del de Avignon?, eso es historia antigua, Beatrice. Sí, Sophie era hija del Papa, esas cosas sucedían, lo malo en esta historia es que sucedían una vez cada mil años y justo le había tenido que suceder a él. Pero no, nunca se arrepentiría de haberla conocido, lo viviría de nuevo si fuese posible. Pero Sophie había desaparecido para siempre, sólo habían tenido esa temporada veneciana, disfrazándose, escondiéndose, haciéndose pasar por peruanos los dos. No, nada le haría olvidarla, su forma de quererme, sus ojos, su alegría a pesar del peligro, la noche aquella en que la conocí. Él acababa de llegar del Perú y siempre había soñado con conocer Venecia. Y ahí estaba, era su primer viaje desde que llegó a Francia, hay seres que nacen destinados para las historias inenarrables, Beatrice. Sí, ahí estaba él caminando una noche al borde del Gran Canal, cuando una góndola le guiñó el ojo bajo la luz de una luna más que llena y él se acercó con veintisiete años adolescénticos de ilusiones vanas, lecturas poéticas, violines gitanos y barcarolas, resultado a su vez de un sueño infantil que le pobló la adolescencia. No se veía lo que se llama nada adentro de la góndola porque Sophie estaba sin duda escondidísima, pero fue amor a primera vista de todas maneras, Beatrice. ¿Que cómo? Pues *Malatesta*, el bóxer de Sophie, necesitaba fuego para su puro, una voz se lo dijo desde el fondo de la góndola donde había instalada una increíble camota colonial mexicana que, después supe, Maximiliano el de México le había enviado de regalo al Papa de su época para el Tesoro Vaticano. ¿Y? Y entonces él encendió un fósforo (no tenía encendedor porque por aquella época era becado del Gobierno Francés), y preguntó que si el perro que fumaba puros se llamaba Winston Churchill, y apareció Sophie lanzando al aire una sábana de encaje, dos palomas de Picasso e infinita variedad de corales luminosos y de fuegos de artificio, y pegando un grito de protesta que aterró probablemente a medio Venecia *by night*, porque así era de rebelde esa muchacha vaticana.

—¿¡Cosa ha detto!?

—*Traduzione, per favore, signorina. Io sono peru-viano. Di Machu Picchu. Peruviano, come il* Vargas Llosa...

—¡Discúlpese usted ante el señor Malatesta de Rí-mini!

Beatrice tenía quince años y estaba enamorada y Pedro continuó hablando sin darse cuenta de que tenía los ojos verdes, de que estaba interna, de que era su día de salida y de que sus amigas se habían ido al cine y ella no porque en el colegio besaba a su almohada y la había bautizado Pedro. El grito de Sophie se le encajó en el alma como *Veinte poemas de amor y una canción desesperada* y podía pedir las disculpas más tristes esa noche, pero él no creía en las coincidencias, ni en el azar, sólo en los hechos gratuitos, Beatrice, por lo caros que resultan a veces. Hasta qué punto lo comprendía, le entendía y le creía la sensible inteligencia de una Beatrice enamorada. Sigue, Pedro, sigue. Lo cierto es que en el Perú ya no se hacen reverencias pero él intentó una que viniese desde el fondo mismo del virreinato, y de tanto empinarse primero e inclinarse después se fue de narices entre los brazos de Sophie... Hay hombres que nacen con estrella y otros que nacen estrellados, Beatrice, pero nunca olvides esto: solamente una vez cada mil años nace un hombre para esta historia...

—Pedro, por favor, no te pongas tan triste.

—No estoy triste, Beatrice, estoy tristísimo.

—Me quedaré hasta más tarde. A mi mamá no le importa. Te tiene mucho cariño, ¿sabes? Te cocinaré unos *spaghettis*... Pedro, por favor...

Duró sólo tres meses, cinco días, y las últimas veinticuatro horas que fueron atroces. En efecto, una noche en que habían decidido acostarse temprano por la tos de *Malatesta*, escucharon los pasos. Sophie había sido descubierta. Ellos se lo temían, lo sospechaban desde la noche anterior, pero cambiando doce veces de hotel a lo largo de un día atroz creyeron haberlos despistado. *No se puede contra lo que no se puede*, Beatrice. Nos cayeron bersaglieri, carabinieri, Guardia Suiza, Policía de Investigaciones del Perú, muchachos de la CIA, impermeables de la Interpol, y a la cabeza de todos, el Papa caminando y no en andas para que nadie se diera cuenta de que era el Papa, y porque era el único que podía certificar que ésa era *sua figlia*. Y sí Beatrice, era la hija del Papa, la piedra del Vaticano había temblado al pensar que el mundo podía enterarse de ese horrible pecado tipo Borgia, nadie lo había sabido nunca, nadie debía saberlo tampoco, y nadie ahí debía confesarlo porque el Papa jamás se lo había confesado a nadie, salvo a su confesor, claro, pero eso quedaba bajo secreto de confesión...

—¿Y la mamá de Sophie, Pedro?

—Murió encerrada en el convento de Santa Catalina, Arequipa, Perú. Tapiada a piedra y lodo.

Trataron de sobornarlo, de comprarle el corazón, de amedrantarlo, qué no trataron, Beatrice. Lo del soborno, por ejemplo. El Papa había llegado con un perro de oro esculpido por Donatello, pieza importantísima del Tesoro Vaticano, según me informó el Papa mismo, mostrándome además los documentos del Museo Guggenheim de Nueva York que certificaba la autenticidad de la misma.

—¿Es ése, Pedro?

—No seas tontita, Beatrice. Para alguien que sueña con ser pintora, como tú, deberías estar enterada de ciertas cosas. Eso es bronce, no oro, y sobre todo no es un Donatello. Además, el Donatello tenía dos esmeraldas por ojos y un diamante enorme en pleno ojete, esa cosa esteticista de los italianos, sabes. Pero aun así, éste no lo cambio ni por el Tesoro Vaticano íntegro. Fue el último mensaje que recibí de Sophie.

Desapareció para siempre. Él había buscado por todos los conventos del mundo, ya su mamá no daba más con los gastos, habían intentado obtener información aun a través de sacerdotes progresistas, rebeldes, de izquierda, pero nada. Y ahora, con el corazón endurecido, él pensaba que tal vez habría sido mejor buscarla en un harén del Golfo Persa, ya qué otra cosa podía decirse salvo que había desaparecido para siempre desde aquella noche, el Papa se había cansado de rogarle y él seguía tan extrañado de que hubiera podido ocurrirle justo a él una historia tan renacentista, justo a mí, Beatrice, a Pedro Balbuena, recién llegado de Lima, fíjate tú, yo me sentía más perdido que el Pedro Balbuena de aquella primera noche, aquel muchacho peruano que salió a conocer el Gran Canal y terminó cayéndose entre los únicos brazos que habían sabido comprenderlo en la vida, descubriendo al mismo tiempo que entre tanta cama del Maximiliano y tanta vaina elegantísimo-irreal, Sophie llevaba un *blue jean* al cuete y que estaba como pepa de mango.

—Me llamo Pedro Balbuena.

—*Tu non sei* Pedro... *Tu sei Petrus... Io preferisco chiamarti Petrus...*

—Háblame en castellano, por favor.

—He vivido encerrada siempre, escondida del mundo en las catacumbas de Roma. Pero ahora me he escapado y sé que he venido hasta Venecia sólo para encontrarte a ti, Petrus. No tengas miedo, dame tus manos, no tiembles, *no navere paura*, eres también mi último amor, Petrus, no sólo el primero y no sólo el más grande.

Así hablaba, así vivía Sophie, Beatrice. Los perros se llamaban *Malatestas*, las góndolas guiñaban los ojos y los Pedros únicos en el mundo se llamaban Petrus. Y Petrus fue también la última palabra que le oyó pronunciar en el momento en que el Papa, harto ya de tratar de comprarlo con el Donatello, se lo rompió en la cabeza, o mejor dicho le hizo mierda la cabeza, porque como ya le había dicho el perro era de oro, ¡¡¡Peeeettrruuss!!!, un impacto, y no la vi más.

—¿Y el bóxer éste de bronce?

—Apareció delante de mi puerta años después, la noche en que leí *Cien años de soledad*, pero nunca he podido saber si hubo alguna relación entre ambos hechos.

Beatrice no supo qué hacer porque a un hombre así no lo podía besar una muchacha como ella, o sea que se ofreció nuevamente a prepararle unos *spaghettis* antes de partir donde su almohada.

*   *   *

Un bar y Pedro Balbuena pensando otra vez en un bar después de tanto tiempo, una mesa, otro whisky, cigarrillos, la caja de preservativos y Pedro Balbuena pensando que sin duda había sido una buena historia, mejor que las que les había contado a Virginia, a Claudine, al doctor Chumpitaz y a tanta otra gente en tantos años, una buena historia sobre la cual incluso había tratado de escribir algo si mal no recuerda cuando vivía con Virginia en la casa de Racine, se había limitado a una escena con una maleta y *Malatesta* sin puro y recién nacido o algo así, por ahí debía tener todavía los papeles, quiso buscarlos pero estaba en un bar otra vez después de tanto tiempo, había sido una buena historia, en cambio lo de Beatrice, preservativos, otro whisky, cigarrillos y no la vi más tampoco, sí la vi más tampoco, no me interrumpan tampoco, no me interrumpan, por favor, señores, estoy escribiendo...

—Aquí tiene su cuenta. Estamos cerrando, señor.

...porque estaba pensando que por fin, al cabo de tantos años de estar viviendo en ese departamento en que hace mil años debía haber vivido con Beatrice, había descubierto que *madame* Vacher, la vecina vieja mala del perro que vivía frente a su puerta, era Beatrice, cómo no se había dado cuenta antes, qué rara envejece la gente solitariamente mala, años cruzándose con ella en la escalera, años aguantándole sus gritos porque siempre lo acusaba de hacerle ruido por la noche y recién ahora caía en que era una viuda malvada, la que había matado a su marido a gritos y pintaba cuadros obscenos y le pegaba a morir al perrito insoportable y tenía los ojos verdes y el pelo pintando rojizo ocultándole canas sucias y lo torturaba con sus gritos, pero ahora que él acababa de darse cuenta de quién era, poco a poco la fue envenenando, envenenándole primero al perrito para que ya no le pegara tanto si no podía vivir sin él y después, durante siete semanas consecutivas, dejándole un caballito de seda multicolor ante la puerta, cada lunes un caballito ante la puerta y él escondido detrás del ascensor murmurando Thooooo Thooooo cuando entreabría para recoger sus recuerdos, hasta que por fin, cuando salió disfrazada de muñeca-Goya para recoger el caballito de la séptima semana, él le preguntó no se llama usted por si acaso Beatrice, no soñó usted por si acaso Beatrice con ser pintora, no soñó usted nunca con algo mejor que esto, rematándola luego con un afiche turístico que traía preparado para la ocasión.

¿CONOCE USTED EL PERÚ?

Y al entrar cayéndose a su edificio Pedro Balbuena

ya sólo quería escribir esta historia y por curiosidad se fijó en el nombre de *madame* Vacher, bajo qué nombre se había ocultado tantos años la amargura de una Beatrice, quería saberlo y miró en el cuadro que había a la entrada con el nombre de todos los inquilinos, ¡hija de la gran puta!, gritó se llama *madame* Sophie Vacher, la muy hija de puta, y los vecinos empezaron a salir con el ruido de sus caídas en la escalera y el pánico de sus gritos, está en el tercer piso, gritaban, ha subido golpeando todas las puertas y ahora está echándole abajo la puerta a su vecina, a *madame* Vacher, está gritando que la mata, no, ya no, contó un vecino que bajaba escandalizado, está gritando que es un carnaval en Venecia y está bailando, grita Beatrice y grita *madame Sophie* no se esconda y lanza al aire preservativos inflados y grita que son los globos del carnaval, siempre fue raro, se ha vuelto loco, la Policía, hay que llamar a la Policía, hace rato que la llamamos, dijo un vecino del segundo piso, un médico también, hace rato que lo llamamos, dijo un vecino del primero, y Pedro Balbuena gritaba no es nada, no es nada, viéndolos llegar, escuchando a los vecinos tomar la decisión de expulsarlo del edificio, siempre fue un tipo raro, no es nada, no es nada, gritaba Pedro mientras lo amordazaba la Policía, mientras el médico preparaba la inyección, el tiempo se me atraca en los calendarios y nada más, no hay calendarios para el olvido, no es nada, son recuerdos que se me han anidado en los almanaques, y usted doctor oscurézcame todo esto con un poco de olvido, cuénteme de los poderes de su inyección, quiero irme de aquí, despertarme en otro país, qué le parece Italia, doctor, una cura geográfica, doctor, un arreglo de cuentas con siete caballos salvajes, doctor, voltéeme las hojas de este calendario, vaya echándome uno por uno siete caballitos, doctor, *madame* Vacher me ha dado la solución, doctor, años de encierro y de viajes no fueron la solución, Virginia, Claudine, Beatrice tampoco fueron la solución después, doctor, vecinos, policías y doctores del mundo uníos para escuchar la verdadera historia de la que fue Sophie... Gracias, doctor, así es mejor, así nunca se sabrá que...

Capítulo cuarto

SOPHIE

The happiest reigns, we are taught, you know, are the reigns without any history.

HENRY JAMES

Le sonó un disparo en la nuca...

—¿Sophie? —preguntó Pedro.

—...

—No me duele, Sophie. Debe ser porque estoy muy borracho.

Después recordó que hacía tres meses, cinco días, y veinticuatro horas atroces que había llegado a Italia. Lo recordaba todo, pero aún no entendía nada. Hans había gritado, Sophie le había respondido con otro grito, luego habían hablado y se habían puesto de acuerdo en que cuanto antes llegaran a la comisaría, mejor. Pero Sophie había regresado hacia donde estaba Pedro para decirle algo. Por qué no actuaba más aprisa y liquidaba el asunto, por qué en cambio esperaba que Pedro Balbuena lograra entenderle algo, por qué no salían disparados de una vez por todas, en la que lo había metido. No sabía el rubio y hermoso alemán que Sophie estaba tratando de castigarse de alguna manera leyéndole los labios a Pedro, que deseaba al mismo

185

tiempo explicarle que para ella había sido imprescindible, trata de escuchar, haz un esfuerzo, Pedro, que se desesperaba porque él no lograba entenderle. Pero claro, tampoco era posible quedarse más tiempo, ya tenían que correr a la comisaría, ya Pedro Balbuena llevaba demasiado rato tratando de decirle algo con un balazo en plena nuca...

Murió en una elegante casona de las afueras de Florencia, a los tres meses y seis días de haber llegado a Italia, con la intención de pasar un verano aplicando su nuevo método de olvido y acostumbramiento en la pequeña ciudad de Perusa. Pero él no lo había contado así. Pedro Balbuena habría dicho tres meses, cinco días, y las últimas veinticuatro horas que fueron atroces, agregando tal vez, por fin, que de no haber sido por Sophie, esas últimas veinticuatro horas habrían sido el comienzo de aquella vida apacible que se había prometido alcanzar poniendo en práctica el método que le robó a Beatrice, y que él había perfeccionado hasta el punto de que en Perusa no consistía ya en domar siete caballos salvajes al mismo tiempo, sino en irlos liquidando uno por uno ante su propia vista y paciencia, lo cual para Pedro Balbuena equivalía perfectamente a acostumbrarse de una vez por todas a que hubiese mujeres adorables en este mundo, sin que él tuviera que estarlas adorando todo el santo día para lograr convencerse de que era posible repetir exacto en esta vida lo que continuaba sintiendo por Sophie, que en eso se le estaba yendo la vida.

También en lo que a Sophie se refiere había logrado algo, poco pero algo de todas maneras. Les había escrito, por ejemplo, a Virginia, a Claudine, a Beatrice, y al doctor Chumpitaz, confesando arrepentido haberles mentido siempre y haberle mentido a medio mundo siempre y haber sido, por favor entiéndanme, el único que creyó en sus mentiras siempre. En fin, si Sophie era la espía que se mató por amor, la abnegada reina, la hija del Papa, o la sacrificada y comprometida heredera del Emperador de Etiopía, respectivamente, él era Pablo Picasso. Sophie fue sólo una cosa, queridos y recordados amigos, fue como la guaracha esa que decía tres veces mala, *mala mala mala, qué mala fuiste conmigo, mala mala mala, tú te burlaste de mí, mala mala mala*...

Siguió cantando un rato largo hasta que se le sa-

186

lieron las lágrimas, cómo podía afirmar definitivamente que Sophie era mala, hacía como quince años que no la veía, a lo mejor había sido buenísima el resto de su vida, a lo mejor él no había entendido nada y lo único realmente malo en toda esa historia había sido su pésima suerte. En todo caso, ya Virginia habría caído en manos del hombre a quien iba a contarle de Pedro Balbuena, se lo imaginaba al tipo, lo veía convenciéndola para siempre, para siempre, eso era lo peor, de que Pedro Balbuena no había sido más que un latinoamericano más, un sinvergüenza que se había aprovechado de su buena fe, mitómano además de todo. A Claude la conocía demasiado, le parecía estar leyendo su respuesta, ninguna alusión al tema en sí, dibujitos de Didier y Elodie por todas partes en la carta, dice Claude que te vengas a vivir con nosotros, firmado Claude y Claudine, y ni siquiera una frase del tipo cuídate, Pedro, estabas bebiendo demasiado nuevamente cuando dejaste París, sólo ese maravilloso vente a vivir con nosotros. Pedro dijo no sabes cuánto te quiero, Claudine, y mandó la carta a la mierda. ¿Y Beatrice? Vio a Beatrice recibiendo de manos de su madre una carta que te manda Pedro Balbuena desde Italia, vio a Beatrice arrojando la carta al fuego, y tras haber visto hasta la chimenea de Margency, un instante, sacó su encendedor del bolsillo y se dispuso a hacer con su carta exactamente lo mismo que Beatrice acababa de hacer con ella. Total que sólo despachó la del doctor Chumpitaz. Una semana más tarde, ya tenía la respuesta.

Mi querido Pedrito,
    tú hasta sin trago andas borracho por la vida. ¿A qué santos ese gesto de sinceridad a estas alturas? Francamente hubiera preferido que pasaras a despedirte antes de abandonar París. Pero no te preocupes. Yo sí sé olvidar. Tus razones habrás tenido, aunque me apenaría saber que fue porque sentiste vergüenza de que te metieran donde los locos durante unos días. No hay que avergonzarse de esas cosas, amigo querido. A cualquiera le pasan.
    Por lo demás, te repito que no entiendo tan tardío gesto de sinceridad. ¿Rencor hacia una damita que te trató mal porque tenía demasiado chi-

bilines para fijarse seriamente en ti? La letra con
sangre entra, Pedrito. Así me han mirado a mí
muchas veces en nuestro recordado Perú. Así debe
haber mirado tu familia a mucha gente en Lima,
antes de irse pa'l carajo (perdóname, Pedrito, pero
la expresión es tuya). ¿A qué santos ponerte tan
malo a estas alturas de la vida? ¿Para qué diablos
arrancarte a escribir cartas diciendo que Sophie
no se sacrificó por nadie, y que el único sacrifica-
do en esa mermelada fuiste tú? Fui, soy y seré tu
amigo. Y te escucharé siempre. Pero créeme que
de toda esa historia que contabas sobre la tal So-
phie, lo único que te creí fueron las lágrimas. Eso
era lo importante, ¿no?

Pórtate bien en Italia (y si te portas mal, inví-
tame). En todo caso, escribe y manda fruta...
Y no olvides nunca aquel consejo publicitario tan
limeño y tan bueno: HAY QUE ANDAR CON LOS OJOS
BIEN ABIERTOS EN ESTE MUNDO DE VIVOS, O USAR
ANTEOJOS DE LA CASA WALDO OLIVOS.

Tu compatriota y amigo,

V. Chumpitaz.

Está bien, cholo, dijo Pedro; no has entendido nada
pero está bien de todas maneras. Y tendré tus consejos
en mente. Tampoco a ti te han servido de mucho, pero
la diferencia está en que tú duermes ocho horas diarias
y de sueño natural, yo no. Pedro guardó la carta del
amigo y se salió a la calle en busca de un posible caballito salvaje que liquidar.

* * *

Claudine y Pedro cenando en *Le train bleu*. La Estación Lyon atiborrada de gente que corre hacia los
andenes del verano casi sin tiempo para una mirada de
odio al tropezarse. Una canción de moda los acompa-
ñará por donde vayan, ¿para cuál de esas caras resul-
tará éste un verano inolvidable? Claudine era la única
persona a la que Pedro le había avisado que se marchaba de París. Le había escrito y ella lo había llamado

inmediatamente por teléfono al hotel que le había indicado. ¿Por qué?, ¿por qué no le había contado de su internamiento en Santa Ana? Ella tenía la culpa, hablaría con Beatrice, le explicaría todo, que ella...

—Inútil, Claudine. Ni tú ni yo creemos ya en Beatrice.

—¿Y por qué Italia?

—¿Y por qué no Italia?

—¿Cuándo, Pedro?

—Mañana. Cita a las ocho en punto de la noche para cenar en la Estación de Lyon.

—¿No necesitas nada?

—Trae el ojo verde y el ojo azul. Basta y sobra.

Se saltaron al cuello, a las ocho en punto. Ninguno de los dos había confiado nunca en la puntualidad del otro, y a eso le estaban atribuyendo como un par de imbéciles el que diez minutos más tarde ya no les quedara casi fuerzas para seguirse abrazando.

—¿En qué tren te vas?

—En un cheque de mi mamá.

—¿Cuál es? Vamos para que me lo enseñes.

—No es necesario. Antes de abandonar la estación sube un rato al restaurant a recoger a los caballeros que todavía no han terminado de fumar su puro.

Claudine lo miró sonriente, felizmente que no le han hecho nada en el hospital pensó, mientras Pedro se dejaba mirar pasivo, sus ojos no eran más que un pretexto para que Claudine lo mirara, una trampa que te tiendo, pensó de pronto, sonriendo, y cuando Claudine le preguntó por qué sonreía, él le explicó que era el *paparazzi* mejor oculto del mundo, mi corazón te ha tomado como mil fotos, ni cuenta te has dado de que cada instante ha quedado fotografiado para siempre. Claudine le acarició el pecho.

—Es la primera máquina que late así —dijo.

—Lo cual sólo prueba que tampoco hay técnica pura. ¿Subimos al restaurant?

Y mientras subían, Pedro le pidió que por favor lo cogiera del brazo al entrar al restaurant, que lo besara delante del maitre, del mozo, y hasta del chef, si lo veían, en fin, que lo besara mucho para que todo el mundo en *Le train bleu* pensara que se iba de París triunfador, que se iba mejor de lo que llegó, que dejaba a la mujer más bella, tú, por supuesto, esperándolo, recién entonces Claudine captó que probablemente había estado bebiendo todo el día. ¿Necesitas también de eso, Pedro?, se preguntó, yo te lo daré, vas a ver, vas a ver, y él muy pronto sintió que para cómplices como Claudine no hay dos, y qué burro era además, Claudine estaba en un estado de elegancia realmente asombroso, sólo a un animal que andaba tan triste como él podían estársele escapando hasta los colores de la vida, cómo podía no haberse dado cuenta... ¡Mozo!, una botella de champán, por favor.

—Bueno, Claudine, y ahora explícame el cambiazo.

—¿El qué?

—Déjate de huevadas; estás vestida de Sophie... como una reina... Perdón, no lo digo por burlarme sino para explicarme, ¿comprendes? ¿Qué fue del *blue jean*, en resumidas cuentas?

—Estoy festejando algo importante en mi vida con Claude.

—¿Y qué mierda haces aquí conmigo entonces? Bésame que ahí nos traen el menú.

—Es difícil de explicar...

—Bueno, empieza pronto porque con el trabajo que te cuesta hablar nos sorprende el tren en el primer plato.

—Pedro, cuanto más me fuerzas a hablar, más trabajo me cuesta. Comprende...

—Mira, yo como y callo, y tú cuentas con palabras, gestos, mitades de palabras, puedes servirte hasta de los cubiertos, si quieres. Yo como y callo.

Hacia el postre, ya Pedro creía haber logrado captar lo que probablemente Claudine le había tratado de decir. Como aún le quedaban algunas dudas, le cogió la mano, dejó que le apoyara la cabeza sobre el hombro, y tras brindar por el pensamiento de Mao Tse Tung y obtener de ella una palmadita aplauditiva en el muslo izquierdo, Pedro lo comprendió todo. Al cabo de severas lecturas del pensamiento completo de Mao, y no como lo leen aquí los estudiantes, porque aquí parece que Mao sólo les dijera no trabajen, no se diviertan, no se bañen, no sientan ni la alegría de los colores, al cabo de largas y severas lecturas Claude y Claudine habían ingresado a militar en un grupo maoísta.

—Entonces —dijo Claudine—, por fin...

—Felices —la interrumpió Pedro, agregando—: bésame pronto porque ahí viene otra vez el maitre.

Claudine lo besó llorando.

—*Champagne, madame est vraiment trop triste...*

—*Un long voyage, monsieur?*

—Ssshhiiiiii...

—*Désolé, monsieur.*

Claudine lo volvió a besar riendo y llorando.

—Pedro, eres un monstruo.

—Gracias, has estado perfecta. Y justo con el que me cae más antipático. Pero volvamos a tus trapos. ¿Cómo has hecho? Estás realmente elegante, Claudine.

—¿No te estás burlando, Pedro?

—Francamente no. Si una muchacha como tú, después de haberme contado lo que me acaba de contar, se hubiera vestido imitando a una revista de modas, aunque sea la mejor, no sólo no habría quedado elegante, sino que además me habría hecho cagarme de risa.

—Lo he hecho todo yo.

—Perfecto. Y sin la menor concesión a la moda Mao, siquiera...

—Para nosotros Mao no será nunca una moda. Es un modo de acción...

—¿Y a Claude cómo lo has vestido para la acción?

—Vete a la mierda.

—Te creo, Claudine. Créeme que te creo. Si tú siempre has creído en mí, por qué no yo en ti, en Claude, en ustedes, en todo lo que me cuentas... Te juro que te creo.

—¿Y tú, has leído a Mao?

—Sí. Pero de nada me sirvió contra Sophie.

—¿Por qué dices *contra* Sophie?

—Te lo explicaré algún día desde Italia.

—¿Has sabido de ella?

—Vi la foto de unos reyes en vacaciones, en una de esas revistas con las que Mao se limpiaría el culo. Iban una serie de gordos y gordas en un yate fotogénico.

—¿Y Sophie era uno de los gordos?

—No no... No se le veía bien... Estaba detrás de un mástil... Sólo se le veía la cara... Más bien parecía aburrirse.

—¿No te gustaría releer a Mao? Puedo enviarte sus obras a Italia.

—Gracias, Claudine, pero me basta con saber que tú

eres maoísta. Te juro que me alegra mucho.

—¿Y tú... tú eres algo?

—Tu amigo, ¿no?

—Pedro...

—Hermanita-mon amour, no sé bien cómo llamarte pero agárrame bien fuerte la mano y estáte atenta a si vuelve el maitre para lo del beso. En fin, la alta dosis de champán que he ingerido me permite decirte que tal como veo las cosas en el mundo hoy por hoy, la neurosis y la paranoia son los únicos comportamientos que pueden tranquilizarte un poco la conciencia. Y eso ya es bastante, Claudine. Pero si la cosa sigue como está, tal vez tengamos que elevar la neurosis a categoría de ideología...

—Pedro...

—Bésame rápido.

—Pero si no viene nadie.

—Sí, pero voy a firmar la cuenta con un cheque sin fondos, y un beso siempre puede traer suerte contra la Interpol. Tampoco quiero que te vean conmigo, mientras lo hago. No te olvides que ahora eres...

—¿Ya va a ser hora de irnos?

—No tarda en subir el tren a recogerme.

—¿Adónde te espero?

—En el andén número cinco.

—¿Quieres que el maitre me vea salir llorando?

—Sí, por favor. Y aprovecha de una vez para soltar todo el llanto que te queda, porque abajo sí que no quiero ni una sola lágrima.

Claudine se dispone a partir y Pedro se lo impide, pidiéndole que lo bese una última vez antes de incorporarse. Le guiña el ojo, le suelta la mano, le hace un breve saludo de respeto militar, le da un empujoncito en la cadera para que se ponga en marcha. Firma el cheque sin fondos pero no deja de mirar a Claudine hasta que cruza la puerta del restaurant y desaparece. La imagina ahora buscando el andén número cinco. Abandona rápidamente su mesa, sale del restaurant, corre a la consigna, saca su equipaje, sale disparado hacia el andén número diecisiete, salta a su vagón de segunda, le toca viajar de pie, piensa que Claudine debe estar llorando tras haberlo comprendido todo en el andén número cinco, hija de puta, con lo que me hubiera gustado ver el resto de tu vestuario, grita ¡Viva el pensamiento del Presidente Mao!, y se convierte en el borracho que puede jodernos la noche.

* * *

Se había autoproclamado Ladilla Oficial del Reino de Perusa, y como todas las tardes, ahí estaba en la Piscina Municipal, esperando que el vigilante lo viera dispuesto a lanzarse al agua sin el gorro de jebe obligatorio. No bien tocaba el pito y se disponía a gritarle ¡señor, el gorro!, Pedro Balbuena se lanzaba al agua y empezaba a nadar entre los llamados de los bañistas. Por fin uno lo detenía, pero él entre que no entendía ni papa de italiano y que tenía que bañarse con tapones en los oídos por lo de la otitis, le soltaba su mejor sonrisa de estudiante de la Universidad Italiana para Extranjeros y seguía nadando para desesperación del vigilante, otra vez pito y pito. Tres, cuatro personas lo detenían sucesivamente y él, *piacere, peruviano*, y las muchachas matándose de risa porque seguía nadando y era así de distraído el escritor peruano o es que le encanta andar armando líos. Por fin una se ofrecía a llevarle el gorro, el vigilante aceptaba, se lo traía, y él le explicaba que a Perusa había venido a aplicar un método de olvido amoroso, pero ya ve que me estoy olvidando hasta de su nombre, señorita, ¿cómo dijo que se llamaba? Se presentaba como Petrus Primero, se ponía dócilmente el gorro, la invitaba a salir del agua, se quitaba el gorro y se lo iba a entregar agradecido al vigilante, ¿un café, señorita?

Casi nunca le fallaban los cafés señorita, y Pedro Balbuena sentía transcurrir su vida en un reino de armonía total, puesto que él era ahí el único capaz de romper la alegre y estudiante tranquilidad con que se desarrollaban los cursos de verano de la Universidad Italiana para Extranjeros de Perusa. Andaba de lo más organizado, además. Matrícula a tiempo, asistencia regular a todos los cursos, progresos en italiano, historia de Italia y etruscología, habitación en una pequeña residencia universitaria situada en el número 4 de la Via Francesco Innamorati, le encantaba el nombrecito, se lo había señalado al malhumorado portero que lo ayudó a subir sus maletas el día que llegó.

—Es un nombre curioso.

—¿Por qué curioso? —le dijo el portero, con cara de pocos amigos—. ¿Qué tiene de curioso?

—¿No se da usted cuenta? —le dijo Pedro, sabiendo que si el otro se quedaba era por la propina.

—Tal vez usted pueda explicármelo.

—Tiene un número adelante. Un número 4. Normalmente el numerito va atrás. Luis XIV, Luis XV, Luis XVI, por ejemplo. O yo mismo, Petrus Primero, mucho gusto —le estrechó la mano sin propina.

Ya no volvieron a hablar más en la vida, implacabilidad en el rencor que Pedro pensaba le sería muy útil en el momento de liquidar un caballito salvaje. Y en efecto, de mucho le sirvió para enfrentarse, dos semanas más tarde, con la primera cita de amor en que puso en práctica su método de olvido y acostumbramiento. Muy cordiales en cambio fueron siempre sus relaciones con la gorda campesina que le arreglaba la habitación. La vieja se lo conquistó una mañana en que estaba escribiéndoles cartas a Virginia, Claudine, Beatrice y al doctor Chumpitaz. Entró colorada, saludó al *dottore* Petrus Primero, empezó a hacerle la cama evitando todo ruido molesto, *perché il dottore lavorava*, pero él bien que la vio por el espejo que tenía delante de su mesa, vieja ladrona, le estaba robando todas las monedas que había dejado sobre la mesa de noche. Bueno, eran pocas, él estaba dedicado a algo muy importante, no quería pleitos a esa hora de la mañana.

Pero tampoco quería que la gorda jamona le siguiera robando como a un cojudo, tendría que andar con cuidado en adelante porque a Perusa se había venido con el dinero que su madre le había enviado para el billete de regreso al Perú. Otro billete le enviaría en cualquier momento, porque ya estaba harta de mantenerlo en Europa sin dar golpe, pero ya no el dinero en efectivo que le había girado esta vez, y que él había decidido hacer durar varios meses en Perusa para regresar al Perú curado del todo, mamá, o como le había pensado poner en la carta explicatoria, curado del toro, mamá, que ya ella comprendería de qué herida se trataba y por qué deseaba volver sano para convertirse en uno de esos escritores que empiezan a escribir más vale tarde que nunca, en Lima, mamá.

Ya vería, a la larga su madre tendría que darle la razón. Pedro Balbuena continuó escribiendo sus cartas desde el reino. Le tomaron muchas horas, era tan difícil ver las cosas claras, hasta para el Ladilla Oficial del Reino era tan difícil ver las cosas claras, llevaba toda la mañana en eso, y cuando por fin creyó que había concluido con tan penoso deber, alguien le tocó la puerta. Adelante. Era la vieja colorada ladrona de monedas que tenían que durarle varios meses. Sí, diga, señora. *Dottore*... Fue un *dottore* estertoroso y él con la mano le dijo que se aguantara un poquito, jadea un poco más, jamona, las escaleras se bajan con las piernas pero se suben con el corazón. *Dottore*, si no baja usted inmediatamente cierran el comedor, se va a quedar usted sin almorzar, *dottore*.

—Espéreme, señora —dijo Pedro—. La bajo cargada, y si quiere almorzamos juntos.

Se la repitió la jugada, con estertores y todo, cada vez que él estuvo a punto de quedarse sin almorzar. Y Pedro al final ya le dejaba a propósito las monedas para que la vieja ladrona se las robara. Los dos corazones humanos, pensaba, no bien llegue al Perú escribiré un relato titulado *Los dos corazones humanos*, vieja de mierda, *amore mio*, podría escribirlo *ipso facto*, pero he esperado tantos años que puedo esperar *tantito* más, como dicen los mexicanos, hasta cuando haya vuelto a Lima, *mare de mi corasó*, como gritan los andaluces, si te hubieras ido a tiempo *a darle tu amor a otra que lo sepa comprender*, Pedro Balbuena, como cantan los pescadores menorquines aquí en Fornells canciones mexicanas en el bar «La Palma», donde algún día vendría yo a contar tu historia, Pedro Balbuena, tú nunca los escucharás cantar *volveré cuando todo haya acabado / cuando me sienta seguro de no volverte a querer*, es cosa tuya, Pedro Balbuena.

Y le siguió pues dejando monedas, una falla porque por ahí se le escapaba, entre tanta ternura, entre tanto comprenderlo todo siempre, mucho de esa implacabilidad en el rencor que tan útil le hubiera sido, tal vez. Pero no. Ya ni eso. Lo había dicho hasta el propio doctor Chumpitaz, Pedrito hasta sin trago andaba borracho por la vida, cómo sería con trago.

Peor. Peor porque no hacía caso de nada. En *Le train bleu*, por ejemplo, mientras cenaba con Claudine, se negó a escuchar los efectos sonoros, los mismos efectos sonoros cinematográficos que tres meses y cinco días más tarde, la víspera de sus famosas y *las últimas veinticuatro horas*, sonaron una vez más mientras él estaba tendido a orillas del lago Trasimeno adorando a Sophie. También entonces Pedro se negó a escucharlos.

—Te ha sonado el estómago, Pedro.

—No, Sophie. Te ha sonado a ti.

—A mí no. A mí nunca me suena tan raro. Te ha sonado como en el cine, cuando se anuncia en los dramas una tormenta cruel. Igualito. ¿No te da miedo?

—Pero si no he sido yo...

—Tienes que haber sido tú porque a mí nunca me suena el estómago.

—Sí, he sido yo, Pedro —dijo Claudine—. Debe ser el hambre. Primero te dije que no había sido yo porque me ha sonado muy feo... Me ha parecido como en el teatro, como en el cine cuando va a pasar algo malo en las películas de miedo.

—Ha sido lo que se llama un efecto sonoro.

—¿Por qué te vas, Pedro? Quédate un tiempo con nosotros... Hasta que lo hayas pensado mejor.

—Bésame rápido, Claudine, que se acerca un mozo.

—Ya sé quien ha sido, Sophie.

—¿Quién si no tú?

—Mi ángel de la guarda.

—Tonto.

* * *

Se había autoproclamado Ladilla Oficial del Reino de Perusa, y como todas las tardes, ahí estaba en la Piscina Municipal, preparando otro golpe ladilla, mirando de reojo a ver si ya el vigilante lo había detectado una vez más sin el gorro, tirándose al agua, presentándose como Petrus Primero, casi nunca le fallaban los cafés señorita.

—¿Y cómo es el escudo del Reino? —le preguntó Julie.

—Lleva al centro los dos corazones humanos.

—Un reino excesivamente sentimental, ¿eh?

—Espérate que te traduzca su divisa, gringuita linda. Ya no te parecerá tan poco inexpugnable.

—Puedes decirlo en castellano, te entiendo.

Tras breve explicación por parte de Pedro, Julie soltó la carcajada, le había encantado la divisa del Reino
a la inglesita. ¿Y qué se hacía en ese Reino? Tareas
habrá muchas, le explicó Pedro, pero la principal era
por el momento juntar los siete caballitos salvajes, precio establecido para el rescate del sepulcro amante que
es la vida de Petrus Primero, que por amor también
anda peor que Juana la Loca y bebiendo nuevamente
en exceso además, lo cual sólo empeora las cosas.

—Pero si tú eres Petrus Primero.

—Sí y no. No olvides, mi querida Julie, que el escudo
lleva los dos corazones humanos.

—No entiendo nada, Petrus.

—¿Pero es o no divertido?

—Bueno, divertido sí que lo es. Todo lo que has hecho desde que llegaste a Perusa es divertido.

—Llámame Pedro, a secas.

—¿Por qué?

—Porque acabamos de pasar a la clandestinidad.

—Yo más bien diría que estamos entrando a un bar.

—El de nuestra primera cita, Julie. El bar donde
se reúne la Orden de los Dos Corazones Humanos.

—¿Y esa Orden qué pretende?

—Aliviar el corazón de Petrus Primero.

—Nuevamente no entiendo nada.

—Las órdenes de la Orden se acatan con fe y no con
entendimiento. Igual que las órdenes militares.

—¿Y cómo se entra en tu Orden?

—Hay diferentes etapas, antes de la admisión definitiva. La primera es darme un beso cada vez que pase
un estudiante francés.

—¿Y eso por qué?

—Eso para que no vayan a pensar que he abandonado París hecho una mierda.

—Sigo sin entender...

—Ahí tienes una orden, por ejemplo.

—¿Pero qué se puede ganar con eso, Pedro?

—Tú, por lo pronto, te habrás ganado el derecho de
besarme cuando te dé la gana. Ahora mismo, si quieres,
en que no nos está viendo nadie. ¡Mozo, dos whiskies!

—¿No crees que estamos bebiendo demasiado?

—Los dos para mí, entonces.

Julie fue la primera víctima de la Orden, el primer caballito salvaje que murió en Perusa, el primer crimen del Ladilla Oficial del Reino. Nunca llegó a ser admitida porque así funcionaba aquel misterioso sistema de admisión que Pedro Balbuena jamás les explicaba bien a las candidatas, y que consistía precisamente en que se quedaran en el primer corazón del escudo, sin llegar jamás a tocar el segundo, el de la admisión plena, HAY QUE ANDAR CON LOS OJOS BIEN ABIERTOS... jujajajajaja...

El cura loco o loca o con cara de loco y de loca y los ojazos que crecían enormes tras los lentes como culo de botella allá en el Convento de San Pedro fue el brazo derecho de Pedro. Y lo sería varias veces más, todavía. Le encantaba su papel inocente de asesino cómplice de Pedro Balbuena, y Pedro Balbuena le pagaba en monedita de oro, la que le gusta a toda la gente, le pagaba con placer, le estaba pagando con el verano más feliz de su vida, hasta que apareció Sophie y al cura ya no le gustó el asunto y más bien le dio miedo porque, a pesar de que ya le tenía echado el ojo al rubio, y hermoso alemán, algo en la mirada de Pedro llevaba el nombre de esa mujer llamada Sophie, y todo lo que pasó después, pensaría tiempo más tarde el cura, en la que me pude haber metido.

El que sí ya se había metido por donde no debía y andaba buscando por dónde escaparse, era Pedro Balbuena, caminando por la clausura del convento, entre los dormitorios de los religiosos, como pensando y aquí qué ladillada podría hacer para que no me olviden nunca. Ya lo habían sorprendido, pero mientras el cura con cara de loco cerraba la puerta de su habitación, disimuladamente, como quien no quiere la cosa, Pedro Balbuena se estaba escapando, lo único malo es que cuanto más se escapaba más iba a dar al mismo lugar, me perdí carajo, y los pasotes del cura continuaban detrás de él, apresurándose, obligándolo a apresurarse, al final terminaron corriendo los dos como locos alrededor de un claustro, pero el cura lo que quería era darle el alcance para conversar con él, no para expulsarlo ni nada. Pedro frenó la marcha al escuchar las palabras amigas.

Quería, jadeante de alegría y por la carrerita, quería

mostrarle las maravillas ocultas de la iglesia del convento, los cuadros de la sacristía, un cuadro de la sacristía sobre todo, sshhiiii, que no los oyeran, él tenía la llave de la sacristía.

—¿Y no habrá un vinito en la sacristía, padre?

El padre se mató de risa. Ya lo había calado Pedro, Pedro Balbuena, *peruviano, studente del primo corso della Universitá Italiana per gli Stranieri,* padre, qué tales ojazos los que te manejas, pensó, debajo de esas cejotas, pensó. Inmediatamente lo proclamó Caballero Placentero de la Orden de los Dos Corazones en el Escudo y en la Vida de Pedro Balbuena, mejor no le digo nada, pensó, mejor me dejo querer por él y nada más, pensó, nada más útil para mis proyectos que un hombre que a lo mejor comparte a fondo mis proyectos, pensó.

—A la sacristía, padre. Usted primero.

—Usted primero.

Pasaron juntos pero no a la sacristía. ¿No había visto él todavía Asís? No, padre, ¿cuándo vamos? La risa que le dio, los ojazos que abrió, las cejotas que enloqueció, no no no no no...

—No —dijo Pedro, frenándolo.

—No —dijo el padre—. Se trata de un balconcito que hay detrás del altar mayor. En un día despejado como éste...

—En una tarde tan linda como ésta...

—Se puede ver toda la campiña umbra, se puede tener una linda visión de lo que es la campiña de Umbría, y al fondo se puede divisar nada menos que Asís, a unos veinte kilómetros de distancia.

—Eso no sirve para nada —dijo Pedro.

—¿Cómo?

—Yo tengo un perro llamado *Malatesta* que dice que ni el tiempo ni la distancia sirven para nada.

—¿Por qué dice eso su perro?

—Dice que se termina hablando con los perros. ¿Usted qué opina, padre?

—Pasemos al balcón.

—Yo primero —dijo Pedro, tomando al padre del brazo para que pasara primero, y diciéndole bajito, en una especie de higo seco que tenía por oreja, que no se olvidara del vinito en la sacristía. Pasaron juntos.

—¡Umbría! —exclamó el padre.

—¡Umbría! —exclamó Pedro.

—¡Umbría! —exclamaron en coro.

—Coliiiiiiinas y coliiiiiiinas —señaló el padre—. Coliiiiiiinas y coliiiiinas. Viñedos, tantos viñedos, viñas por todas partes, y siempre, siempre, coliiiiiinas y más coliiiiiiinas. ¡Umbría! Y allá al fondo, ¡Asís!

—Se ve asís de chiquito —dijo Pedro, haciéndole con los dedos *asís* de chiquitito.

—¿Cómo? —le preguntó el padre.

—El otro día en clase —dijo Pedro—, el profesor Piselli nos dijo que hacia el final de su vida el santo comía poco.

—Muy poco.

—De acuerdo. Pero lo que no comprendo es por qué decirlo en un curso de literatura. Siempre le da por ahí al profesor Piselli. Lo que más le preocupa de la vida de los santos y de los poetas es que terminan comiendo siempre poco.

—Muy poco. ¡Pero dígame si no es linda Umbría! Coliiiiiinas y coliiiiinas.

—¿Y esa planicie blanca que se ve al fondo? —preguntó Pedro, señalándola.

—Ah —dijo el padre—, ésa es la gran planicie reguladora.

—¿Cómo?

—La gran planicie reguladora: el cementerio.

Nuestra última morada, pensó Pedro, pero él, como las ballenas, a morir a sus playas peruanas, y eso dentro de muchos almanaques todavía. Por más linda que sea Umbría, y es linda, lo será siempre, pensó, felicitándose por haber escogido un sitio tan maravilloso para venir a. Se arrodilló y le preguntó al padre si se podía quitar el sombrero ante San Francisco de Asís. El padre no le entendió probablemente porque no le vio ningún sombrero puesto. Y él tampoco se atrevió a decir que, humildemente, acababa de nombrar a San Francisco de Asís Miembro Honorario y Protector de su Orden, humildemente porque San Francisco de Asís sí que se las traía, él sí que se conocía todos los corazones humanos y no sólo hablaba con los perros, San Francisco hablaba con todos los animales.

En la sacristía se volvieron a animar, tras una respetuosísima e interminable discusión para ver cuál de los dos pasaba primero (pasaron juntos estrechándose un poco por lo de la puerta algo angosta), y de la cual Pedro extrajo la saludable conclusión de que lo quería mucho al padre aunque no le diera ni una gota de vino en la sacristía. Y qué no había en la sacristía, discípulos de Giotto a patadas, Peruginos, Pinturiscchios, pero entre todos, exclamó el padre, ¡éste! ¡éste! ¡éste! ¡éste...!

—Éste —dijo Pedro.

—Este cuadro —le contó el padre—, lo mira a uno por donde vaya.

—Ahora se suelen ocultar micros —dijo Pedro, que ya lo veía venir.

—Mire usted, venga conmigo, déjeme que lo lleve, desplácese conmigo de un lado a otro de la habitación, por todos lados nos siguen los ojos del cuadro. Probemos otra vez...

Pedro le entregó nuevamente su mano para que se la estrechara, se la acariciara, para que se banqueteara con ella mientras se paseaban de un lado a otro de la sacristía ante la insistente mirada de la imagen, al final ya era él quien lo llevaba de un lado a otro, pero la risa nerviosa del padre como que empezaba a disminuir. Pobre padre, pensó Pedro, a la larga el terror a la imagen no lo deja gozar en paz.

—Ya está bien por hoy —dijo el padre.

De lo cual Pedro extrajo la saludable conclusión de que aunque no había vino en la sacristía, cada vez lo quería más al padre, de que era un miembro utilísimo de la Orden, de que le pagaría sus servicios con un verano feliz, y de que el padrecito se las sabía todas, a lo mejor hasta veía a través del alquitrán, inclusive. Con anteojazos y todo, tenía LOS OJOS BIEN ABIERTOS EN ESTE MUNDO DE VIVOS... jujajajajajaja... Salió disparado en busca de Julie. «Bar Ferrara», seis en punto, ya debe estar esperándome, pensó.

Ahí estaba, *linda como una flor and drinking her cup of tea.* La última taza, pensó Drácula, saludándola, pero estaba tan linda, que de la plata del billete que le había enviado su mamá y que todavía no le había robado Amore mío, le invitó otra tacita, *s'il vous plait.* El «Café Ferrara» no era el café de las citas clandestinas donde se discutían los grandes proyectos de la Orden, pero Pedro no pudo contenerse y le contó la tarde maravillosa que acababa de pasar, había visto tesoros en la sacristía del convento gracias a sus relaciones peligroso-afectuosísimas como el cura WALDO DE LOS OJOS BIEN ABIERTOS.

Y sólo quien ha tenido veinte años y ha amado y ha vivido y ha estudiado y ha demostrado interés por todo lo italiano, y todo esto en Perusa, podrá comprender la desesperada emoción que se aferró de Julie, no bien Pedro terminó de relatarle su aventura. Fue la primera inglesa que soltó una nota en falso con una taza de té en la mano, ¡Peeetruuusss!, la primera inglesa de buena familia en todo caso, por lo menos debió haber gritado Peter y en voz baja y no hacer que a medio mundo se le derramara el café del susto en el «Café Ferrara». Mañana, mañana, Julie, mañana lo vería todo, pero juntos no podían ir porque quien le gustaba al padre era él y no ella, él dejaría la puerta de la sacristía entreabierta, tú entras como quien no quiere la cosa, te haces la desentendida, yo te presentaré como una prima lejana.

—¿No como una amiga muy cercana?

—No sería muy táctico.

—¿Y esta noche?

—¿Esta noche qué?

—¿Menos whiskies que de costumbre y un *diner aux chandelles* en mi departamento?

—Estoy agotado, Julie. Ha sido una tarde muy importante, comprende. Mañana, en cambio, estaré en gran forma. Los dos andaremos medio en éxtasis después de haber contemplado todo lo que oculta esa sacristía para una muchacha inglesa de veinte años. Yo pongo el chianti, si quieres.

—¿Y música de Vivaldi?

—De cualquiera menos de Sandro Botticelli. Es el único italiano que me llega a las pelotas en este momento.

—No creo que compusiera nunca nada —dijo Julie—. No te preocupes.

Y le puso la cara muy cerca, tan cerca que a Drácula le costó trabajo evitarla y conformarse sólo con un mordisquito en el cuello. Mañana, *tomorrow, demain, morgen, domani,* dijo Pedro, pidiendo todos los whiskies que llevo de atraso hoy.

Se podría haber filmado la belleza alegre y nerviosa de una inglesita apasionada por Italia, acudiendo a una cita escondida en Italia, apasionándose en Italia. Colocar la cámara en un lugar estratégico para que Julie no se diera cuenta y continuara bajando los senderos floridos por los que venía cortando camino para llegar rápido muy rápido al Convento de San Pedro, bajaba feliz, silbando viejas canciones italianas que Pedro le permitía silbar, porque aunque las inglesitas bien educadas no deberían silbar en la calle, pertenecían a una época en la que él había sido feliz.

> *In casa del Re bottiglie di vino...*
> *In casa del Re stasera se va...*

Y no hay nada más lindo que una muchacha enamorada entrando a un viejo convento italiano, sintiendo frío al llegar a la puerta de la iglesia, sintiendo escalofríos al avanzar por la nave central, buscando con los ojitos curiosos de picardía la famosa puerta de la sacristía. No hay nada más tiernamente delicioso. Se podría haber filmado la belleza alegre y nerviosa de Julie ahí.

No lo que vio, ni el horror de su carrera corriendo por donde fuera para llegar cuanto antes a su casa, ni su llanto, ni su deseo de abandonar Perusa inmediatamente, cómo no se había dado cuenta de que sus extravagancias ocultaban también eso, cómo se decía asco en italiano, el diccionario, *schifo*, sí, *schifo*, asqueroso, *schifoso*, en plural, *schifosi*. Y por qué le había tendido Pedro una trampa tan asquerosa, qué quería de ella, por qué había querido herirla así.

Por la misma razón por la que en los dos meses siguientes, Soledad (española), Clara (colombiana), y Claudine (francesa —fue atroz liquidar esa coincidencia), podrán olvidar hasta que vivieron alguna vez en Perusa, pero jamás esa palabra con la que Pedro Balbuena, escritor medio loco peruano, masturbaba una tarde a un sacerdote en una sacristía, diciéndoles aprovecha para mirar los cuadros, *schifoso*, plural, *schifosi*.

* * *

Le quedaban pocas pastillas, se las tomó todas, pero no sólo las manos, todo le temblaba como en el hospital Santa Ana y había querido quemar etapas al ponerle la corbata a Quevedo pero había vuelto a caer sobre la cama temblando de frío, la corbata de Quevedo la llevaba como bufanda sobre el cuello del pijama, sudaba a chorros temblando de frío, llamaba sin escucharse llamando, vieja jamona, vieja ladrona, Amore mio, mamá, un médico, *dottore, dottore, dottore!*, había entrado.

—Frío. Me muero de frío...

—¿Qué le pasa, *dottore*? ¿Está loco o qué? La corbata, *dottore*...

Empezó a matarse de risa al pensar que se había acostado otra vez borracho y que se había puesto el pijama olvidándose sabe dios cómo de la corbata. Pero cómo temblaba hoy, ¿qué le ocurría?, *dottore! dottore!*

—Agarre ese papel... sobre la mesa...

—¿Pero qué dice en este papel?

—Son nombres de remedios. Tráigame todos esos remedios en italiano. Es una receta. Son archiconocidos.

—Corro, *dottore*.

—No, no se vaya. Me muero de frío.

—Voy a buscar al portero.

—¡Jamás! Prefiero la muerte en Perusa. Comprenda. Por una vez en mi vida que he logrado odiar a alguien. Hay que conservarlo en alcohol al portero ese. Usted no comprende nada.

—*Dottore*, usted ha bebido demasiado vino.

—Whisky.

—Varias botellas, seguro.

—Todas.

—¡Cómo tiembla! Voy a traer mantas de otras habitaciones.

—No, no se vaya. No puedo estar solo. Comprenda. Quédese y se me pasará. Hábleme.

—*Dottore*...

—Sí... ¿Qué cosa? Dígame rápido, por favor. Cuénteme algo que dure unos diez minutos.

—¡Cómo tiembla!

—Eso ya lo sé, me estoy muriendo de frío. Páseme el agua azucarada.

—Voy a traer frazadas...

—No. Saque toda mi ropa del armario y póngamela encima. Póngame la silla, la mesa, necesito sentir algo, no siento nada. Póngame todo encima pero no se vaya. Me muero de frío.

—¿Y qué le duele?

—Ya no me duele nada porque ya no siento nada. Sólo frío. Sí, así, toda la ropa.

—¿Pero le ha dolido antes de que yo llegara?

—Mucho... mucho... sigamos conversando, por favor.

—¿Qué le dolía, *dottore*?

—Todo. Hasta la cama que no soy yo, me dolía. Y la mesa de noche.

—Está loco, *dottore*.

—Se lo juro, pero no le cuente al portero. Júremelo.

—Se lo juro.

—Y a ninguno de los franceses de la residencia.

—No le entiendo.

—Jure aunque no entienda.

—¡Cómo tiembla, *dottore*! Tendré que ir por las frazadas.

—¡No! No me deje solo. Eso es lo importante. No me deje solo, por favor.

—Pero hay que calmarle el frío.

—Écheseme encima, señora.

—*Dottore*...

—Échese, por favor.

—*Dottore*, bueno... Pobre *dottore*... ¿Va bien así?

—Para todo sirven los sirvientes. La adoro.

—¿Cómo dice, *dottore*?

—Amore mio... Abráceme, señora... Fuerte... Yo ya no puedo... No me dan los brazos.

—¿Así va bien, *dottore*?

—Amore mio, siento que pronto podré intentar abrazarte.

—¿Cómo dice, *dottore*?

—Hazme conversación, mamá Dolores.

—Yo no entiendo nada, *dottore*.

—Yo sé lo que hago, vieja jamona del alma mía, mamá Dolores.

—¿Le duele? ¿Quiere que me haga a un lado?

—No te muevas, mamá. Sirven para todo ustedes los sirvientes.

—Usted es muy bueno, *dottore*, pero no debe beber tanto. Ya es la cuarta vez que lo encuentro mal. Pero nunca como hoy.

—He matado a cuatro estudiantas en dos meses, mamá.

—¡Santa Madona mía! Está loco, *dottore*. ¡Qué cosas dice!

205

—Me siento regado de huellas, mamá, pero ya voy entrando en calor.

—No entiendo.

—Ya voy sintiendo que es lunes.

—¿Se siente mejor?

—Poco a poco, poco a poco...

—Ya se mueve, *dottore*...

—Se está moviendo sola, Amore mio, abracémonos fuerte.

—¡*Dottore*, está usted loco!

—¡Quién no resucita con una erección, mamá Dolores! Necesito de esto... de su infinita bondad y ternura.

—¡Siempre bromeando, *dottore*!

—Ladilla Oficial del Reino, no se olvide.

—¿Qué dice?

—Señora, hace unos minutos, cuando recién empezamos, ¿también bromeaba?

—Casi no le entendía, *dottore*.

—Entonces sí bromeaba.

—¿Ya está mucho mejor, no?

—Usted también, ¿no?

—*Dottore dottore dottore*... ¿Ya puedo irme, *dottore*?

—Sí, pero regrese cada cinco minutos por si las moscas.

Cuarta vez, pero ésta la peor de todas, si no llega Amore mio... Éstas, cuando uno sufre, se llaman todas Claudine. Ojalá no se olvide nunca de mí, debe haber tratado con tantos estudiantes en esta residencia. En el fondo no soy más que uno más, pero cuánto nos habremos querido y robado este verano... Ahora necesitaba dormir mucho, pero tal vez antes, sí mejor antes, dormiré mejor, dejarse aplastar por el cansancio y escuchar en la oscuridad el sonido de la ternura tan similar al de una fuente que se va llenando y vaciando con lágrimas, tenuemente... Le quedaban tres caballitos.

* * *

Se había autoproclamado Ladilla Oficial del Reino de Perusa, y como todas las tardes, ahí estaba en la Piscina Municipal, preparando otro golpe ladilla, mirando de reojo a ver si el vigilante lo había detectado otra vez sin gorro, *one moment please*... Y por qué tanto pito, y por qué lo gritaban a él, ¿acaso se había tirado?, pero sí se iba a tirar, ¿acaso se había tirado? Claro que se habría tirado pero lo que pasa es que allá al fondo, bikini azul sobre cuerpo dorado, reposando sobre verde césped, la más tardía adquisición de la Universidad Italiana para Extranjeros de Perusa, ojos y oídos del mundo, todo el mundo tenía que ver con ella y ella no tenía nada que ver con nadie, lo cual, pensó Pedro, me elimina al cien por ciento de los rivales pero al mismo tiempo me deja solo contra el mundo, período de observación: tres días, no iba a ser fácil.

Y cómo le hacemos además, porque el cura cómplice se negaba, ¿sospechaba o qué?, tenía miedo en todo caso, las cuatro veces los habían sorprendido, no quería problemas, estaba pasando un verano feliz pero precisamente por eso no quería que lo echaran del convento, y no me venga usted Pedro con que afuera podría vivir mucho mejor que aquí. Pedro se vistió, abandonó la piscina, y corrió en dirección al convento para seguir discutiendo el asunto de la puerta cerrada.

—Padre —le dijo, no bien lo encontró y pasaron a la sacristía—, padre, yo no soporto una habitación cerrada con llave más de un segundo. Claustrofóbico de nacimiento, padre. No vayas a cerrar la puerta, por favor. Créeme, además, mi sexto sentido me dice que hoy no viene nadie. Además hoy no estamos haciendo nada y no tiene nada de malo que estemos mirando los cuadros.

—Sí, sí. Hoy nada. Nada. Estoy muy nervioso y tú pareces estar muy cansado.

—Relájate, padre. Conversemos. Yo te prometo desaparecer por unos días. Unas semanas, si quieres. Un mes...

—Oh no, Pedro, no tanto...

—Sólo por precaución, padre.

—Una semana sería suficiente.

—Un mes me parece más prudente. Yo te mandaría, los lunes, por ejemplo, y a una hora fija, un alumno despistado. Podría organizarte un paseíto de la mano. Créeme que la primera vez uno ni se da cuenta, uno está tan atento a los ojos del cuadro que ni cuenta se da.

—Pedro...

—En fin, ya veremos... Volveré dentro de una semana y hablaremos. Pero francamente insisto también en que esta vida no es para ti.

—Ni yo soy para esta vida, lo sé.

—Motivo de más.

—Pero a mi edad...

—No sé. Es tu vida, pero piensa en que al fin del verano me habré ido; en todo caso, no bien empiece a hacer frío. Piensa en el invierno...

—Cuando tú te hayas ido...

—Te *envolverán las sombras*...

—¿Cómo?

—Nada. Lo que acabas de decir me hizo recordar una linda canción ecuatoriana.

—¿Puedes cantarla?

> *Cuando tú te hayas ido*
> *me envolverán las sombras*
> *Cuando tú te hayas ido*
> *con mi dolor a solas*
> *Y en la penumbra vaga*
> *de mi pequeña alcoba...*

—No recuerdo más, pero me imagino que continúa igualito a mi vida en los últimos quince años, más o menos.

—¿Por qué dices eso?

—No lo sé. Me voy...

—¿No quieres ver un poco el cuadro antes de irte?

—...

—Pedro...

—Bueno... Pero sólo un paseíto... Y corto.

Sophie soltó la carcajada, sólo a Pedro Balbuena podían ocurrirle semejantes cosas, nadie como él para encontrarse metido en líos como éste, un cura prendido de su mano con el pretexto de mostrarle un cuadro. Ya no lleva barba. Sophie paró de reírse, le dio rabia haber sentido pena, haber parado de reírse porque había sentido pena. Impresionante cantidad de miradas sorprendidas que iban de un rostro a otro. Pedro fue el primero en hablar, ya había captado el asombro del padre ante la belleza del rubio y hermoso muchacho, parecía alemán, él sentía los pies de trapo, las piernas... ¿Seguiría siendo Sophie tan hábil, tan rápida para captarlo todo? Sí, tus ojos, amor mío.

—Cambio en el equipo del convento —dijo Pedro—, sale Balbuena y entra...

—Hans —dijo Sophie.

Hizo las presentaciones, hizo que el cura hablara del cuadro, hizo que el alemán se sintiera interesado por el cuadro, hizo que el padre se entusiasmara ante la perspectiva de mostrarle el cuadro a Hans, hizo que Hans comprendiera que deseaba conversar un rato con su viejo amigo, le hizo un guiño de ojos a Hans, hizo que Pedro la siguiera, hizo que cerrara la puerta de la sacristía al salir, y soltó la carcajada al imaginarse a Hans de la manita con el cura.

HAY QUE ANDAR CON LOS OJOS BIEN ABIERTOS EN ESTE MUNDO DE VIVOS, O USAR ANTEOJOS DE LA CASA
WALDO OLIVOS

gritó Pedro Balbuena no bien salieron de la iglesia y empezó a hablar de *Malatesta* el perro que supo esperar y otros piropos más del mismo estilo que hicieron la felicidad de Sophie y que lo obligaron, por fin, a desmayarse temblando.

* * *

Al fondo del Corso Ferrara, arteria principal de Perusa, y casi en el extremo de la ciudad opuesto al número 4 de la vía Francesco Innamorati, queda el «Bruffani Palace», uno de esos espaciosos y elegantes hoteles italianos, el más caro de toda la ciudad, en todo caso. Esta tarde, Sophie le ha pedido a Hans que la vuelva a traer a Perusa, y que la vuelva a dejar sola un rato largo con Pedro Balbuena. Hans ha accedido, ha esperado horas enteras vagando por la ciudad, primero, y luego sentado en el bar del hotel, donde ella le ha dado cita para cenar. Ahora la observa entrar, por fin. No, no desea un aperitivo, créeme que ya he bebido más de la cuenta. Pasan inmediatamente al restaurant.

—¿Y? —le pregunta Hans, mientras le acomoda la silla, ayudándola a sentarse.

—¿Y qué? —le dice Sophie, observándolo avanzar hacia su asiento, sentarse.

—¿Un cigarrillo? —Hans le acerca el paquete.

—Gracias. Di, por favor, que nos traigan el vino cuanto antes.

—¿Prefieres no hablar de eso ahora?

—Te lo iré contando todo poco a poco, Hans... Poco a poco...

—¿Qué deseas comer?

—Cualquier cosa... Pide tú por mí. Y diles que traigan el vino cuanto antes.

—Mozo...

—Hans, quiero volver a Perusa varias veces. Quiero verlo de nuevo.

—¿No te parece que con dos tardes basta?

—Volveré las veces que me dé la gana.

—Bueno, como tú quieras.

—Reserva una habitación para esta noche. Estoy cansada. No quiero regresar hasta Florencia.

—¿Y yo, Sophie, me quedo o regreso?

—Como quieras. Si estás cansado puedes quedarte.

—Estoy cansado, pero aparte de eso quisiera acompañarte.

—Sí, es mejor. Está completamente loco.

—Y borracho también, ¿no? Anoche me contaste...

—Está completamente loco, pero de una manera maravillosa. Está peor que cuando lo conocí. Apenas salí unos meses con él, y de eso hace como mil años. Después me casé y creo que nunca volví a pensar siquiera en él. A Nueva York me escribía a cada rato, hasta que hice que le devolvieran las cartas y desapareció. Él dice que me buscó por muchas ciudades, luego.

—¿Tiene dinero?

—Su madre le enviaba algo de dinero. También tenía una beca. Eso recuerdo. Y también que se lo gastaba todo en un día.

—¿En ti?

—En lo que fuera. ¿Eso qué importancia tiene?

—A mí nunca me lo habías mencionado.

—Lo cual no tiene nada de raro, ¿no?

Sophie alzó la cara desafiante, pero para qué, para qué si lo estaba pasando bien con Hans, a qué santos ponerse a pelear con él ahora porque Pedro Balbuena había aparecido medio chiflado en Perusa. A mala hora se nos ocurrió venir aquí, piensa. Pero, al mismo tiempo, había sido tan divertido volverlo a ver. No, no tenía nada de raro que jamás se lo hubiese mencionado a Hans, después de todo sólo hacía unos meses que lo conocía. Pero, ¿le había hablado alguna vez a sus hijos de Pedro Balbuena? Y todos los regalos que él le hizo, todos aquellos objetos peruanos, huacos, creo que se llaman, ¿qué hice con ellos? Hans le tiende las manos a través de la mesa, espera las suyas. A mí nunca me lo habías mencionado, insistió, como preguntándole por qué lo había tratado de esa manera.

—Lo realmente extraño —dice Sophie, dejándose coger las manos—, es que nunca le he hablado de él a nadie; que, en realidad, nunca me volví a acordar de él. En todo caso, creo que hasta ayer, cuando lo encontramos en el convento, jamás había vuelto a pensar en él.

—Bueno. Pero de todas maneras es lógico que ahora te preocupe verlo así.

—Y si te dijera que no es su estado lo que me preocupa... Si te dijera que lo que realmente me preocupa, desde que lo vi ayer, es que tengo la impresión de no haberlo olvidado jamás. Si hablaras con él, Hans... ¡Qué bárbaro! Es como una máquina loca de recordar. Ha vivido tanto para mí, te cuenta tales cosas que por momentos parece que siempre hubiera estado contigo... No sé cómo decirte... conmigo.

—¿Crees que realmente debes volverlo a ver?

—Ahora ya es imposible no volverlo a ver. Me tiene loca de curiosidad. Quiero verlo mañana mismo. Dile al mozo que ya no quiero comer. Quiero acostarme temprano. Una copa más de vino y me voy a dormir.

Sophie abandona la mesa en el momento en que el mozo llega con el primer plato. Se dirige rápidamente a la recepción y pide una habitación. Maldice porque Hans no lo hizo en el momento en que se lo pidió. Ordena que se la tengan lista inmediatamente. En el comedor, Hans explica que la señora ha cambiado de parecer, que la señora se encuentra algo indispuesta. Empieza a cenar tranquilamente, pero poco a poco siente que Pedro Balbuena empieza a darle en la crisma, que puede arruinarle este veraneo florentino en la villa de Sophie, por una vez que Sophie había logrado encajarle los hijos a su marido.

Hans tarda en subir a la habitación, qué importa. Sophie ha apagado y ha vuelto a encender la lámpara de la mesa de noche, no logra dormir. Pedro Balbuena ignora que se ha quedado en Perusa, pero sus conversaciones con él han hecho renacer recuerdos y temores, el día de su primer matrimonio, las locuras que hizo, Pedro Balbuena es capaz de todo. A ella, eso, ahora que ya no es la muchacha de veinticinco años de cuando lo conoció, le parece idiota, absurdo, y sin embargo algo tiene de maravilloso, de increíble, de enternecedor, de real, sí, algo, algo, aunque no sea más que el hecho de que todo ha sido por ella. Vuelve a apagar la luz...

—Mira, Sophie. Mira a *Malatesta*. Él podría contártelo todo. Lo he traído para...

—No bebías así cuando salías conmigo, Pedro.

—Empecé durante las últimas veinticuatro horas...

—Qué mal te portaste, por Dios...

—¿Yo...?

—Llamaste incesantemente por teléfono, volviste locos a mis padres. Terminaste apedreando la casa. Hubo que hacer que te metieran preso por la fuerza.

—Eso fue porque estaba borracho; porque tú me diste una cita en el bar del «Ritz» a mediodía y no viniste nunca. Me emborraché esperándote toda la tarde. Después me di cuenta de que era una trampa que me habías tendido para poder casarte, mientras tanto. Yo nunca había bebido así antes.

—¿Y por qué seguiste entonces, Pedro?

—Te seguí buscando en todos los bares y cabarets que frecuentábamos. Beber me ayudaba a tener paciencia, a creer que aparecerías, a no desesperarme.

—¿Pero cómo ibas a encontrarme en esos bares si yo me había ido a vivir a Nueva York?

—Cuando uno pierde algo importante lo busca en cualquier sitio, ¿no?

—Pedro...

—Además, de Nueva York me devolvían tus cartas. Si ya no vivías en esa ciudad, podías haber regresado a París. ¿Acaso no me decías siempre que no soportarías alejarte de París por mucho tiempo?

—Son cosas que se dicen, Pedro... Además, mis dos maridos me salieron norteamericanos.

—¿Tus dos maridos?

—Me casé dos veces, con dos norteamericanos.

—¿Y el alemán de ayer?

—Ahora ya no me caso, Pedro.

—¿Y tu segundo marido?

—Todavía estoy casada con él.

—Por tus hijos, me imagino.

—No. Económicamente no nos saldría a cuenta divorciarnos. Cada uno se divierte como puede y nada más.

—Y el Adenauer ese pertenece a la tira de muchachos a los que les gusta tu dinero, ¿eh?

—Cállate la boca o me largo en el acto.

—Pido tu mano en este instante, Sophie.

—Para ya de beber, Pedro.

—Pido tu mano en este instante, Sophie.

—¿Mi mano? Mírala. ¿Te parece la de siempre?

—Con un poco más de sortijotas, nada más. Eso tiene arreglo.

—¡Pedro! Pedro, por favor, ¡Pedro!

—Para ya de beber, Sophie.

—Idiota. ¿Es verdad que empezaste a beber esperándome en mil bares?

—De París cambié a Nueva York, de Nueva York a San Francisco... ¿Segundo matrimonio?

—Sí.

—Y por qué no un francés, por lo menos. Hubiéramos tenido mayores probabilidades de encontrarnos nuevamente. Pero hemos estado cerca, de todas maneras... Ya es algún consuelo...

—Pedro, por favor...

—Me acuerdo de San Francisco... Hace once años de eso. Creo que llegué hasta la puerta de tu edificio, aunque nunca se sabe con los porteros. Me dijo que solías almorzar en un restaurant muy tradicional que se llamaba «Tadich's Grill». Ahí te busqué meses. Te conocían como si fueras la dueña, y sin embargo nunca ibas... ¿Cómo hacías? ¿Cuánto dejabas de propina para que nunca se olvidaran de ti...?

—Ahora recuerdo lo que hice, Pedro. ¿Quieres saberlo?

—Sí.

—El portero me avisó y no volví a poner los pies en el «Tadich's» hasta que no abandonaste San Francisco... Dame la mano, Pedro... No llores.

—No aprietes tanto, por favor, que se me incrustan tus sortijotas.

—Lo peor, lo peor de todo es que no has cambiado,

que no has cambiado nada, Pedro.

—¿Y tú sí has cambiado? ¿O siempre fuiste igual, Sophie?

Entonces ella le había clavado los ojos, desafiante, y él, sin duda, había vuelto a reconocer la misma terrible mirada de orgullo. Había pedido inmediatamente otro whisky, había empezado a beberlo lentamente, cabizbajo, como esperando que le pasara la rabia que, nuevamente ahora, estaba sintiendo. Pedro Balbuena no había cambiado, tampoco ella creía haber cambiado demasiado... Y sin embargo era diferente, tan diferente a esa mujer que Pedro Balbuena había buscado durante años. Había sentido deseos de llorar, pero Pedro Balbuena no había cambiado y Pedro Balbuena no la iba a dejar llorar, lo estaba esperando, ya no tardaba en salir con cualquier historia de las suyas, todo para que ella...

—¡Ah!, San Francisco, Sophie. Volví, ¿sabes que volví? Volví hace un par de años dispuesto a empezar una nueva vida. Y tenía que ser en San Francisco, en Berkeley, en el mismo «Tadich's Grill» inclusive, nuevamente reunido con los grandes amigos de mi primer viaje. Ray Poirier, Lloys Wyllis... Grandes bebedores, Sophie, excelente compañía. Cita diaria en la barra del «Tadich's» a la hora del almuerzo. Viajar siempre vale la pena, aunque no sea más que por la gente que se conoce.

—Digamos que esa parte de la historia no me interesa, Pedro. Cuéntame mejor qué haces en Italia, qué haces en Perusa, qué hacías metido en una sacristía...

—Me ha dado por el vino de misa últimamente, toda sacristía es un bar para mí. Y ya ves, buscando te encontré.

Hans entra a la habitación y Sophie se hace la dormida, no tiene el menor deseo de hablarle. Hasta ese instante, le parecía haber estado escuchando la voz de Pedro Balbuena, sentado en el «Café Ferrara», emborrachándose hasta pedirle desesperado la mano, contándole la historia de los bares en que la había buscado, de sus viajes por el Caribe tratando de no beber más y no entrando a los bares, ella le había pedido fechas y lugares exactos, nombres de islas, de bares, del bar al que fue esa noche, increíble, no se lo dijo, de esas cosas, él, tan vivo, tan despierto aquella noche, Pedro Balbue-

214

na, ese hombre desesperado que se dio el lujo de calmarla hace unas horas, cuando ella había estado a punto de llorar.

—¡Mozo!, otro whisky. En fin, Sophie, esto de los bares no tiene la menor importancia. Varias veces he dejado de beber. Es sólo una manera de contar las cosas. Resulta lindo contado así, además. ¿Quisieras que te cuente, en cambio, que no me resigné nunca a que me abandonaras por un tipo que realmente tenía dinero? No sé para qué querías más dinero, además, ya tenías tanto. Pero lo de los bares, te lo repito, es sólo una manera de contar las cosas. En el fondo, me hace recordar una historia que sucedió en Lima, cuando yo vivía allá. De pura mala pata, a un tipo le mataron a su hermano en una pelea. El que lo mató sólo había querido darle un buen puñetazo, pero resulta que el otro cayó de espaldas y se golpeó malamente el cerebro. Su hermano decidió vengarlo, no bien lo supo. Una tarde, le contaron que el otro estaba bebiendo en un bar, y fue a buscarlo, pero ya se había ido cuando él llegó. Se tomó unos tragos esperando por si acaso volvía, hasta que le aseguraron que ya no volvería, pero que al día siguiente iba a estar con unos amigos en otro bar. Fue, y no estaba. Se tomó unos tragos. Pensó en qué otros bares de la ciudad podía estar. Total que así se fue durante años de bar en bar sin encontrar jamás al causante de la muerte de su hermano. Hoy su rival ya debe estar muerto o sabe Dios qué, y él continúa de barra en barra.

—¿No será que en el camino se le olvidó lo que realmente buscaba?

Una mirada de Pedro había bastado para probarle que a él no se le había olvidado nada en el camino. Y cuanto más la miraba, menos había cambiado, ella esperaba su frase, volvía a presentir nuevamente, como hace tantos años, que diría siempre la única frase que podría gustarle en ese momento.

—La prueba es que nos hemos vuelto a encontrar, Sophie.

Había sido honesta con él, al menos esta vez había sido honesta con él. Le había dicho Pedro, ahora recuerdo que me gustaba mucho estar contigo; le había dicho Pedro, no fue más que un breve coqueteo que tú tomaste demasiado en serio...

—¡Breve coqueteo! ¡Breve coqueteo! ¡Y qué hago yo aquí sentado hecho una mierda, entonces! ¡Explícame! ¡Explícamelo, Sophie! ¡Explícamelo!

—Pedro, por favor, cálmate. Hay gente a nuestro alrededor. Piensa que sólo fueron unos meses...

—Tres meses, cinco días, y las últimas veinticuatro horas. Que fueron atroces, por culpa tuya. Te estuviste negando toda la mañana en el teléfono, y por último me mandaste como a un pelotudo al bar del «Ritz», primero, y después a la Comisaría, a palos. Tú misma acabas de contármelo. Mientras tanto, te habías casado tranquilamente en la iglesia de Santa Clotilde. De eso me enteré por los periódicos. No me estoy quejando, Sophie, no te preocupes. Además, en el fondo, siempre lo supe todo.

—De acuerdo. Pero tú mismo acabas de reconocer que sólo fueron tres meses y pico.

—Dieron para toda la vida, sin embargo.

...le había dicho Pedro, me hacías mucha gracia con tu francés de recién llegado y sin embargo logrando siempre soltar alguna ocurrencia oportuna y divertida; le había dicho Pedro, eras la mejor compañía que podía tener en ese momento, eras diferente a la gente que frecuentaba, me aburría; le había dicho Pedro, recuerda que siempre te advertí que tenía un novio...

—Un novio que te aburría, lo acabas de reconocer. En cambio yo te ofrecía una Italia de risas y travesuras, un eterno viaje a Venecia... Yo podía salvarte, Sophie.

—¿Con qué dinero, Pedro?

—En esa época no hablabas así, Sophie.

—Pero pensaba igual. Lo que pasa es que era más discreta.

...le había dicho Pedro, yo jamás hubiera podido vivir contigo, menos aún con un escritor, y tú querías serlo, sólo con alguien tan rico como yo, Pedro, o más rico que yo, un hombre que pudiera entrar y salir como yo de los mismos sitios adonde yo entro y salgo... Sí, había sido honesta con él, al menos esta vez, lo malo es que de nada valía ser honesta con Pedro Balbuena. Para él, la prueba de todo, la única cosa honesta que le había sucedido desde que lo abandonó, era que se habían vuelto a encontrar...

—Puedes incrustarme tus sortijotas, si quieres.

Deseaba continuar viéndolo. Hans no sería obstácu-

lo, y si trata de serlo lo largo, no sería el primero...
Llegará el día en que me larguen también a mí... Pobre
Pedro Balbuena... tú en cambio continúas empeñado
(ahora recordaba que en París, cuando salían juntos, le
insistía hasta el cansancio sobre lo mismo) en saber
si soy la misma que la chiquilla de la foto que encon-
traste en una calle de Lima... Porque si eres la misma,
Sophie (él insistía siempre en que eran exactas), entonces, nunca habré amado a nadie más que a ti, entonces
te he querido toda mi vida... Pedro, sólo tú eres capaz
de enamorarte de una fotografía... ¿Y si era yo? ¿Y si
en realidad hubiese sido yo? Por el año, por la revista
en que apareció la fotografía, no es imposible que fuera
yo... Pedro Balbuena enamorado de una fotografía
mía... De mí... Toda la vida.

Por un instante, Sophie había estado a punto de
dormirse. Ya no. Ya no podría. ¿Quién la había amado
toda su vida? ¿Qué hombre la había amado realmente
siquiera un año? Sus hijos, ¿la amarían? Ella nunca encontraba tiempo suficiente para estar mucho tiempo
con ellos... Un hombre había inventado por ella mil historias. Un hombre se paseaba con un perro llamado
Malatesta di Rimini, hablando y hasta escribiendo sobre
unos viajes a Italia que ella se había negado siempre a
hacer con él. Y *Malatesta di Rimini*, tuviste que recor-
dármelo, Pedro, era ese bóxer de bronce que ella le
había regalado un día de buen humor, porque en su
pequeño departamento de la rue Gît-le-Coeur no lo dejaban tener un perro y él añoraba sus perros, le mos-
traba a menudo las fotografías de los lindos bóxers de
su madre en el Perú... Un instante de buen humor, un
regalo, y qué historia después... Pero por mí.

—No puede ser verdad, Pedro.

—¿Y recuerdas cuando te dije que si me afeitaba
barba y bigote tendrías un marido con cara de adolescente para rato y un amante para toda la vida?

—Francamente, no, Pedro.

—Bueno, en todo caso ahora ya no llevo barba.

—Pero en esa época, aunque la llevaras, teníamos
los dos muchos años menos.

—Me la vuelvo a dejar, si quieres.

—Esta vez no te ha salido tan bien tu frase, Pedro.

Él le había acariciado la mano y había acariciado
también a *Malatesta*. Había bebido demasiado, y por

momentos daba la impresión de que se estaba quedando dormido. Hans llevaría horas esperándola en el hotel. Pensó en irse ya, pero de pronto Pedro como que había reaccionado y se había puesto a hablarle de su venida a Italia, del Reino de los Dos Corazones Humanos de Perusa, de los siete caballitos salvajes, de los cuatro que llevaba liquidados. Al principio ella no le había entendido muy bien, pero luego, poco a poco, el asunto empezó a interesarle cada vez más. Durante un tiempo, Pedro había intentado empezar una nueva vida sin ella, con ella (se había corregido), igual que con ella. Reviviendo lo vivido podría tal vez escribir sobre lo que juntos habían vivido. Por eso había regresado a los Estados Unidos, tenía amigos allá... La historia de Virginia no le había interesado mayormente... Beatrice... Había hecho cosas tan parecidas a las de esa pobre Beatrice que la odiaba tanto... Claudine le molestaba...

—Primero me partes el alma diciéndome que sólo me has querido a mí, insistiéndome hasta hartarme con el asunto de la fotografía, y ahora resulta que quieres mucho a tu buena amiga Claudine.

—Yo quiero mucho a todo el mundo. ¿Por qué crees que estoy liquidando gente aquí, entonces?

—Pero *yo* no estoy hablando de todo el mundo. Te estoy hablando de Claudine, de la tal Claudine con quien sigues escribiéndote cartitas... Veintiséis años, maoísta *à l'ordre du jour*, elegante, bella, noble, amiga, hermana, todo, porque resulta que lo es todo tu tal Claudine.

—Es mucho, sí.

—¡Todo!

—No. Todo no. Tú...

—La adoras.

—Estoy borracho.

—No tanto como crees. La adoras, ¿sí o no?

—...

—¡Sí o no...! ¡Mozo!, la cuenta, por favor.

—No.

¿Por qué había actuado así...? No se reconocía... ¿Por qué el chantaje de la cuenta?, ¿por qué esos celos?, ¿había bebido demasiado? Ella siempre había sabido beber demasiado. No, ganas de joderlo, ganas de verlo reaccionar también, ganas de verlo rebelarse contra ella siquiera una vez, aunque sólo durara un instante. Ga-

218

nas de quererlo y ganas de no sentir pena por él. Ganas de que la mandara a la mierda y temor de que la mandara a la mierda, aunque sólo durara un instante. Y cuando por fin se rebeló, una rabia atroz contra Pedro, contra ese instante de lucidez de Pedro Balbuena.

—O sea que no adoras a esa muchacha...

—Se llama Claudine.

—¿No te parece que la estás traicionando al negarla? Porque la estás negando...

—...

—...cobardemente...

—¡Sophie!, quiero que sepas que sólo he traicionado a una persona en toda mi vida... Y no eres tú, mi querida Claudine, no te preocupes. A la única persona que he traicionado en toda mi vida, Sophie, es a Pedro Balbuena. Y ahora vete bien grandazo y en tecnicolor ¡a la puta que te parió! Vámonos de aquí, Claudine, que apesta.

Se había arrastrado hasta la calle. Lo veía fingir llorando que llevaba a Claudine de la mano, qué imbécil le había parecido la gente que se reía de él, pero también, qué difícil andar de la mano con Pedro Balbuena. La rabia se le había pasado. Conocía la lucidez de Pedro, la recordaba, como a un bebé lo había mandado a esperarla al «Ritz» el día de su boda; era, paradójicamente, cuando estaba más lúcido que mejor se le podía engañar.

Pero de pronto, ella se había dado cuenta de que *Malatesta* continuaba a su lado. ¿Olvido de borracho enfurecido, o el fin? Le dio diez minutos de plazo para que volviera a recogerlo. Hans, sin duda, continuaba esperándola furioso en el bar del «Bruffani», le había dado risa imaginarlo. Pero luego, pasados los diez minutos, se había descubierto esperando cinco más, tres más, uno más... Y había cogido a *Malatesta* entre los brazos para llevárselo de recuerdo.

—¡Pedro!, ¿qué haces aquí? —Sophie, muerta de risa.

—Estaba esperando que te fueras para entrar, recoger a *Malatesta*, y metérmelo al culo.

Lo había sorprendido durmiéndose contra una pared, casi a la entrada del café, le había entregado a *Malatesta*, había tratado de animarlo un poco hablándole de los siete caballitos, de los cuatro que ya había liquidado, ella quería ser testigo de los que quedaban

219

por liquidar, quería participar, podía ayudarlo, en todo caso lo del cura no sólo se estaba poniendo difícil y peligroso sino monótono además, ella quería ver nuevas tácticas, animación, cambios, quería ver cómo liquidaba a la del bikini azul sobre cuerpo dorado reposando sobre verde césped, ¿no era así?

—Sí, así es. Se llama Pámela.

—Yo te puedo ayudar, Pedro.

—¿Ayudarme?

—Te puedo prestar mi automóvil. Mira, toma las llaves. Un carro sport y de lujo siempre resulta útil en estos casos. Puedes quedarte con él todo el tiempo que sea necesario, además.

En cambio se había negado a devolverle a *Malatesta*, y ahí lo tenía ahora sobre su mesa de noche, varias veces había sentido la necesidad de acariciarlo... Pedro Balbuena... Le parecía continuar viéndolo tras la despedida ante la puerta del café, tambaleándose de sueño por el Corso Ferrara, le provocaba que el mundo entero supiera cómo había vivido ese hombre por ella, le fastidiaba pensar que algún día, y tal vez pronto, llegase por fin a dejar de quererla así...

Hans acababa de despertarse. Le basta con mirar hacia el cenicero repleto de cigarrillos a medio fumar, para darse cuenta de que Sophie no ha dormido en toda la noche, está demasiado delgada, demacrada, le falta maquillaje a gritos. Mira también al famoso *Malatesta* y siente que el tal Pedro Balbuena le está dando realmente en la crisma.

—Creo que iré a pasar el día a Florencia, Sophie. Tú puedes quedarte, si quieres.

Sophie lo deja levantarse, afeitarse, ducharse, vestirse, espera a que esté listo para partir, va a ser un poco difícil que te vayas, le dice.

—¿Por qué?

—Porque Pedro Balbuena tiene las llaves del auto.

Acaricia a *Malatesta*, siente cómo la está mirando Hans, apaga un último cigarrillo, se da media vuelta y se queda profundamente dormida.

* * *

Escuchó la voz que había esperado escuchar toda su vida al pie de su cama, y sin abrir los ojos alzó los brazos para recibir el cuerpo que durante mil años había ansiado acomodar así con él en esa cama que ahora un instante era la única cama y la misma cama de tantos departamentos, hoteles, casas, viajes, países en que había esperado su voz y su cuerpo acurrucados contra la ternura de su pasión, mi deseo de ser yo el que te cuidaba y te quería en cambio.

—Nones —dijo Sophie—. Vuelva usted a bajar esos brazos, caballero.

Pedro abrió los ojos, la miró un instante de pies a cabeza, cerró los ojos y se dio rápidamente media vuelta.

—Entonces déjeme seguir soñando, señora.

Sophie sólo había venido a ver qué le ocurría. Eran ya casi la una de la tarde y ella, que había tardado horas y horas en dormirse, ya estaba en pie. Pedro no tuvo más remedio que decirle que necesitaba una tregua. Regresa dentro de una semana y todo estará listo, le dijo. Pero más que un descanso, lo que deseaba era estar solo, asistir a las clases de etruscología que, según le habían informado, Pámela frecuentaba con pasión, caminar libremente por Perusa, comprender exactamente el significado de su encuentro a estas alturas con Sophie, decirle mientras se paseaba solitario por la vía Francesco Innamorati, por el Arco Etrusco, por las callejuelas en subida y en bajada de la ciudad, decirle Sophie, no sabes cuánto te he esperado, con cuánta fe en un error te he querido, cómo realmente te adoro, decírselo sintiendo que la amaba más que nunca, desesperadamente, absurdamente, decirle que sí, que más que nunca, aunque no encontraba ya un solo motivo para quererla así, decírselo sin sentir una rabia profunda que ojalá fuera contra ti, Sophie, pero que no es contra ti, ni tampoco lograba saber contra qué mierda era esa rabia tan grande que sentía. Sophie había aceptado la tregua. Yo también necesito un poco de descanso, Pedro. De paso me llevaré a Hans a casa porque el pobre está que se muere de aburrimiento. Aquí tienes mi dirección y mi teléfono. La villa está en las afueras de Florencia. Regreso dentro de una semana. Puedes quedarte con las llaves del auto. Alquilaré uno para nosotros. Le había dicho tienes una habitación horrorosa y se había despedido guiñándole un ojo, diciéndole eso sí, Pedro, dentro de una semana quiero ver acción.

—*La vida que yo te di* —dijo Pedro, al cabo de un rato, y saltó de la cama, pensando que ya no tardaba en aparecer Amore mio jadeante porque le iban a cerrar el restaurant.

*   *   *

Se había autoproclamado Ladilla Oficial del Reino y ahora iba en coche sport, Pámela mía, debes estar en tu clase de etruscología, WALDO OLIVOS, ahí estaba. Y cómo. Casi en bikini azul sobre cuerpo dorado, porque así estaba de rebuena aun de supersabia, y eso que no estaba echadita sobre verde césped sino sentadita como Dios manda y atenta, atenta, había que ver lo atenta que estaba, ni se le ocurría alzar la vista para ver lo lindo que era el techo del aula, unos angelitos barroco-ricotones sobrevolándola encantados de la vida, pitos, flautas pan, cuernos pero sólo musicales, en fin toda una bucolia que a Pedro lo tenía sudando el whisky de anoche en la banca de atrás, a unos tres metros de Pámela, otros tres del angelito más cercano, y con una erección a medio camino, Pámela-pan.

Pero en cambio la que le estaba dando bola con verdadero ahínco, realmente como loca, era la Casada Infiel, Helga-la-Brasileña, más conocida que la ruda en Perusa. Nunca, pero lo que se dice nunca, asistía a la misma clase que su esposo de obvios apodos y epítetos perpetuos, entre los cuales Aquiles, el de los rápidos pies, por la forma en que nunca la alcanzaba y siempre la seguía, que por las calles de la ciudad, que por los bares de la nocturnidad, que por los corredores de la Universidad donde la Casada Infiel era *cadeiras* en ipanémico movimiento, cuentan que ni de noche la alcanzaba, que ni en su casa la alcanzaba, hablantines que son, pura envidia además porque Aquiles bien que la alcanzaba de vez en cuando, y aunque más bien se sentía predispuesto a arrimarle una buena pateadura, ella, cinturita de avispa y panal de nalgas protuberantes, le aplicaba todos los argumentos materialmente posibles, hasta que Aquiles, presa de mil contradicciones, gritaba ¡cintura dialéctica! y caía encima de su Helga pero ya con otras intenciones.

Más o menos con las mismas que se traía Pedro en el corazón número uno, motorizado y sport ahora, ya la

Casada Infiel lo había visto circulante por las calles de la ciudad, y antes de que se lo ganara Pámela y su autosuficiencia etrusca, ella soñaba con darse más de un paseíto por Umbría con el escritor loco. ¿Cómo le hago?, se preguntaba Pedro, yo vine por una y resulta que hay dos. Extrajo su botellita de bolsillo del bolsillo posterior del pantalón, se tomó un traguito y hasta tuvo tiempo para otro, anotando sobre la marcha en su cuaderno de apuntes la referencia muy importante que el profesor de etruscología había escrito en la pizarra mientras él, rapidito. Ya sé como le hago, se dijo, escuchando la risa aprobadora de Sophie. Sí, ya sé. Y hoy mismo arranco. Ahí tenía a su derecha y a su izquierda, en la banca de adelante y en la banca de atrás, al quinto caballito y al sexto caballito.

Y a su lado, el burro de mierda éste. ¡Cómo lo odiaba! Casi tanto como al portero de la residencia. Pero necesitaba odiarlo más, o sea que empezó a observarlo atentamente, a desmenuzarlo, a hacerlo polvo, ¡cómo lo odiaba!, hasta su erección se le había enfriado notoriamente por culpa del viejo inmundo de satisfacción egoísta y vida relojera. Ya lo tenía catalogado. Peligroso. Desde el primer día de clases lo tenía catalogado. El saludo que le hacían, la vanidad con que lo recibía, setenta años y todavía continuaba desatento a todo lo que no fuera el curso de etruscología de cada verano. Y mejor que estuviese desatento porque era de los que si hubiera pescado a Amore mio robándole una lira, la que se armaba, la que armaba, Amore mio a la Policía por lo menos, pero eso no era lo peor, lo peor era que Amore mio robándole una lira era para él la justificación del ordenamiento humano-universal que llevaba en el mismo cerebro en que acumulaba por millones datos sobre los etruscos, para saber más sobre los etruscos que toda esa juventud de hoy que frecuenta la Universidad, para que lo recibieran con el saludo que le hacían el primer día, tremenda fanfarronada al estilo Mister Happyness-gimnasia diaria-y-nunca-duda, y seguro también porque los etruscos eran un pueblo muerto y ya no podían desorganizarle el orden de su pueblo mental. En resumidas cuentas, el puta se venía año tras año, desde hace una recatafila de años, desde sabe Dios qué pueblo suizo, con zapatillas de tenis que apestaban más en clase pero que le estaban más cómodas en sus paseos etruscológicos, zapatillas de tenis bajo terno marrón, entraba a Perusa sólo porque ahí quedaba esa Universidad y sólo para acumular un año más de estúpidas acogidas el día del primer curso, se plantaba frente al alumnado para sentirse ejemplo a seguir, y terminada la breve ceremonia trascendente, seguía sin saludar a nadie, sin conocer a nadie, pero conociéndolo todos a él, claro está, lo cual le permitía perennizarse en su diálogo de sordos con esos etruscos que una pobre diablo como Amore mio qué iba a conocer. A Amore mio, sin duda, no le habría gustado el tipo. Con mayor razón, pues, Pedro lo odió más que al portero de la residencia, y lo anotó en las páginas más negras del *No Debe Ni Haber* en que se llevaban las cuentas de la Orden desde su creación y establecimiento en el Reino de Perusa. Solitario sin soledad, solitario armado de ejércitos de autosuficiencia, se cagaba en todo lo que no fuera su centro del mundo y alguno que otro alrededor embajadoril, estaba coronando una vida entera de desprecio por los desiguales humanos, ese desorden no le concernía, pero él sí que le concernía a la Orden. ¿O no, Amore mio? Sí, *dottore*. Ese caballero lo menos que es, es egoísta. Gracias, Amore mio. (Acaban ustedes de escuchar, señores y señoras, a nuestra última entrevistada del día de hoy.)

Un par de horas después, y mientras se restablecía repleto de ideas de un ligero percance automovilístico ideado por él, en la habitación muy pan de Pámela-pan, Pedro Balbuena comprendió hasta qué punto resultaba utilísimo odiarlo. En todo sentido resultaba utilísimo odiarlo. Sí, sí. La mente de Pedro volaba anticipándose a los acontecimientos, era ni más ni menos como si los estuviera viendo ya sobre un gran escenario. ¡Madre mía! La acción que vas a tener, Sophie. Más hablaba Pámela, más pensaba Pedro, porque en todo Perusa la primera persona que podría no odiar a ese individuo era precisamente ella, sobraban razones etruscológicas para que no lo odiara. Y Pámela podría ser también la primera persona a la que él, al principio con condescendencia, y hacia el final hasta con indecencia, se dignaba dirigirle *su* palabra. Sí, sí. Pámela iría a rogarle que le goteara una gotita siquiera de su ciencia etruscológica. Y él, él, ÉL (aquí, acordes iniciales de la Quinta Sinfonía de Beethoven, por la Orquesta Sinfónica de la Orden, bajo la dirección del Ladilla Oficial del Reino, mientras Pámela-pan, la muy sabida: ay, perdón, me pica atrás, pero para rascarse tuvo que pedirle ayuda porque no alcanzaba hasta donde tenía que rascarse), YO estoy a sus órdenes, señorita. Luego, primer round: táctica, sólo establecer un diálogo a través de los vasos comunicantes de las preguntas y respuestas etruscas. Segundo round: imprescindible sacarle sus apuntes etruscológicos porque YO sabe más que el profesor de etruscología (una prueba más de que sólo viene por la acogida triunfal y de que hay que odiarlo). Tercer round: enseñarle a YO que yo se puede escribir con minúsculas de Amore mio y un poquito más abajo. Cuarto round: reaparición en el ring-escenario de Pedro Balbuena, cuyo entrenador, empresario y propietario, Sophie, quería ver un poco más de acción.

Pero todo eso fue unos días más tarde. Por ahora recién está terminando la clase de etruscología y Pedro Balbuena decidiendo atacar a Pámela, primero, para desesperación celosa de la Casada Infiel, *ya lo sabía, ya lo sabía*, silba Pedro, con la cual sólo tendría relaciones si tú, Helga, abandonas definitivamente a tu marido y huyes conmigo. *Piénsalo. Piénsalo bien.* Así decía la notita que le entregó antes de salir disparado al coche sport para, previo tres tragos, meterle medio guardafango en el culo a YO, lo cual le produjo a Pedro tal susto, que le produjo un extraño malestar, del cual se ocuparía Pámela-pan, que iba caminando hacia su casa todavía atenta a su clase de etruscología, pero que fue quien vio cómo lograba detener el carro con las justas aunque ya sobre la vereda y medio desmayado.

Terminó de desmayarse no bien Pámela llegó al coche para ayudarlo, y sólo se despertó al sentirse bien instalado y cómodo, sobre la cama de Pámela. Abrió un ojo, detectó una botella de whisky canadiense sobre la chimenea, y le pasó revista a la habitación. Correcto, pensó, abriendo el segundo ojo y poniéndole la más dolorida y agradecida de sus sonrisas a la muchacha que tan cívicamente se había portado con él. Se sentía capaz de todo, pero antes que nada necesitaba convencer a Pámela de que esos súbitos desfallecimientos, cada vez más frecuentes en los últimos meses, se le quitaban completamente con un buen trago de whisky. Pámela lo contuvo cuando hizo el gesto de extraer su billetera del bolsillo para rogarle que le comprara una botellita. No es necesario, le dijo, aquí tengo una excelente botella de whisky canadiense, si no te importa. Al contrario, le replicó Pedro, es el que mejor me cae en estos casos, sólo de verla me siento ya casi como nuevo. Abrió y estiró bien las piernas, volviendo a acomodarse sobre la cama, pero esta vez como quien tiene intenciones de quedarse largo rato donde está. Pámela servía los whiskies, mientras tanto.

—Pámela —le dijo—, tienes una habitación realmente pan.

—¿Realmente qué?

—Pan.

—No entiendo. ¿Qué quiere decir pan?

—Es un poco lo que los ingleses llaman *cozy*, pero tampoco exactamente eso. Es como un *cozy* más emprendedor, más directo. Tampoco es lo que en castellano llamamos acogedor. Es más que eso, todavía. Es un poco lo que los argentinos llaman *Fumando espero, Corrientes 348*, algo así.

—Algo creo captar —le dijo Pámela sonriente, entregándole su whisky, y sentándose a beber el suyo, al pie de la cama.

—A ver, Pámela —dijo Pedro, pensando *vámonos cuervo, a fecundar tu cuerva*—, dime de dónde eres.

—Del Canadá.

—Eso ya todo el mundo lo sabe —dijo Pedro, dándose tiempo para imaginarse algo—. Además, se nota por el whisky. De paso, está excelente. Otro poquito más, por favor... No, no tanto... Así. Así está bien. Perfecto. Bueno, ¿dónde estábamos?, qué bueno está tu whisky...

—Me preguntaste que de dónde era.

—Verdad... Estos malditos desfallecimientos.

—¿No quieres otro poquito de whisky?

—Gracias, todavía tengo. Dentro de un ratito, por favor. Yo te indicaré.

—Soy de Windsor.

—¡Windsor! —Pedro levantó la cabeza en señal de alegría e interés, la volvió a dejar caer pesadamente sobre la almohada—. Estos malditos desfallecimientos... No te puedo creer que seas de Windsor. Mientes.

—¿Por qué te voy a mentir? ¿Quieres que te enseñe mi pasaporte?

—No, te creo. Más bien sírveme un poquito más de whisky. ¡Y no me digas ahora que has estudiado en la Universidad de Windsor...!

—Hasta que empecé a especializarme en etruscología, sí.

—¿Por qué? ¿No hay cátedra de etruscología allá?

—Debería haber una, pero no la hay todavía.

—Podrías crearla tú.

—Eso es prácticamente imposible.

—Nada es prácticamente imposible —dijo Pedro repitiéndose *vámonos, cuervo, a fecundar tu cuerva*, y haciéndole un llamado al corazón número uno. Pámela abrió enormes ojos de curiosidad, y el hecho de que ambos fueran del mismo color le produjo a Pedro una nostalgia infinita. Tanto, que tuvo que fingir un nuevo malestar y se la pasó lindo un rato conversando con Claudine, mientras Pámela le llenaba nuevamente el vaso, a ver si se recuperaba de una vez por todas. Se moría de curiosidad, la pobre. Recuperadísimo, Pedro se sopló el whisky, pidió uno más, por favor, y hasta estuvo a punto de decir listo, ya está todo listo. Pero no. Contrólese, mi cuervo.

—En realidad en Windsor las cosas son más fáciles que en cualquier parte —declaró, mirando a Pámela picar el anzuelo. Y para sacarla del agua, agregó—: Hasta yo he dado conferencias en la Universidad de Windsor.

—¿Sí? ¿Conoces Windsor?

—Bueno, como todo conferencista. El aeropuerto, la carretera nevada que va del aeropuerto hasta el mejor hotel de la ciudad, una sala de conferencias, otra vez nieve hasta el aeropuerto, y de ahí, Montreal, Toronto, Quebec, repitiendo la misma conferencia. A duras penas si tuve tiempo de tomarme unos tragos en el aeropuerto con mi hermano.

—¡No me digas que tienes un hermano en Windsor!

—Berislav Primorac... Director del *Departament of Hispanic and Italian Studies*. Últimamente ha sido promovido a un alto cargo administrativo, también. ¿Lo conoces? Échame un poquito más de whisky, por favor.

—Personalmente, no —dijo Pámela, sentándose sobre el borde de la cama.

—Échate, si quieres —le dijo Pedro—, estarás más cómoda. No es correcto que yo me acapare toda tu cama. Además, ya me siento perfecto. Un último whisky y me voy...

Pámela se echó *ipso facto*. Lo bien que se vivía con un anzuelo, hasta le preguntó si no le estaba quitando sitio.

—Todavía no me has tocado —le respiró profundamente Pedro.

—Pero tú te llamas Pedro Balbuena, ¿no?

—Bueno, es mi seudónimo de escritor —aclaró Pedro, pensando me estás tirando soga, hijita, me estás tirando kilómetros de soga...

—Y Berislav Primorac (lo bien que se ha aprendido el nombre, pensó Pedro), ¿también es peruano como tú?

SOGA

—Ninguno de los dos es peruano de nacimiento. En realidad nacimos en Yugoslavia, y mi padre nos llevó al Perú de niños. Más tarde, al terminar sus estudios, Berislav se fue al Canadá, se estableció en Windsor, y se nacionalizó canadiense. Yo, en cambio, me nacionalicé peruano y me quedé ahí hasta hace un par de años. Ahora estoy a punto de volver al Perú nuevamente, pero vía Windsor para visitar a mi hermano.

—Increíble. No pareces yugoslavo.

—En realidad soy de origen croata, pero ya tú sabes, el haber vivido toda una vida en el Perú afecta. Es lo que se llama determinismo geográfico. Si vieras a Berislav, en cambio... blanco como la nieve. A mí ya ni me iba bien el nombre. Ésa fue una de las razones por las que adopté el seudónimo de Pedro Balbuena, que es el que uso ahora en mis libros y hasta cuando doy conferencias. A veces ya ni me acuerdo de mi nombre.

—¿Y por qué Pedro Balbuena?

—Balbuena... bueno... Digamos, para hacerla breve, que fue por una mujer importante... Sírveme un último whisky, por favor. Tú probablemente tienes otras cosas que hacer...

—No no... al contrario, quédate.

—Lo de Pedro, en cambio, es en honor al gran dramaturgo español Don Pedro Calderón de la Barca. ¿Lo conoces?

—De nombre, pero no he leído nada de él.

—¡¿No has leído *El gran teatro del mundo*?!

—Te confieso que no. ¿De qué trata?

—Trata de que *la vida es sueño y los sueños sueños son*. En fin, algo así. Trata de que en esta vida todos representamos un papel. Por más en serio que nos tomemos nuestro papel, en el fondo estamos representando un papel. ¿Entiendes?

—Sí, más o menos.

—Por ejemplo, ¿tú sueñas o no sueñas con una cátedra de etruscología en la Universidad de Windsor?

—Sí; la verdad, sí.

—Ya te dije antes, nada es imposible. Y como diría don Pedro... Calderón de la Barca... por más en serio que representes tu papel de etruscóloga, *la vida es sueño*. A lo cual humildemente agregaría yo que, a veces, los sueños tienen dueño. Esta misma noche le escribo a Beri, no por nada está ahora en alto cargo administrativo. Ya ves como a mí me consiguió un paseo por medio Canadá repitiendo siempre lo mismo.

Pámela lo tocó. Lo bien que se vivía con un anzuelo, lo fácil que resultaba representar los papeles más difíciles. Pedro descansó. Tendrás acción, Sophie. Y mientras descansaba y pensaba, iba silbando una de Cuco Sánchez.

> *Arrieros somos*
> *y en el camino andamos*
> *y cada quien tendrá su merecido...*

Y antes de que el whisky canadiense, que estaba fuerte, le mezclara a los arrieros con las representaciones y las representaciones con los sueños de los arrieros, le metió un beso prolongado a su compañera de lecho, prolongación que le permitió decidir que ahora le tocaba a YO. Ese viejo sabía más que cualquier profesor de etruscología, Pámela, en su poder había tomos y tomos de apuntes procedentes de las mejores cátedras del mundo. Con esos tomos y una carta de él a Beri, la cosa estaba prácticamente ganada. Había que conseguirse esos tomos de cualquier manera, asombraría a todo Windsor. Pero no te confíes, Pámela, ese viejo es un monstruo de egoísmo. Por más que lo atraigas te dará sólo unos cuantos apuntes. Pero si quieres tener en tus manos, ya no digamos la cátedra solamente, sino además todo lo que hay de recientemente descubierto y de novedoso en ese campo, tendrás que tenerlo así (Pedro se incorpora ligeramente), de rodillas, a tus pies, aunque por consideración a mí, te ruego que lo tengas de rodillas al pie de tu cama y no encima, como lo estoy yo ahora, ¿comprendes?

Era increíble lo rápido que comprendía, pero era también increíble el asco que le daba, se abrazaba de asco a Pedro la pobre Pámela-pan, no quería soltarlo por más que él le decía ya nos cae la noche, mi amor, y a mí, no te olvides, me toca ahora escribirle a Beri para que nos ayude. Sólo Dios sabe lo que daría por quedarme contigo, pero este asunto hay que tomarlo con el rigor de una pelea. Así debes tomarlo tú también, Pámela, round por round, hasta que lo tengas a tus pies. Nuevamente Pámela comprendió con una rapidez increíble, y el pacto quedó sellado con otro beso prolongado que para Pedro no fue más que una prolongación del anterior. Se marchaba. Pámela continuaba ondulándose en la cama. Se marchaba muerto de pena. Pámela se ondulaba contemplando su cátedra. Se marchaba más muerto de pena. Tener que dejar una habitación tan pan, Pámela-pan.

—¿Realmente nos encuentras pan, a las dos?
—Mi querida Pámela, yo soy de los que gusta llamarle al pan pan y al vino vino.

* * *

Llegó a la residencia odiando igual que siempre al portero, pero en vez de escribirle a su hermano Beri, se leyó mil veces la increíblemente rápida respuesta de la Casada Infiel. Estaba dispuesta a todo, pero quería discutirlo todo un poquito, antes. Cita mañana en el «Café Ferrara». A las nueve de la mañana. No puedo, se dijo Pedro. Mañana había pensado dormir hasta que me despertara Amore mio para hacer su limpieza. Estaba agotado. Necesitaba pensar. Se quedó dormido.

Y lo despertó Amore mio con su limpieza y con un recadito. Al *dottore* lo esperaba una señorita llamada Helga, a la entrada de la residencia, qué le decía, ¿estaba o no estaba el *dottore*? Sí estaba, pero sólo iba a estar listo dentro de media hora porque no se sentía muy bien y deseaba pegarse un duchazo. Bueno, se daría prisa. Que lo esperara al lado de la portería y, no se olvide Amore mio, no se olvide de decirle que no bien me vea bajar corra a darme un beso delante del portero.

—¿Y eso para qué, *dottore*?

—Hay que mantener vivos todos los odios, Amore mio.

Al día siguiente, segundo después del retorno de Sophie a Florencia (Pedro había empezado a medir el tiempo así), apareció nuevamente Amore mio, diciéndole que estaba bien subir cuando le iban a cerrar el restaurant, pero no por cada señorita que venía a buscarlo, y que abajo lo estaba esperando la señorita Pámela, si es que le había entendido bien el nombre. Pedro bajó corriendo, se dejó besar prolongadamente por Pámela delante del portero, y la invitó a dar un paseíto por Umbría en coche sport. Habría deseado que el timón del carro se le atracara en línea recta hasta la casa de Sophie, pero en cambio aceptó escuchar serenamente las cosas increíbles que ya estaba haciendo la pobre Pámela con el pobre YO. En esta metedura pierde el honor el viejo, se dijo Pedro, pensando en Carlitos Gardel, y deteniendo el carro ante una farmacia de Asís, para pedir un válium. Pero la farmacia sólo tenía angelitos barrocos en el techo. Se calmó en los labios de Pámela, la besó hasta que lo dominaron otro tipo de impulsos, y mientras la besaba, con un ojo bien abierto trataba de divisar el balconcito del convento desde donde se podía ver Asís en un día como éste. Pobre mi padre, pensó, lo abandonado que lo tengo, si supiera que ando besa que te besa cerca de la gran planicie reguladora... No le había enviado ningún estudiante despistado, no le iba a enviar a nadie tampoco, y tampoco iba a volver a visitarlo. Sintió pena, pero ya no podía ocuparse más de él. Las últimas energías que le quedaban para Perusa las necesitaba íntegras para estos besos.

Y para los de Helga, con quien repitió, el tercer día después del retorno de Sophie a Florencia, exactamente la misma escena en el coche sport y en el mismo lugar de la entrada de Asís. Lo único que no repitió del segundo día después de, fue la tentativa de comprar válium por toneladas en la farmacia esa. Ya sabía que no había. Helga lo conquistó con sus besos, él conquistó a Helga con sus besos, lo pensaron, lo pensaron bien, y ahora sólo faltaba que ella hiciera sus maletas a escondidas, y que le avisara el lugar, fecha y hora del encuentro antes de la partida rumbo a París robándole el carro a Sophie.

El cuarto día después del retorno de Sophie a Florencia, escuchó más cosas increíbles de boca de Pámela, más cosas increíbles de boca de Helga, y se emborrachó. El quinto día después del retorno de Sophie a Florencia, las volvió a escuchar a las dos, a besar a las dos, hizo malabares para no acostarse con ninguna de las dos, visitó *la Università Italiana per gli Stranieri di Perugia,* como quien se despide, y se emborrachó más que el cuarto día. El sexto día Amore mio lo calentó diez minutos en la cama hasta que *il dottore* se calmó un poquito, pero no logró que esperara hasta calmarse del todo. *Il dottore* salió disparado de la habitación a llamar por teléfono.

—¡Pedro! ¡Qué alegría! ¡Qué novedades!

—Todo está listo para mañana, Sophie.

—¡Maravilloso! ¿A qué hora quieres que vaya? ¿Quieres que vaya con Hans?

—En realidad te he llamado por otro motivo, Sophie...

—Bueno, pero primero cuéntame todo... ¡Cuéntame!, Pedro... vamos...

—Cita a las siete de la noche con la Casada Infiel. Llegará al café de las Operaciones Clandestinas de la Orden, con equipaje y todo. Sólo que alguien le habrá avisado a Aquiles, que entrará minutos más tarde y nos sorprenderá.

—¡Pero puede matarte, Pedro!

—No, porque inmediatamente quedará en claro que el autor del aviso, una notita con mi firma, fui yo, y creo que en todo caso empezará por ella. Yo sólo le habré hecho un favor, en el fondo. Lo divertido será verla a ella enterándose de todo.

—¡No te puedo creer, Pedro! ¡Va a ser genial! Llevaré a Hans de todas maneras, por si acaso. Quiero tenerte vivo para la próxima. Vamos, cuéntame cómo es la próxima.

—Un genio diciendo babosadas ante la cama de Pámela-pan, mientras ésta, en calzoncito azul sobre piel dorada, le saca sus últimos manuscritos antes de mandarlo a la mierda. Luego entramos nosotros en escena y desenmascaramos todo entre risas y aplausos.

—No entiendo bien, Pedro. Dame más detalles. Parece fantástico, eso sí.

—Te los daré en el momento. Será mejor. Además, presenciaremos la escena de los forcejeos bien escondidos en la habitación. Ya tengo una llave del departamento. Es casi mi amante, Sophie, ¿no te importa?

—Lo que importa es que todo salga bien, Pedro. No olvides ningún detalle.

—No olvido ningún detalle, Sophie...

—Como me falles...

—No te preocupes... no te fallaré... Toda la puesta en escena corre a cargo de Pedro Calderón de la Barca.

—¿De quién?

—*Vámonos, cuervo, a fecundar tu cuerva* —Pedro, bajito.

—¿De quién? Habla más fuerte, Pedro, no te olvides que estoy en Florencia.

—Hace días que no pienso más que en eso, Sophie; por eso te he llamado.

—Dime primero de quién. Por favor, Pedro, dime...

—De Calderón de la Barca.

—Pedro, ¿qué te pasa? Parece que estuvieras sollozando...

—Son estos malditos teléfonos italianos. ¿Me oyes ahora?

—Sí, ¿pero quién es Calderón de la Barca?

—Un gran escritor mexicano, Sophie. Tienes que leerlo...

—¿Qué cosas ha escrito? ¡Habla más fuerte!

—*El llano en llamas* y *Pedro Páramo*.

—¿De qué época es?

—De todas. De antes del *boom*, de después del *boom*, de arriba y abajo del *boom*, de ambos lados del *boom*...

—¿El *boom*? ¿Qué es eso? No te olvides que soy francesa.

—De lo que no me olvido es de que has vivido en Nueva York y en San Francisco y de que en este instante podríamos estar juntos...

—¡Pedro, estás borracho o qué!

—¿Por qué?, ¿me quieres dar una cita en el bar del «Ritz»?

—Pedro, por favor... Cuelgo si no me dices qué es el *boom*.

—Es una manera de ser latinoamericana.

—No te oigo, Pedro.

—Yo tampoco —muy bajo.

—¡Habla más fuerte, Pedro!

—Yo tampoco quisiera oírte más, amor mío —bajísimo.

—¡¿Pedro, estás ahí?!

—¿Adónde estoy?

—¡¿Pedro, estás ahí?!

—Aquí estoy, amor mío, pero estoy hablando bajito para joderte. No te preocupes, tendrás tu Calderón de la Barca, habrás sido mi cómplice, me habrás ayudado a liquidar...

—¡Pedro!

—¡Aquí estoooy!

Y mientras continuaba respondiéndole a todas sus preguntas, pensaba de nuevo en las escenas que le había preparado, porque ella quería acción. Se imaginaba a Sophie, a Hans, se imaginaba a sí mismo. Los tres dirigiéndose al departamento de Pámela, él explicándole todo. *El gran teatro del mundo*, todos somos actores, Sophie, y entonces ella, encantada, preguntándole ¿y yo quién seré?, y él respondiéndole *tú serás Lady Francis Drake*, y ella preguntándole *¿y tú, Petrus?*, y él respondiéndole *yo seré el tipo que pone el pecho cada vez que te disparan un cañonazo desde la fortaleza...*

—No te entiendo, Pedro. ¿Tú entiendes algo, Hans?

—No está nada claro —afirma Hans.

—Lo que pasa, Sophie, es que te falta el contexto. En la novela aquella de que te hablé, aquella que quise escribir sobre nosotros, había una escena en que Petrus y Sophie la estaban pasando en grande en una Italia de risas y travesuras...

A estas alturas, ya la pobre Helga tendría por lo menos un ojo bien negro. Llegaron al departamento de Pámela. Entraron en punta de pies. Habían llegado con las justas. Fue una escena bastante cruel. Él se la pasó íntegra observando la feliz crueldad con que observaba Sophie. Ahora sólo le faltaba un caballito...

—¿Me oyes mejor ahora, Sophie?

—Muy bien, Pedro. Quedamos en mañana a las seis de la tarde, entonces.

—Todavía no te he dicho lo que quería decirte, Sophie.

—¿Qué era?

—Era... era que no entiendo por qué nos hemos encontrado, para qué nos hemos encontrado. ¿No te das cuenta? Nos encontramos, nos vemos un par de tardes... Tú parecías estar contenta... Y de pronto, una semana sin vernos porque yo estoy cansado, porque yo estoy liquidando caballitos salvajes. ¿Para qué nos hemos encontrado, Sophie? Dime. Me siento mal. Otra vez este maldito frío.

—Amore mio te puede asistir, Pedro. Sin duda has bebido otra vez demasiado.

—¡Y eso qué mierda importa, Sophie! ¡Qué carajo importa! No te das cuenta de que tú estás en Florencia y yo temblando en Perusa! ¡No te das cuenta de lo fácil que es que agarres un carro y te vengas inmediatamente! ¡No te das cuenta de que hace seis días que podemos vernos y no nos vemos! ¡No te das cuenta de que puedes venirte inmediatamente, si quieres!

—Pedro... Cálmate.

—¡Ven tú a calmarme!

—Pedro, ¿me escuchas?

—Apenas, habla más fuerte.

—No puedo ir en este momento. Escucha... No puedo... ¿Comprendes? Hans... No puedo hablar. Escucha bien: no estoy sola... ¿entiendes? De todas maneras, mañana nos veremos... Hans... ¿comprendes?

—Sí, Sophie. Mañana. Nada fallará. Y no bien estemos solos, hablaremos.

Media hora más tarde, Pedro se dirigió al «Café Ferrara» a tomarse un trago. Se había calmado rápidamente, y la alegría de no haber tenido que molestar a Amore mio con más temblores, se unía aquella otra alegría grande que le habían producido las palabras de Sophie. Pero luego, minutos más tarde, en el instante mismo en que entraba al «Ferrara», y mientras pensaba temeroso que al día siguiente le tocaba liquidar dos caballitos seguidos, otro gran temor lo invadió, el de estar entrando al bar del «Ritz».

* * *

—*Dottore*, lo busca una señora muy simpática —dijo Amore mio, sin quejarse esta vez de haber tenido que subir los cuatro pisos para avisarle que otra amiga lo estaba buscando.

—¿Una señora muy elegante? —le preguntó Pedro.

—Muy elegante, *dottore* —dijo Amore mio, jadeante e impresionada, al mismo tiempo.

—Es el diablo maquillado, Amore mio.

—¿Cómo?

—Nada. Dígale que ya bajo, y que por favor me bese delante del portero.

—Usted está loco, *dottore*.

Sí, dijo Pedro, loco de remate. Pero ya Amore mio se había marchado con el mensaje para Sophie. Pedro terminó de peinarse, pensando que hacía exactamente tres meses y cinco días que había llegado a Perusa. Sophie lo besaría, sin duda, lo besaría con pasión, con sincero amor, sabía que él odiaba al portero y que el portero era odioso, le encantaba ser cómplice de la gente en cosas como ésa. Lo besaría, pues, con toda sinceridad, y una vez más el portero temblaría de odio al ver la suerte que tenía el imbécil ese.

Pero lo que el portero nunca se imaginó era que el imbécil ese iba a tener cogida a la señora de esa manera, que la iba a acariciar con lágrimas en los ojos, que le iba a suplicar que partieran juntos pero no por un día, siempre, Sophie, siempre, que la iba a acariciar diferente a las otras, con verdadera ternura, largo rato, y que al final la elegante señora que había venido corriendo a besarlo, iba a tratar de escabullirse preguntándose cosas tan tontas como, ¿has traído tu ropa de baño, Pedro?, ¿has traído tu toalla, Pedro?, cuando el tal Pedro había bajado con ambas cosas bien visibles en la mano.

Habían almorzado en un elegante restaurante a medio camino, y ahora estaban tirados en ropa de baño a orillas del lago Trasimeno. Sophie le confesó estar harta, harta de aburrimiento. Por culpa de él, de Pedro, se había marchado Hans. Pedro la escuchó pensando que hacía sólo cinco minutos que él le había estado pidiendo, rogando, que se marcharan a vivir juntos a alguna parte, por qué si le gustaba pasarlo bien con tipos como Hans, por qué, por qué no es posible que nosotros vivamos también juntos un tiempo, que lo pasemos bien juntos como a ti te gusta, ya verás luego cómo dura toda la vida, Sophie. La respuesta fue que había bebido demasiado en el restaurant, y cinco minutos más tarde ya le estaba hablando de ese aburrimiento tan grande, no se había comprado una villa cerca a Florencia para aburrirse, necesitaba gente alegre, gente que la entretuviera, gente que no le causara problemas...

—Gente como Hans —la interrumpió Pedro, abriendo una botella de whisky.

—Sí, pero ya ves, tú me lo has espantado.

—No del todo, Sophie. Hace una semana que lo vi en Perusa. Creo que inclusive anda tratando de abordar a Pámela, aunque será difícil que lo logre después del escándalo que se armó esa noche.

Sophie encendió un cigarrillo y miró hacia el lago, como si no quisiera hablar de ese asunto, como si le fastidiara que Pedro se hubiese enterado de que Hans andaba todavía por los alrededores. Luego, a uno de los dos le sonó el estómago de una forma de lo más extraña, realmente fue como en el cine, cuando se va a desencadenar una tormenta. Discutieron unos minutos, echándose mutuamente la culpa, y cuando Pedro dijo, por fin, que había sido su ángel de la guarda, Sophie lo acusó de ser un tonto y le dijo que ya era hora de regresar a Perusa. No hablaron más hasta la carretera.

—Nos estamos aburriendo mucho, Pedro. Parece que te hubieras olvidado de que aún te falta liquidar el séptimo caballito. Tendrás que inventarme una idea mejor que la de Pámela.

—La señora desea ver un poco más de acción —dijo Pedro, tratando de ponerle una mano sobre el hombro.

—No me dejas manejar, Pedro.

—¿Por qué te irrita tanto que te toque, Sophie?

—No sé, pero hay momentos en que no lo soporto. Hay momentos en que no te soporto, Pedro. Eres tú el que debería desaparecer. *Tú*, no Hans.

—Ahora lo buscamos en·Perusa, si quieres.

—¡Cállate!

Pero minutos después, Sophie lo miró sonriente, y con un gesto le indicó que le pusiera la mano sobre el hombro. Pedro le puso las dos manos sobre el hombro, y Sophie lo detestó. Trató de convencerse de que era su aliento cargado de licor, pero no, no era eso lo que la hacía detestarlo, era cualquier cosa menos eso. Era, en todo caso, la manera increíblemente tierna en que le había puesto las dos manos sobre el hombro cuando ella sólo le había pedido una, una para recuperar su confianza total, una para poder provocarlo y engañarlo cuando fuera necesario y cuando le diera la gana, una, porque aun cuando se le advertía inteligentemente, cuando se le decía te ha sonado el estómago como cuando va a haber tormenta en el cine, como cuando van a matar a alguien en una película, tú responses que ha sido tu ángel de la guarda, tonto, por *qué* si eres tan inteligente eres tan bueno, por *qué* si eres tan fuerte bebes tanto. Salió de una curva y aceleró a fondo. Quería provocarlo.

—Ya tengo a tu séptima víctima —le dijo, de pronto.

—¿Crees que valga la pena seguir con esa historia, Sophie? Realmente ya no le encuentro mayor significado. Quiero descansar y estar cerca de ti.

—No seas idiota. He pensado en alguien, ¿a que no adivinas en quién?

Pedro casi le dice eres *tú* la que tiene que adivinar, Sophie, casi le dice por qué no adivinas lo que se me ocurrió en casa de Pámela, Sophie, casi le dice sólo liquidándote a ti encontraría la verdadera solución, Sophie, casi le dice cállate un rato, Sophie, necesito pensar, imaginarme cómo...

—No se me ocurre quién podría ser —le dijo, en cambio.

—¡Amore mio! ¡Nada menos que Amore mio! —gritó Sophie, mirándolo de reojo porque había tardado demasiado en responderle.

—Imposible —dijo Pedro—, es demasiado fea.

—Mientes. Es porque la quieres.

—De cualquier manera no es lo mismo —dijo Pedro, pensando y a ti te adoro. Sophie lo volvió a observar, detenidamente esta vez, y Pedro agregó—: Qué tal si miras adelante, vamos a terminar matándonos los dos.

No habría querido decir una frase así, ni mucho menos que Sophie hubiese volteado nuevamente a mirarlo. Y peor aún, que hubiese volteado a mirarlo y que se hubiese encontrado con su mirada, inútil tratar de aclarar las cosas, inútil tratar de explicarle su frase...

—Te estás traicionando porque quieres a Amore mio. Olvidas lo principal.

—¿Qué es lo principal?

—Que no las liquidas porque son bonitas o feas... Que las liquidas para terminar con tu manera de querer a la gente. Y esto incluye a cualquier tipo de gente, cualquier tipo de afecto, también.

—Imposible. Amore mio es un miembro utilísimo de la Orden, Valet Imperial del Ladilla del Reino. Tiene que ser otra.

—¿Por qué no Claudine, entonces?

—Tras la derrota de Francia, la Orden sólo opera en Italia.

—Invítala a venir.

—No vendría. Tiene cosas más importantes que hacer.

—¿No dices que te quiere tanto?

—Por eso mismo no vendría. Preferiría que me dejara de estupideces y que me fuera a vivir con ellos.

—Qué bien te escabulles cuando quieres, ¿eh? Te doy dos ideas y ninguna de las dos es posible. En fin, ya lo irás pensando... Ya lo irás pensando mientras te sigues emborrachando en tu querida Perusa. ¿Dónde quieres que te deje, en la residencia o en el «Ferrara»?

—En el «Ferrara» —dijo Pedro, mirando hacia todos lados, como captando recién que ya estaban en Perusa. La cabeza ordena pero el cuerpo no obedece, pensó, al notar que le costaba trabajo bajar del carro.

Mi coche sport, dijo, al ver que Sophie se alejaba... *Ya lo irás pensando*... Entró al «Ferrara». Se había olvidado de su ropa de baño, se había olvidado de su toalla, de la botella de whisky, se había olvidado de todo en el carro de Sophie. Pidió un café, lo bebió rápidamente, y pidió un whisky. Pensó que le quedaba muy poco dinero, tenía que partir cuanto antes... Y Sophie le había dado dos ideas, Sophie lo había insultado, herido dos veces, qué había hecho él, sólo tratar de demostrarle una vez más que realmente la adoraba, sólo darle gusto y razón en todo lo que deseaba y decía allá en el lago. Ella en cambio le había soltado esas dos ideas, en cambio lo había herido dos veces, ella ignoraba que de esas dos ideas sólo la tercera le gustaba, definitivamente no te he vuelto a encontrar para ver cuánto te aburres a mi lado, ya no doy más en Perusa, Sophie, y la tercera idea es la única que me entusiasma... perdón, Sophie, pero ya es hora de que este niño se acueste, cada vez me están entrando más ganas de llamar a mi madre para que me envíe un billete de regreso... Ya no voy a clases, ya van como diez veces que Amore mio me salva la vida por la mañana, comprende por qué entonces este niño tiene cada vez más ganas de regresar a su casa y de meterse un buen rato a la cama... Allá tal vez logre convencerme de que esa fotografía que encontré por la calle y cuyo amor enterneció tanto a mi madre eras tú, Sophie, alguna chispa del recuerdo, algún instante de un sueño, qué sé yo, tal vez algo me convenza de que eran la misma persona. Sophie... entonces, claro, ya te habré liquidado y podré mirar al futuro tendiéndome para siempre brazos vacíos de todo para mí, jamás tu sonrisa ni tus ojos, jamás nada de lo que pasó entre nosotros, pero tampoco, tampoco nunca el terror de haberte vuelto a encontrar tras haber esperado todos estos años con esa fe total en la posibilidad de un error que tú jamás habrías cometido por mí... Y ahora, Sophie, déjame pensar cómo lo voy a hacer, déjame sacar lápiz y papel, déjame que anote cada idea sobre este trozo de papel, déjame que lo piense bien aunque no se me ocurra nada contra ti cuando se trata de ti, déjame amor mío invocar los nombres santos de Claudine y Amore mio, ellas con su infinita misericordia me ayudarán a enfrentarme con una imaginación que se seca traidora ahora que pienso que desearía reírme de ti en tu cara alguna vez, con un corazón que te ha llamado diablo maquillado y ha seguido queriéndote igual que siempre, con una memoria que sabe que digo la misma verdad que dije aquella primera tarde cuando apareciste en la calle en que vivía y a mi imaginación sólo se le ocurrió preguntarle si yo, Pedro Balbuena, hombre feliz, joven escritor recién desembarcado con un equipaje de ilusiones e ideas, si yo, y qué otra cosa he sido, Sophie, recién hoy he sabido hasta qué punto esa frase iba a ser verdad, si yo podía ser la sombra de tu perro...

Hans lo despertó diciéndole que ya no tardaban en cerrar el café, y lo ayudó a pagar y a ponerse de pie. Pedro se guardó el trozo de papel en un bolsillo del pantalón, y le dijo que solo podía llegar perfectamente bien hasta la residencia. En efecto, caminaba con pasos cansados pero a duras penas se tambaleaba. Probablemente había bebido bastante, durante la excursión al lago con Sophie, y al «Ferrara» había entrado hablando solo. En cambio caminaba bastante bien. Lo había estado observando toda la noche, sin que él se diera cuenta. Al verlo alejarse por el Corso Ferrara, Hans se precipitó sobre el teléfono.

—Sí —dijo, no bien le respondieron—. Algo está tramando. Me le acerqué mientras dormitaba, al final, y había anotado séptimo caballito y tu nombre en un trozo de papel.

—¡Estaba segura! —exclamó Sophie—. Se lo vi en los ojos la noche de la casa de Pámela. Ni él mismo debe saber desde cuándo tiene la idea adentro. Esta tarde, al regresar del lago, ya casi no me quedaba duda alguna, estaba segura, en realidad. Gracias, Hans. Y ten paciencia... Esto acabará muy pronto. Yo misma lo ayudaré. Me lo traeré a vivir conmigo. Le diré que lo he decidido. Algo se le ocurrirá aquí en mi casa...

—Pero se va a creer que es verdad, Sophie.

—No creo... Desgraciadamente no creo que le quede mucha confianza en mí...

—¿Por qué dices *desgraciadamente*?

—No sé... Ha sido sin darme cuenta... En fin, lo que importa es que ya no creo que le queden muchas ganas de vivir conmigo *toda la vida*, como dice él.

—Bueno. Pero que sea rápido, eso sí. Ya me estoy empezando a aburrir en Perusa.

—Inmediatamente lo llamo a la residencia. Mañana mismo lo tendrás esperándome con las maletas listas. ¿No dices que te tiene harto ya? Pues muy pronto lo tendrás a tu disposición en mi casa para darle una buena pateadura y sacarlo por las orejas a la calle. Ésta será su última cita en el bar del «Ritz».

—¿Cómo?

—Es una frase que sólo tiene sentido entre Pedro y yo —dijo Sophie, y colgó.

* * *

Le sonó un disparo en la nuca, y Pedro preguntó ¿Sophie?, pero no hubo respuesta alguna detrás de él.

—No me duele, Sophie. Debe ser porque estoy muy borracho.

Después recordó que hacía tres meses, cinco días, y veinticuatro horas atroces que había llegado a Perusa, y le costó mucho trabajo dar media vuelta para verla, quería preguntarle algo, por qué... Después se le fueron doblando las rodillas y mientras seguía tratando de preguntarle algo, escuchó la voz de Hans.

—¡Sophie! ¡Estás loca de remate, Sophie!

—¡Cállate, imbécil! Yo sé lo que hago.

Lo recordó todo, pero qué trabajo que costaba entender algo...

—*Dottore*, no puede ser... Nuevamente regresa usted borracho. El portero me acaba de decir que ha decidido quejarse... *Dottore*, ¿por qué no se cuida?

—¿Qué haces aquí a estas horas, Amore mio?

—Lo está llamando su amiga, la señora simpática. El portero no quería subir a avisarle.

—Tiene razón. Es el diablo maquillado.

—Dice que se apure, que lo está llamando de Florencia.

No se me ocurría nada contra ti, Sophie. Había pensado desaparecer inmediatamente de Perusa. Pero ahora tú misma me has dado la solución, Sophie. Recordaba haber pensado eso, mientras hablaban por teléfono... No entendía nada.

Recordaba haberse levantado muy temprano y haber pensado que las cosas empezaban a salirle bien porque Hans estaba desayunando en el «Ferrara». Había temido tener que buscarlo por toda la ciudad. Recordaba que Hans lo había captado todo muy rápido, que estaba dispuesto a ayudarlo, sí, le había dicho, Sophie y su orgullo se merecen una buena broma de ese tipo.

—Para mí no es una broma.

—¿El séptimo caballito?

—Eso mismo, Hans. Muy importante, ahora.

—Habías tardado mucho en pensarlo.

—No sé. No me atrevía. Me negaba a pensarlo.

—¿Esta noche, entonces?

—Sí. Tú conoces bien la casa.

—No te preocupes por los detalles, Pedro. Y, en todo caso, recuerda que no bebo tanto como tú...

—Sí... Necesitaré unos cuantos tragos para darme ánimo.

—Eso nunca falta en casa de Sophie, Pedro.

—Imagínate... Todos estos años esperando, y el día en que puedo meterme a la cama con ella, le cedo mi lugar a otro.

—Los dos quedaremos vengados.

—No se trata de una venganza, Hans.

—Para mí, sí. Me largó como a un perro... ¿Quieres beber algo?

—No, tengo que correr a hacer mis maletas... No te olvides, Hans... Cuando veas que la última luz del dormitorio se apaga... Yo le diré que voy un momento al baño...

—No te preocupes, el que se la tira soy yo.

Recordaba que esa frase le había dado asco, que había necesitado aceptarle el trago que le había rechazado minutos antes. Recordaba que él tenía que vestirse en el baño, volver al dormitorio a presenciar la escena, reírse, marcharse. Recordaba que durante todo el día había necesitado beber para darse ánimos. Recordaba que por momentos estaba totalmente decidido, totalmente dispuesto, que por momentos todo volvía a adquirir su verdadera significación e importancia... Nunca se le habría ocurrido, al imaginar su método para terminar con todos sus problemas, que Perusa le brindaría esa gran oportunidad, ese séptimo caballito, cómo no se le había ocurrido antes. Lo recordaba todo... No entendía nada.

—*Dottore*, haga las paces con el portero...

—¿Para qué Amore mio? ¿Para qué, si vuelvo mañana? A lo mejor hasta esta misma noche.

—Pero dice la señora Sophie que se lo lleva para siempre.

—Eso es lo que ella cree, Amore mio.

—¿Y entonces por qué se lleva todas sus maletas?

—Porque eso es lo que ella cree, Amore mio.

—Usted está loco, *dottore*.

—Pero a punto de curarme, Amore mio. Y no se olvide:

HAY QUE ANDAR CON LOS OJOS BIEN ABIERTOS EN ESTE
MUNDO DE VIVOS, O USAR ANTEOJOS DE LA CASA
WALDO OLIVOS

Recordaba que Amore mio se había despedido de él moviendo la cabeza, sonriendo, como diciendo a usted no lo cura nadie, *dottore*. Recordaba que desde que abandonó Perusa no había cesado de repetirse demasiado tarde, trop tard, troppo tardi, too late, zu spät, y recordaba que se lo estaba repitiendo mientras se ponía el pijama y mientras la besaba y cuando apagó la luz de la mesa de noche, y cuando se fue un momento al baño recordaba que estaba diciendo troppo tardi demasiado tarde too late demasiado tarde trop tard, recordaba que se le olvidaba el orden en que se había repetido esas palabras desde que salió de Perusa y que cuando volvía hacia la habitación para ver si ya Hans estaba entrando trató de volver a decirlas en orden para no pensar en otras cosas y que empezó a decir en voz alta demasiado tarde trop tard tropo tardi, le estaba saliendo bien, too late zu spät demasiado tarde, lo recordaba todo pero no entendía nada, y sólo cuando escuchó la voz nerviosa de Hans, ¿por qué has hecho eso, Sophie?, ¿dime por favor por qué?, morirá enamorado, Hans, no habría podido vivir de otra manera, Hans, así sí es posible quererlo, Hans, vivo era imposible, Hans, ahora sí podré quererlo, Hans, sólo mientras hablaban y hablaban y él continuaba cayéndose al suelo y los escuchaba decir tenemos que ir a la comisaría, no te asustes, Hans, todo Italia sabe que estaba loco, Hans, entonces vamos rápido, Sophie, sólo cuando ya se estaba yendo y Sophie regresó para decirle Pedro, era imprescindible, Pedro, pero lo he averiguado todo, Pedro, yo sí era la muchacha de la revista, la de la foto, Pedro, ¿me oyes?, ¿me entiendes?, ¿me crees, Pedro?, sólo mientras le ponía una pistola en la mano que se dirigía al dormitorio... sólo entonces Pedro Balbuena lo comprendió todo y movió lo más que pudo los labios porque era mentira y ella esta vez no le volvería a dar jamás otra cita en el bar del «Ritz», Sophie.

Epílogo

(UN CUENTO DE PEDRO BALBUENA)

QUÉ BIEN SE ESTABA CON MAMÁ EN
EL BAÑO, MENTIROSO

Macalister's boy took one of the fish and cut
a square of its side to bait his hook with.
The mutilated body (it was alive still) was
thrown back into the sea.

VIRGINIA WOOLF

—¿Y eso cuándo fue, Pedro, antes o después del año
colombiano?
—Mamá...
No pude responder a su pregunta, pero a tiempo
noté que no era una respuesta lo que mi madre esperaba tras haber soltado esa frase, lo que realmente quería era que yo la mirara y que al tiro los dos captáramos exactamente lo mismo, es decir que estalláramos
en una buena carcajada y le pusiéramos de una vez por
todas punto final al asunto de mi padre y de mi hermano. Le di gusto.
Y no puedo negar que lo hice con gusto. Por qué
no ayudarla a ponerle punto final a todo lo que de tris-

te y de feo había en la historia del año colombiano, por qué no desdramatizarlo si ya había transcurrido tanto tiempo de eso, por qué no otorgarle el beneficio del humor y de la anécdota al año aquél en que por culpa de dos colombianas desaparecieron para siempre nada menos que mi padre y mi único hermano. Ya digo que lo hice con gusto, aunque fue más que nada por ella, yo quedé más o menos igual que siempre, algo mejor tal vez, algo mejor porque ella, desde esa tarde en el baño, quedó mucho mejor para siempre.

Finito para ella el famoso año colombiano. En adelante sólo sería una anécdota, una especie de cuento con su título y todo. Su hijo (mi hermano Juan), se enamoró como loco de una colombiana que tenía que regresar para siempre a Buenaventura. El padre acababa de morir en Lima, y a la madre no le quedaba otra alternativa que marcharse a su país en busca de la protección económica que allá podría brindarle el grueso familiar altamente acomodado. Total que nuestro Juan un día se hartó de pensar en la próxima partida y de languidecer fumando entre boleros de moda, y contra la voluntad de nuestro Federico (mi padre), desapareció de marinero en el mismo barco que su colombiana.

—¿Recuerdan el carácter del pobre Federico?

Gracias al gusto con que fui su cómplice en la risa del baño, mi madre podía ahora hablar públicamente del *pobre* Federico, llenando así ofendidos y orgullosos silencios que antes habían precedido a toda mención de su nombre, y evitándome también así llamarlo ahora el cínico de tu padre, hijito, que era más o menos la etiqueta socio-humillada que me correspondió escucharle durante los últimos años de mi educación primaria y los primeros de mi educación secundaria, que continuaron siendo los de una educación privilegiada a pesar del desequilibrio económico que representó para nosotros el que mi padre tratara de capturar a Juan en Paita, parada obligatoria del barco en que se estaba fugando de marinero tras su colombiana.

En fin, ya todo el mundo conoce el desenlace. El *pobre* Federico logró capturar a Juan en Paita, pero tuvo a su vez la mala suerte de caer en las redes de la madre viuda de la colombiana, total que en Paita no desembarcó nadie y más bien sí en Buenaventura, ahí desembarcaron los cuatro y hasta hoy en día, qué tipejas serían las colombianas esas, gentuza, Carmela.

Carmela es mi madre, y fue realmente macanudo haberla ayudado con mi risa en el baño. Ella no lo olvidó nunca, y yo resulta que tampoco podré olvidarlo nunca ya. Me lo pagó con creces, y cómplices quedaremos para toda la vida, pase lo que pase y cueste lo que cueste. A ella le debo, entre otras cosas, parte del coraje con que he logrado mandar a la mierda mis estudios de Derecho, la influencia necesaria para obtener una beca y largarme a estudiar literatura a Francia, y sin duda alguna también le deberé algún día mucho más que eso, porque en París quisiera dedicarme a escribir seriamente, y para eso necesitaré quedarme allá mucho tiempo más del que dura mi beca. Aquí en Lima es inútil tratar de escribir con los amigos que tengo. Ayer, por ejemplo, mientras estaba escribiendo este mismo cuento, entró Carlos, a quien quiero a pesar de que nació ya abogado, y tras romperme el cuento porque según él estaba escribiendo purita mariconada y nada comercial además, logró convencerme entre risas y bromas de que había llegado la hora de trasladarnos al burdel. De más está decir que las bromas de Carlos son tan inolvidables como los burdeles limeños, corrosivos al máximo ambos.

Pero volviendo a mi madre y volviendo al baño lograré volver también a esa tarde de mis quince años, aunque antes debo advertir que jamás nadie ha podido decir si soy un tipo extrovertido o un introvertido. Era puro, alegre y dicharachero entre mis amigos, primero de la clase, y hablar sólo de noche en la cama con mis compañeros de colegio y otras personas reales o imaginarias me producía una especie de exaltante taquicardia sentimental. Además, me encantaba la luz apagada, y hasta hoy sigo convencido de que si algún día logro escribir un libro entero con la luz apagada, ella me amará, me amará tanto como yo la amé a oscuras, tanto como solía contarle diariamente a mi madre mientras se acicalaba ante el espejo del baño escuchándome, creyéndome, interrogándome cómplice. Definitivamente, qué bien se estaba con mamá en el baño.

Como todos los años anteriores, el día de mi santo me pescó con dolor nervioso de estómago, algo fuerte como siempre (a mi madre le daba lo mismo pero en la boca del estómago, lo cual, según tengo entendido, revela angustia además de nervios). Me lo calmaba generalmente invitando a algún amigo de adolescencia intrascendente, o apagando la luz. Pero esa tarde de mis quince años preferí salir a darme un buen paseo por el barrio. De pronto descubrí que el paseo empezaba a prolongarse a otros barrios y a otros barrios y, cosa de locos, recuerdo que hubo un instante de esos de gran excitación en que sentí corriendo a toda velocidad estar en un barco rumbo a Buenaventura. Empecé el retorno a casa doblemente jadeante por amor a mi madre, y mi recompensa fue encontrar en el camino una fotografía que a la mañana siguiente llevé a enmicar para mostrársela luego en el baño a mi madre y que no se diera cuenta.

Era una chica linda, de cara muy linda en todo caso, y el que la fotografía sólo mostrara la cabeza y nada más nunca nos preocupó ni a mi madre ni a mí en el baño. Desde que la vi, la amé, y sin que tuviera pecas, por ejemplo, cuando en mi luz apagada siempre había hablado con ella con pecas. Cosas como esa me bastaban y sobraban para saber que me había enamorado de la muchacha de pelo muy largo y muy rubio del día de mi santo. Por más que busqué no pude encontrar la revista. Sólo ese trozo de página, tal vez de *Paris-Match*, cuyo texto por lo demás no se refería para nada a Carole (la muchacha con que hablaba a oscuras se llamaba Rosario y era peruana). Carole vivía en el Country Club porque fue frente a ese hotel que encontré su fotografía. No bien la tuve enmicada, para que no se notara que provenía de una revista, corrí a explicárselo a mi madre. La encontré como siempre acicalándose en el baño y me hizo un caso realmente encantador. Ella me miraba desde el espejo y yo desde mi silla la veía conversarme por el mismo espejo.

—Entré a tomarme una copa al bar...

—No me asombra que te hayan dejado entrar al bar... Con lo grandazo que estás... ¿Pero cuántos años le has confesado a Carole?

—Le he dicho la verdad.

—Mejor. Es mejor decir siempre la verdad. ¿Pero a ella cómo la dejan entrar al bar?

—Estaba con sus padres. Su papá ha venido a trabajar un tiempo al Perú.

—¿Y no te da miedo que algún día se vaya?

—Se van a quedar mucho tiempo, Carole me lo ha dicho.

—Déjame ver la fotografía de nuevo... Es linda, Pedro; realmente es una chica preciosa.

Al mes siguiente pasé a tercero de la clase, y al otro mes bajé hasta el octavo puesto. Pero mi madre jamás me impidió que fuera a ver a Carole cada tarde, al regresar del colegio. Es lógico a tu edad, me decía cada noche, cuando volvía del hotel y la encontraba infaliblemente maquillándose para salir a divertirse. Era prácticamente la única hora del día en que hablaba con mi madre, pero no necesitaba más, ahí nos contábamos todo, ahí me volvió a tranquilizar una tarde en que vine con la libreta de notas y de onceavo de la clase había bajado hasta el número veintiuno.

—Mientras no seas el último —me dijo, recordándome que éramos como cuarenta—. Además, cuál de tus amigos tiene una chica tan linda como Carole.

Me dio un beso y salió disparada a su cóctel. Diario tenía un cóctel o una cena y recuerdo que una noche, tras nuestra larga conversación, le recibí el beso de despedida con un guiño de ojo tan cómplice que no nos cupo la menor duda en la risa que soltamos.

—También yo tengo mi Carole —me dijo—. Un Carolete alto y buenmozo como tú.

Me devolvió el guiño de ojos y salió disparada, dejándome sentado en la silla del baño, y como instalado en el instante feliz más breve que he tenido en mi vida. Estaba feliz, en efecto, porque por primera vez en mi vida había sido cómplice de mi madre de hombre a hombre, no había sido yo una vez más quien le había hablado de Carole, también ella en aquel segundo en que fuimos cómplices esa noche, me había hablado como a un grande de sus amores, me había revelado cosas que ya yo tenía dieciséis años para poder escucharlas. Pero mi madre acababa de partir a la carrera dejando el baño totalmente iluminado, bien encendidas cada una de las lámparas laterales con que iluminaba el espejo.

Fue duro ponerme de pie y salir de ahí para terminar el colegio ese año y empezar a pensar en la Universidad. Había llegado el momento de que el padre de Carole terminara con su trabajo en el Perú para que la familia pudiera regresar a Francia. Quedaríamos en vernos cuando yo fuera a Francia a hacer algún estudio de postgraduado, nos escribiríamos, mi madre le daría mejores propinas al cartero para que tuviese especial cuidado con las cartas de Francia. Conocía a mi madre, también a mí me había doblado las propinas para que disfrutara lo más posible cada tarde en el hotel. Tampoco me había pedido nunca que le presentara a Carole. Tampoco en los días más tristes, los últimos, me hizo notar que al fin y al cabo resultaba bastante extraño que a Carole y a mí jamás se nos hubiese ocurrido salir del hotel. Yo un día traté de explicarle que era porque sus padres todavía no la dejaban salir sola con un hombre, cosa totalmente innecesaria porque ella no me lo había preguntado.

Pero en la luz apagada yo seguí adorando a Carole y simplemente no podía irse. Y lo peor es que la fotografía por aquellos días había empezado a volverse cruel conmigo. Continuaba siendo exacta, inmóvil, sonriéndome sin aparecer un día, un instante, para que mi vida fuera igual a la de otros muchachos amigos que empezaban a llevar también fotografías en el bolsillo, sonriéndome sin darme celos, sin pelear un martes para amistar un jueves y volver más feliz que nunca a casa, sonriéndome sin un día de su santo, sin el más mínimo altibajo en nuestra dolorosa y perfecta relación en el hotel. Y de pronto también comprendí que si algún día mi madre empezaba a darle mejores propinas al cartero, algo orgulloso iba a suceder entre los dos, que además me iba a convertir en un mentiroso, que sería yo quien iba a arruinar con su presencia de universitario la felicidad rota de nuestras sinceras conversaciones del baño.

Y sin embargo he seguido adorando a Carole. Y he seguido siendo el mismo en la oscuridad, a pesar de que la fotografía conmigo llegó a ser de una crueldad sin nombre. La tuve que tirar a la basura un día que tenía que llegar, puesto que vivimos a unas cuantas cuadras del hotel de Carole, y algún día iban a invitar a mi madre más temprano porque se trataba de un té de señoras. Entró y se dio conmigo sin Carole, sin tiempo para guiños ni para nada. La observé comportarse bastante natural entre sus amigas durante unos minutos, pero después me enteré de que se había disculpado y de que había partido muy pronto. Yo me había ido a dejar la fotografía en el mismo lugar en que la encontré, pero después me dio pena pensar que por ahí podría pasar otro Pedro como yo y la tiré a la basura.

No lo niego: se estaba muy bien con mamá en el baño, pero como todo, esto también se tuvo que acabar y se acabó hace varios años. Hubo tentativas de nuevos comienzos, claro, pero creo que todo falló porque en el fondo yo he seguido siendo el mismo y me he negado a hablar de cualquier otro tema que no sea Carole, o sea que no he tenido nada de qué hablar en el baño con ella. Volví a ser un buen alumno cuando entré a la Facultad de Derecho y volví a ser el tipo alegre y dicharachero que era entre mis compañeros de colegio y me fui llenando de nuevos amigos, y así hasta hoy en que también me he vuelto un tipo al que desde hace un tiempo le ha dado por ser escritor. Pero ya decía antes que en Lima esto a mí me resulta difícil por el momento con los amigotes que tengo. Sin duda alguna todo cambiará cuando regrese de Francia con algo bien escrito y un tipo como Carole me respete, aunque siga haciendo cosas que además no tiene el más mínimo valor comercial entre gente como nosotros que vinimos al mundo con un porvenir brillante asegurado bajo el brazo.

Pero ahora de puro impaciente me he puesto a escribir este mismo cuento que ayer Carlos me rompió a medio camino, en una de sus típicas bromas pesadas, anda algo agresivo Carlos desde que mandé a la mierda la abogacía y decidí largarme a Francia. Y a este viaje a Francia se debe también el que me haya puesto impaciente por escribir algo, por ver qué puedo contar de todas esas cosas pasadas ahora que me voy acercando al mundo de Carole como si de pronto su fotografía hubiese perdido por completo toda su crueldad para conmigo. Pero ya lo sabía. Inútil tratar de escribir. Esta vez es mi madre la que se acerca desesperada porque acaba de descubrir que estoy tratando de escribir con la luz apagada...

* * *

No está mal dejarlo así, piensa Pedro Balbuena. Suena a purita autobiografía pero, en fin, es el primer cuento que he escrito en mi vida y me alegro de no haberlo roto. Instalado en su pequeño departamento de la rue Gît-le-Coeur, acaba de pasarlo en limpio, y acaba también de conseguir la dirección de un escritor peruano que desde hace algún tiempo vive en París. No conozco a Ribeyro personalmente, piensa, pero conozco sus obras y una opinión suya podría serme muy útil. Necesita la opinión de un escritor, un pequeño estímulo, y por eso acaba de pasar su cuento en limpio y ahora se dispone a salir rumbo a casa de Julio Ramón Ribeyro.

¡Carole! ¡Mi fotografía! ¡Diez años más tarde! ¡No puede ser! ¡Sigue exacta! ¿Cómo te llamas, Carole?

A unos cien metros de su puerta, y contra todas las leyes del tráfico, se ha estacionado un automóvil demasiado enorme para esa calle. Enormemente inglés, enormemente de qué marca será, enormemente caro, enormemente con su chófer uniformado adentro sin lugar a dudas... Pero qué brutos los peatones que se quedan mirando el automóvil y no a la mujer maravillosa que de qué otro carro podía provenir y que viene acercándose ahora con su mastín que seguro es el caballero que viaja también en el asiento posterior con su puro enormemente... Mi amor por los animales, ¿lo puedo acariciar un ratito cómo te llamas, Carole?, ¿puede echarse a dormir un ratito aquí donde tan mal vivo en comparación a tu carro y en honor a mi primera nostalgia de perros familiares en el Perú? ¿Me atreveré a preguntarte hasta qué punto te llamas Carole, Carole? Mierda. Y cuanto más se le acercaba menos pertenecía con su perro al mundo de los peatones brutos que se habían quedado allá atrás mirando el carro enormemente...

—Mire usted para atrás, señorita. ¿Ve...? Todos esos peatones... Pero los automóviles no reconocen a los seres que los aman. En cambio los perros... Mire usted ahora hacia delante y vea cómo su perro se deja acariciar si usted me lo permite para el resto de los días de mi vida...

La risa que le dio, la prisa que no tenía, el acento tan divertido del barbudo.

—Me apena decirle que tanto no es posible porque estoy de compras.

—Pero usted se ha equivocado de calle, de barrio, de planeta... Usted está completamente perdida... Dígame su nombre y la ayudaré a encontrar...

—Gracias, pero voy donde un anticuario que se encuentra justo al frente.

—Entonces dígame por favor su nombre y la ayudaré a encontrarse de nuevo conmigo Pedro Balbuena...

La risa que le dio, la prisa que no tenía, el acento tan divertido del barbudo...

—Sophie.

—¿Puedo ser la sombra de tu perro, Sophie?

—Vamos, acarícialo una vez más y acompáñame a mirar antigüedades.

De pronto, Sophie cruzó los brazos sobre el pecho como si fuera a exclamar ¡Dios mío!, pero en cambio soltó la carcajada al ver que su perro le arrancaba los papeles que Pedro llevaba en la mano. La risa que le dio, la prisa que no tenía, el acento tan divertido del barbudo. También Pedro soltó entonces la carcajada, en cambio. Y mientras atravesaban la rue Gît-le-Coeur para empezar a mirar antigüedades, el mastín terminó de destrozarle su cuento.

Port Fornells, Menorca

ÍNDICE

I. YANKEE, COME HOME 11

II. DIOS ES TURCO 85

III. LOS DOS CORAZONES HUMANOS . . . 135

IV. SOPHIE 185

Epílogo (UN CUENTO DE PEDRO BAL-
BUENA) 245